ÜBER DAS BUCH

Sein Wille geschehe

Joshua Stewart, ein 24-jähriges Wunderkind mit zwei Doktortiteln und einer Professur an der Universität von Seattle, dominiert mit seiner charismatischen Präsenz das Campusleben. Doch als an der Universität mysteriöse Todesfälle auftreten, stößt die junge Ermittlerin Penelope Hamilton auf eine verstörende Wahrheit: Beweise verschwinden, offensichtliche Spuren werden übersehen. Isoliert und mit wachsendem Misstrauen muss Penny ein gefährliches Spiel spielen und entscheiden, welche Rolle das Wunderkind Joshua darin spielt.

Für Maria

You may walk and you may run
You leave your footprints all around the sun
And every time the storm and the soul wars come
You just keep on walking
It's been this way from the start
Everybody walking round with holes in the heart
Everybody holding up skies in the dark
As the stars keep falling

(Runrig, Year of the flood)

KAPITEL 1
JOSHUA

Joshua ließ seinen Blick über das Auditorium schweifen. Er genoss, wie die Blicke auf ihm ruhten und konnte förmlich spüren, wie die Studentinnen und Studenten vor ihm darauf warteten, dass er fortfuhr.

Dort oben, in der letzten Reihe. Diese blonde junge Frau. Er hatte sie noch nie hier gesehen, da war er sich sicher. Sie passte genau in sein Beuteschema und in diesem Moment beschloss Josh, dass sie ihn kennenlernen musste.

Schlussendlich löste er seinen Blick von ihr, räusperte sich kurz und fuhr dann fort.

»Meine Damen, meine Herren. Ihre Neugier steht Ihnen in Ihr Gesicht geschrieben, aber mehr kann ich Ihnen leider wirklich nicht zu dieser laufenden Ermittlung erzählen. Der Mord hat uns alle erschüttert und wir wollen unsere Neugier befriedigt wissen.«

Er schob sich kurz die Brille wieder etwas höher auf die Nase.

»Manche von Ihnen haben vielleicht auch meine Vorlesung über Ermittlungstaktiken besucht und werden sich sogar noch an die Inhalte erinnern. Die Polizei gibt derzeit keine weiteren Informationen preis. Denn wer weiß? Vielleicht ist der Mörder hier gerade unter uns?«

Eine Mischung aus Seufzen und Raunen ging durch den Hörsaal im *Law Building*, als Joshua diese Worte aussprach.

Oh je, am Abgrund der Dummheit herrscht heute ja wieder dichtes Gedränge.

Studenten. Sie waren so leicht manipulierbar für ihn. Noch so jung. Noch so naiv. Noch so dumm. Er lächelte selbstzufrieden in sich hinein.

»Lassen Sie uns an dieser Stelle für heute Schluss machen. Wir sehen uns am Montag in alter Frische. Ich wünsche Ihnen ein schönes Wochenende.«

Nach diesen Worten drehte Josh sich herum und kramte rasch auf dem großen ausladenden Dozententisch seine Unterlagen zurück in seine braune Lederumhängetasche. Gerade noch rechtzeitig, um wie zufällig gleichzeitig mit der blonden jungen Dame, auf die eben noch sein Augenmerk fiel, den Raum zu verlassen.

»Ich habe Sie noch nie in einer meiner Vorlesungen gesehen. Herzlich willkommen.«

Mit einem einnehmenden Lächeln reichte er ihr die Hand.

»Oh, Mr. ... Professor Stewart. Hi! Ich freue mich sehr, Sie kennenzulernen.«

Schüchtern nahm sie seine Hand, um diese zaghaft zu schütteln. Josh wiederum drehte ihre Hand sanft und mit einem eleganten Schwung, führte sie vor seinen Mund und deutete einen Kuss an.

»Die Freude ist ganz auf meiner Seite, Miss?«

Die Studentin wurde augenblicklich rot, als sie realisierte, dass er einen Handkuss andeutete.

»Annika. Mein Name ist Annika Fischer«, stotterte sie etwas verlegen.

»Oh. Eine junge Dame aus Deutschland möchte mich unbedingt kennenlernen und heute Abend mit mir Essen gehen. Ist es nicht so, Annika?«

Immer noch lächelte er charmant und blickte ihr direkt in die Augen. Die Schamesröte war aus Annikas Gesicht verschwunden. Selbstbewusst und entschlossen stimmte sie Josh zu.

»Dann sehen wir uns um 20:00 Uhr an der großen Sportsbar in Downtown. Und seien Sie bitte pünktlich, meine Liebe.«

Er zwinkerte ihr noch kurz zu und ging dann weiter in Richtung Hauptausgang. Als er sich ein paar Meter weiter noch einmal umdrehte, stand Annika noch immer wie paralysiert an derselben Stelle und lächelte.

Es wird mir eine Freude sein, dich näher kennenzulernen, Annika Fischer.

Joshua grinste bei diesem Gedanken und verschwand schließlich in der Menge.

Er schloss die Tür zu seinem Büro, verfrachtete seine Umhängetasche etwas unsanft auf einen der beiden Besucherstühle und ließ sich dann in den großen ergonomischen Bürostuhl sinken, der hinter dem eher altertümlich wirkenden Schreibtisch zu modern und deplatziert wirkte.

Das Lächeln war aus Joshs Gesicht verschwunden. Seine Miene wirkte versteinert, sein Blick verbittert. Joshua war gerade einmal vierundzwanzig Jahre alt. Er war groß gewachsen und etwas untersetzt. Das ist nur der Babyspeck, hatte seine Mom damals immer zu ihm gesagt. Als dieser aber auch nach seiner Pubertät immer noch vorhanden war, konnte sie leider ihre Meinung nicht mehr revidieren.

Josh und seine Schwester Victoria waren zu dieser Zeit bereits zu Vollwaisen geworden. Dennoch hatte er sich mit seiner Größe und auch seinem Gewicht arrangiert. Sein Charisma und seine einnehmende offene Art öffneten ihm alle Türen.

Außerdem sah er gar nicht mal so schlecht aus, wie er selbst meinte. Seine kurzen dunkelbraunen Haare hatte er vorne stets etwas hochgestylt. Ein einnehmendes Lächeln und die moderne schlichte Brille rundeten das Bild ab.

Doch jetzt in diesem Moment war von alledem nicht viel zu sehen.

Er kramte sein Smartphone aus der Hosentasche, scrollte durch die Liste der letzten Anrufe und wählte schließlich eine der Nummern.

»Mr. Carter. Hi, hier ist Joshua Stewart. Haben Sie ein Update für mich?«

Es knackte kurz in der Leitung und ein wiederkehrendes Kratzen war zu hören. Ganz so, als wenn jemand das Mikrofon zuhielt und sich dann bewegte.

»Joshua. Niemand sollte mitbekommen, dass Sie mich anrufen. Schreiben Sie mir doch bitte beim nächsten Mal eine Nachricht und ich rufe dann zurück.«

Joshua atmete schwer ein.

»Das beantwortet nicht meine Frage, mein lieber Mr. Carter.«

»Ja, ja. Schon gut. Wir haben noch keine neuen Erkenntnisse gewinnen können. Die Spuren, die wir gefunden haben, wurden leider durch ein Missgeschick unbrauchbar.«

Carter lachte dreckig.

»Eventuell sind sie mir aus Versehen heruntergefallen. Auch die Überwachungskameras bringen uns nicht wirklich weiter, da irgendjemand scheinbar die Aufnahmen gelöscht hat.«

Es war das erste Mal, seitdem Josh sein Büro betreten hatte, dass sein Gesichtsausdruck die gewohnt freundlichen Züge annahm.

»Das sind doch wundervolle Neuigkeiten, Mr. Carter. Vielen Dank für das Update. Gibt es sonst noch irgendetwas, das ich wissen sollte?«

Jetzt war es Carter, der laut schnaubte.

»Ich fürchte, das wird Ihnen nicht gefallen, Joshua. Unsere Neue hat sich etwas in den Fall verbissen. Sieht hinter allem mehr, als sie sehen sollte. Die Jungs und ich halten sie so gut in Schach, wie es geht. Aber wundern Sie sich bitte nicht, wenn sie nochmals an der Uni herumschnüffelt und Fragen stellt. Der Captain ist leider ganz begeistert von der Kleinen, daher lässt er sie gewähren.«

»Mir scheint, als sei mir die Dame noch nicht vorgestellt worden. Ich erinnere mich zumindest nicht daran. Es wird Zeit, sie persönlich kennenzulernen, und dann hat sich das Problem erledigt. Seien Sie unbesorgt, Mr. Carter.«

Josh beendete die Verbindung, ohne sich zu verabschieden. Nachdenklich starrte er auf den geschlossenen Laptop vor sich.

Es ist eindeutig zu viel Aufmerksamkeit auf diesem Missgeschick. Ich sollte besser achtgeben.

Es klopfte an seiner Tür.

Ein großer Schatten war durch das milchige Glas zu erahnen und so ahnte auch Josh, wer dort vor der Tür stand und um Einlass bat.

»Kommen Sie herein, Professor Kolbury.«

Die Tür öffnete sich langsam und herein kam eben jener Professor Jeremy Kolbury, den er bereits vermutet hatte.

»Woher wussten Sie das, werter Kollege?«

Josh lächelte freundlich und in keiner Weise abschätzig.

»Mir war, als hätte ich Sie auf dem Flur bereits sprechen gehört. Was verschafft mir die Ehre Ihres Besuches?«

Und selbst wenn nicht, hätte ich dich daran erkannt, dass du ziemlich imposant den Türrahmen ausgefüllt hast.

Kolbury setzte sich ungefragt auf den noch freien Besucherstuhl und kam sofort zur Sache.

»Haben Sie schon etwas Neues wegen dem Mord gehört? Das Kollegium ist unruhig und wir bemerken auch, nun ja, eine gewisse Unruhe in der Studentenschaft. Sie haben doch so gute Kontakte zur Polizei und daher dachte ich, nun ja, dass Sie vielleicht Neuigkeiten hätten?«

Nachdem er den Satz beendet hatte, nahm er ein – dem äußerlichen Anschein nach – bereits mehrfach gebrauchtes Stofftaschentuch aus seiner Hosentasche und tupfte sich damit ein paar Schweißtropfen von der Stirn.

»Mr. Kolbury, ich kann Ihnen versichern, dass ich dem Kollegium umgehend berichten werde, sobald ich etwas Neues weiß. Mein letzter Stand ist leider nach wie vor, dass die Herrschaften von der Mordkommission noch keinen Verdächtigen haben.«

Sein Gegenüber wirkte über diese Aussage von Josh geradezu enttäuscht. Er blickte zerknirscht zu Boden und nestelte dabei sein Taschentuch zurück in seine Hosentasche.

»Nun ja. Das ist natürlich gleich doppelt schade, Mr. Stewart. Dann entschuldigen Sie bitte die Störung.«

Kolbury stand auf und stützte dazu seine Hände auf seine Knie. Ohne ein weiteres Wort ging er zur Tür und hob beim Herausgehen noch mal den Arm zum Gruß.

Joshua wartete noch eine Minute, um sicherzugehen, dass der Professor vor der Tür definitiv außer Hörreichweite war, und nahm dann erneut sein Smartphone zur Hand.

Er wählte die Nummer, die dem Namen *Rod* zugeordnet war und hielt sich schließlich das Telefon dicht an sein Ohr.

»Rod. Wir müssen uns treffen. Wo steckst du gerade?«

Rod schien etwas außer Atem zu sein.

»Ich .... ich wische gerade das hintere Treppenhaus im J&J. Die Handwerker haben hier einen ganz schönen Saustall hinterlassen.«

»Viel Trubel bei dir?«

»Joshua, nein. Alles ganz ruhig.«

Josh stand auf, ging zu seiner Umhängetasche, die immer noch auf dem Besucherstuhl lag und schulterte sie.

»Gut. Bleib, wo du bist, ich bin in ein paar Minuten bei dir.«

Beim Verlassen seines Büros hatte er die Verbindung bereits beendet und lief auf direktem Weg rüber zum *Jim and Janet Sinegal Center for Science and Innovation*. Welch sperriger Name für ein durchaus elegantes Gebäude.

Im J&J, wie sie es nannten, lag das *neue* Herz der SeattleU. In diesem Gebäude waren neben verschiedenen Projekt-Centern auch das Uni-Radio, ein Café und der *President's Dining Room* untergebracht.

Josh wusste in etwa, in welchem Treppenhaus Rod gerade steckte. Wäre es die neue große Holztreppe gewesen, die sich elegant durch das gesamte Gebäude zog, wäre er wohl um diese Uhrzeit nicht alleine gewesen.

Es dauerte keine zehn Minuten, bis er Rod gefunden hatte.

Der junge Latino mit dem sympathischen Lächeln war gerade dabei, seinen Wischmopp auszuwringen. Er tanzte dazu zu lateinamerikanischer Popmusik, die Josh bereits einige Meter zuvor in sein Ohr drang. Verblüffend fand er in diesem Moment eigentlich nur, dass Rodriguez Kopfhörer trug und er dennoch in der Lage war, jedes spanische Wort des Songs zu verstehen. Beziehungsweise nicht zu verstehen, denn Spanisch war tatsächlich eine Sprache, die Joshua bisher nicht gelernt hatte.

Rod erschrak ganz offensichtlich, als er sich herumdrehte und jemanden auf sich zukommen sah. Doch er entspannte sich merklich, als er erkannte, dass es nur Josh war.

»Du hast mich erschreckt, Joshua.«

Josh setzte wieder sein einnehmendes Lächeln auf und grinste Rod an.

»Ich hätte mich ja angekündigt, aber du warst beschäftigt.«

Der smarte Latino lächelte nun etwas verschämt.

»Rod, wir müssen etwas besser aufpassen in Zukunft. Irgendwie schlägt das Ganze mehr Wellen, als mir lieb ist. Ich habe zwar die Herren der Mordkommission im Griff, aber ein Neuzugang beim Dezernat schnüffelt im Moment herum.«

Rod lief der Schweiß von der Stirn.

»Du sagst mir, was ich tun soll. Und ich tue es. Sag mir, was ich anders machen soll und ich werde es anders machen. Verstehst du, Joshua?«

Joshua verstand nur zu gut. Im Grunde wusste er, dass Rod der Falsche war, den er um mehr Gründlichkeit bat. Er selbst war es, der künftig besser aufpassen müsste. Es fiel ihm schwer, sich das selbst einzugestehen, denn er hasste es, Fehler zu machen.

Die Sinnlosigkeit dieses Gesprächs mit seinem *Handlanger* nervte und verärgerte ihn sichtlich. Josh hatte Mühe, seine aufkeimende Wut nicht an seinem Handlanger herauszulassen.

»Wie dem auch sei. Es muss beim nächsten Mal besser laufen. Ich melde mich bei dir.«

Rodriguez nickte immer noch freundlich, obwohl er von seinem Gegenüber gerade recht barsch angegangen worden war.

»Sí, Joshua. Wie du meinst.«

Josh machte auf dem Absatz kehrt und ließ Rod stehen, ohne ihn eines weiteren Blicks zu würdigen.

Unachtsamkeit ist aller Übel Anfang. Das darf kein weiteres Mal so laufen.

Auf dem Weg nach draußen begegnete er einigen Studenten, die ihm freundlich zuwinkten.

Und da war es wieder. Joshuas strahlendes Lächeln, mit dem er dem jungen Mann aus der Zahnpasta-Werbung spielend leicht hätte Konkurrenz machen können. Überschwänglich freundlich schüttelte er die Hände jedes Einzelnen, den er noch nicht kannte und hielt Small Talk. In diesen Momenten fühlte er sich ein klein wenig wie ein Star.

Die Menschen mochten ihn aufrichtig und – was sie nicht wussten – sie hatten auch gar keine Wahl.

KAPITEL 2
PENNY

Du musst lernen, Dinge auch mal gut sein zu lassen, Penelope. Was bildet der sich ein?

Aufgebracht verließ Penny den Besprechungsraum, während sie innerlich den Satz ihres Sergeants Dick Carter wiederholte. Dabei schmiss sie die Tür vielleicht ein klein wenig zu heftig zu, denn mit einem Mal trafen sie gleich mehrere Blicke ihrer Kollegen, die sich offensichtlich erschrocken hatten.

»Sorry, Leute. War keine Absicht.«

Penny machte eine beschwichtigende Geste und ging dann Richtung Treppenhaus. Sie musste erst mal an die frische Luft. Hatte ihr doch gerade Dick allen Ernstes verbieten wollen, handfesten Indizien im aktuellen Mord an der SeattleU nachzugehen. Als wäre das nicht schon absurd genug, so waren seine Hauptargumente ausgerechnet ihr Alter und ihre vermeintliche Unerfahrenheit.

Dass Dick jedoch zufälligerweise die von ihr am Tatort entdeckten Fingerabdrücke durch seine Unachtsamkeit unbrauchbar gemacht hatte, brachte für sie das Fass zum Überlaufen. Ihr Unerfahrenheit vorwerfen und selbst einen

Fehler machen, der sogar dem dämlichsten Anfänger nicht passieren würde.

Als sie den Bürgersteig vor dem *Seattle Police Department* an der 610 5th Avenue betrat, wurde sie vom Trubel der Großstadt empfangen. Zwar handelte es sich um eine Einbahnstraße, aber dennoch herrschte eine Menge Verkehr. Dazu kamen die vielen Menschen, die direkt nebenan durch die Türen des *Municipal Courts* ein und aus gingen.

Frische Luft und etwas Ruhe, um den Kopf wieder freizubekommen, waren nichts, was Penny hier finden würde. Dazu kam, dass bei dem Gespräch mit Carter ihr rechter Unterarm mal wieder eingeschlafen war und jetzt gerade mit einem unangenehmen Kribbeln seine Taubheit verlor. Sie litt, seitdem sie denken konnte, an *hereditärer Neuropathie*. Einer Nervenkrankheit, die ihr wohl ihr Dad vermacht hatte. Im Alltag weitestgehend harmlos. Wenn sie jedoch längere Zeit die Beine übereinanderschlug, oder aber wie eben im Gespräch die Arme vor der Brust verschränkte, schliefen ihr schon mal der Fuß oder der Arm ein. Lästig, aber mehr auch nicht.

Ich muss noch mal zum Tatort. Ob Carter das gefällt oder nicht. Und wenn ich dafür bis zum Captain gehen muss.

Penny war fest entschlossen, an diesem Fall dranzubleiben. Zugegeben, sie war mit achtundzwanzig Jahren wirklich noch recht jung, im Gegensatz zu ihren Kollegen. Und ja, auch noch unerfahren im Alltag bei der Mordkommission.

Sie war erst ein paar Monate im Dezernat, nachdem sie ihren *Master of Criminal Justice* an der Universität von Los Angeles gemacht hatte. Somit war sie nicht nur recht neu in ihrem Job, sondern auch neu in der Stadt.

Noch einmal atmete sie ein, sog die alles andere als frische Stadtluft tief in ihre Lungen. In diesem Moment fasste sie den Entschluss, dass sie ihrem Bauchgefühl folgen müsse, ganz gleich, was die Kollegen dachten. Egal, was Dick Carter ihr nahegelegt hatte.

Sie machte auf dem Absatz kehrt, ging zurück in das Gebäude und blieb schließlich vor dem Aufzug stehen. Sie war durchaus sportlich, aber rauf in den vierten Stock laufen, war nichts, für das sie ein gesteigertes Interesse entwickeln konnte.

Im Aufzug ertappte sie sich dabei, wie sie sich im Spiegel anstarrte. Ihre langen dunklen Haare sahen zerzaust aus. Ein paar Strähnen hingen ihr im Gesicht. Sie war wie immer ungeschminkt. Penny schminkte sich wirklich nie, auch nicht zu Dates.

Ein Date. Da war ja was. Brian hatte gefragt, ob sie nicht mal ausgehen wollten. Er war der eine Kollege, der nicht bereits ihr Dad hätte sein können, oder den man eher samstags im Park beim Joggen mit dem Kinderwagen getroffen hätte.

Brian war dazu noch ihr Typ. Wäre da nicht das Problem, dass er ihr Kollege war und Penny sich eigentlich geschworen hatte, nie etwas mit Kollegen anzufangen. Aber sie war allein, manchmal geradezu einsam. Sie kannte hier niemanden. Dabei wollte sie nach Seattle nach dem Studium. Unbedingt.

Penelope liebte die Stadt wegen dem milden Klima, den häufigen Regentagen und der unbeschreiblich schönen Natur der umliegenden Nationalparks. Sie hasste die Hitze in L.A. und da sie in der Stadt nichts hielt, hatte sie den großen Schritt die Westküste rauf gewagt.

Ein lautes *Pling* riss sie aus ihren Gedanken. Die Tür öffnete sich und dastand er vor ihr. Brian.

Wenn man vom Teufel spricht, oder so ähnlich.

»Penny. Da bist du ja. Was war denn eben mit Carter los? Hab die Tür knallen hören.«

Sie pustete sich eine Strähne aus dem Gesicht.

»Ach, ich will nicht drüber reden. Aber sagen wir mal so, er hat mir nur einen gut gemeinten Rat gegeben.«

Brian bemühte sich um einen mitleidenden Gesichtsausdruck.

»Mach dir nichts draus. Du weißt doch inzwischen, wie Dick drauf ist. Aber mal was anderes. Du schuldest mir noch eine Antwort.«

Jetzt verschwand sein mitleidiges Gesicht und er versuchte sich in einem verschmitzten Lächeln. Penny schaute etwas zerknirscht und wägte ab, ob sie darauf eingehen sollte, oder nicht.

Ach, was solls.

Schließlich rang sie sich zu einer Antwort durch.

»Nur ein Dinner. Nicht mehr, nicht weniger. Verstanden?«

»Verstanden, Detective.«

Noch immer lächelte Brian sie verschmitzt an.

Er kann schon süß schauen. Lass mich das mal nicht bereuen.

»Kein Wort zu niemandem hier. Das bleibt unter uns.«

Mit diesen Worten ließ sie ihn stehen und ging weiter zu ihrem Schreibtisch. Dass ihr *Date to be* hinter ihr einen Freudentanz andeutete, bekam sie zu ihrem eigenen Glück nicht mit. Ohne einen weiteren Gedanken an das Gespräch zu verschwenden, setzte Penny sich hin und schloss die oberste Schublade an ihrem Schreibtisch auf. Darin lagen ihre Marke und Dienstwaffe. Sie nahm nur die Marke heraus und verschloss die Schublade dann sofort wieder.

Meine Waffe werde ich wohl kaum brauchen.

Ohne die anderen Kollegen eines Blicks zu würdigen, verschwand sie erneut Richtung Treppenhaus. Hätte sie jetzt jemand angeschaut und gefragt, wo sie hinwolle, hätte sie lügen müssen.

So verboten es sich auch anfühlte, das, was sie jetzt vorhatte, war in keiner Weise gegen die Vorschriften. Sie würde lediglich einen Tatort ein weiteres Mal untersuchen. Nicht mehr, nicht weniger.

Penny stieg in das erste Taxi, das sie finden konnte. Sie hätte einfach einen Dienstwagen nehmen können, aber sie hatte Angst, dass das jemand mitbekam. In der Mordkommission hatten die Wände Augen und Ohren.

In den ersten Wochen im neuen Dezernat war noch alles in Ordnung gewesen. Gut, sie war das Küken. Die Jüngste. Gleichzeitig die einzige Frau unter vielen Männern. Einige Kollegen hatten sie offensichtlich angebaggert, andere eher unterschwellig. Natürlich hatte Penny alles abgeblockt. Höflich, aber bestimmt.

Das hatte sie ziemlich schnell in eine gewisse Außenseiterrolle gebracht, obwohl sie sich alle Mühe gab, aufmerksam und scharfsinnig zu sein. Captain Jennings gefiel der frische Wind in seinem Dezernat sehr und er lobte sie ausgesprochen oft.

Ihre Kollegen jedoch ließen sie zunehmend spüren, was sie von diesem Lob hielten. Denn *Business as usual* war nun mal angenehmer als sich mit neuen Herangehensweisen und Ansichten zu befassen.

Seit dem ersten Mord an der SeattleU jedoch, hatte sich das Klima ihr gegenüber nochmals verändert. Hatten die Kollegen sie vorher auf privater Ebene mehr und mehr außen vorgelassen, so färbte es jetzt auch zunehmend auf die tägliche Arbeit ab. Bisher hörten sich die anderen gerne ihre

Meinung an und wägten Pennys Schlussfolgerungen genauso ab, wie die aller anderen Kollegen. Doch seit dem Mord war alles anders.

Penelope entdeckte so offensichtliche Hinweise, so klare Spuren, doch sie wurde geradezu mundtot gemacht.

Lediglich Brian hielt sich immer zurück und das war sein Glück. Nie im Leben hätte sie auch nur darüber nachgedacht, ihn zu daten, wenn er sie im Job auch so behandelt hätte. Sie war sich nur noch nicht so sicher, ob Brian es ernst meinte. Er wirklich Interesse an ihr als Mensch hatte.

Oder, ob er vielleicht doch von den Anderen auf sie angesetzt wurde, um sich erst ihr Vertrauen zu erschleichen, nur um sie dann zu deren Gunsten zu beeinflussen.

Das könnte er vergessen.

Das könnten sie alle vergessen.

Penny würde sich von niemandem beeinflussen und von niemandem verbiegen lassen.

Das hatten selbst ihre Eltern nie geschafft. Der Haussegen bei den Hamiltons hing gewaltig schief, als Penny ihren Eltern verkündete, nach dem Studium rauf nach Seattle zu ziehen. Aber sie hatte es durchgezogen. Gegen alle Widrigkeiten angekämpft und es am Ende geschafft. Und eins stand fest: Sie war nicht so weit gekommen, nur um sich dann von Kollegen kleinhalten zu lassen. Detectives, die die Aussicht auf Football und Bier immer den Überstunden an einem neuen Tatort vorziehen würden.

Im Grunde lag der Tatort an der SeattleU keine zehn Minuten Autofahrt vom Dezernat der Mordkommission entfernt. Wäre da nicht ein Stau wegen der lästigen Baustelle auf der *Madison Street* gewesen, in den der

Taxifahrer zielgerichtet hineinfuhr. Es war ja nicht so, dass man das Chaos leicht hätte umfahren können.

Das Ende vom Lied war, dass sie nach knapp zwanzig Minuten vor dem *Jim and Janet Sinegal Center* ausstieg. Es ärgerte sie schon etwas, denn in nur fünfzehn Minuten wäre sie dieselbe Strecke auch locker zu Fuß gegangen.

Es fühlte sich für Penny etwas seltsam an, auf einmal ganz alleine und ohne einen Kollegen, zurück an den Tatort zu gehen. Im Grunde wusste sie auch nicht, was sie sich erhoffte. Aber sie wollte nichts unversucht lassen, doch noch eine neue Spur zu finden. Vielleicht noch mehr Fingerabdrücke? Man stelle sich vor, Carter hätte tatsächlich aus Versehen die einzige heiße Spur vernichtet und der Mord bliebe deshalb unaufgeklärt.

Penny betrat das Gebäude durch den großen Haupteingang. Im Atrium war einiges los. Hier ein Grüppchen von Studentinnen, die angeregt tuschelten. Auf der Empore direkt vor ihr standen zwei Herren an das Geländer gelehnt und unterhielten sich angeregt. Ihrer Auffassung nach waren die beiden definitiv zu alt, um noch zu studieren. Vielleicht Professoren oder andere Angestellte.

Wohin ihr Blick auch schweifte, niemand schien auch nur eine Notiz von ihr zu nehmen.

Zielstrebig ging sie auf den kleinen Counter rechts vom Eingang zu, wo eine ältere Dame geschäftig auf ihrer Tastatur tippte. Höflich, wie sie nun mal war, wartete sie, bis die Dame sie mit einem schon fast großmütterlichen Blick anschaute.

»Detective Penelope Hamilton, Mordkommission Seattle. Ich bin hier wegen der laufenden Ermittlung. Sie haben sicherlich davon gehört?«

Mit Aussprechen dieses Satzes hatte sie ebenfalls ihre

Dienstmarke hervorgekramt und hielt sie der Dame gut sichtbar vor die Nase.

»Aber sicher, Officer. Wie kann ich Ihnen helfen?«

Penny ignorierte, dass sie fälschlicherweise als Officer und nicht als Detective betitelt wurde. Ihr Gegenüber machte alles andere, als den Eindruck, sie nicht ernst zu nehmen und deshalb gering zu schätzen.

»Ich würde mir gerne noch einmal den Raum ansehen, von dem aus die Überwachungskameras gesteuert werden. Wäre das möglich?«

Die Dame nickte freundlich.

»Aber natürlich. Geben Sie mir einen Moment, ich rufe einen unserer Hausmeister. Er wird Ihnen die Räumlichkeiten aufschließen.«

Dankend nickte sie ihr zu, bevor sie sich umdrehte und ihren Blick nochmals über das Atrium schweifen ließ.

Hier muss es doch auch Kameras geben.

Sie zählte auf Anhieb vier Kameras, die zumindest den Haupteingang, die großen Treppen und die Abzweigungen erfassen sollten.

»Entschuldigen Sie, Officer? Mr. Garcia wird in wenigen Minuten hier sein und steht Ihnen dann zur Verfügung.«

Penny war so vertieft darin, sich die Blickwinkel der Kameras vorzustellen, dass sie gar nicht mitbekommen hatte, dass die ältere Dame fertig telefoniert hatte.

»Vielen Dank, das ist sehr freundlich.«

Während sie auf diesen Mr. Garcia wartete, schlenderte sie ein wenig durch das große Atrium. Vielleicht gab es weitere Überwachungskameras, die sie vom Counter der älteren Dame aus nicht sehen konnte. Und tatsächlich. In den beiden Korridoren, die rechts und links vom Atrium abgingen, befanden sich noch weitere Kameras. Wenn sie das von hier aus richtig sehen konnte, war ungefähr alle zehn bis zwanzig Meter eine Weitere platziert.

Wenn sich diese Kameradichte so durch das ganze Gebäude zieht, dann hat sich aber jemand richtig Mühe gemacht, die Aufnahmen zur Tatzeit verschwinden zulassen.

Kurz drehte sie sich um, um zu schauen, ob ihre Begleitung inzwischen eingetroffen war. Scheinbar brauchte Mr. Garcia etwas länger.

Da auch wirklich nur die Aufnahmen um den Tatzeitpunkt herum fehlen, muss sie jemand gelöscht haben, der weiß, was er tut. Gleichzeitig muss er einen Schlüssel haben, denn die Dame meinte, dass man mir aufschließen würde. Das könnte doch ein Ansatz sein.

»Señorita? Man sagte mir, dass Sie sich gerne die Video-Überwachungszentrale anschauen möchten?«

KAPITEL 3
JOSHUA

Die Sonne stand bereits ein gutes Stück tiefer am Horizont, als Joshua an der großen Sportsbar in Downtown Seattle eintraf.

Ungeduldig schaute er auf seine Uhr. Zwei Minuten vor 20:00 Uhr. Es bestand gar kein wirklicher Grund, ungeduldig zu werden. Ungeduld war mit Sicherheit auch das falsche Wort für das, was ihm gerade durch den Kopf ging. Es war mehr eine Art Unzufriedenheit, dass sein Date ihn warten ließ. Genau das war schon fast absurd, denn es war ja nicht mal mehr 20:00 Uhr.

Joshs Gesicht sprach Bände. Seine Stirn warf falten, die Augenbrauen standen nah beieinander und die Mundwinkel zeigten tief nach unten.

Wieder blickte er auf die Uhr.

»Hallo, Professor Stewart. Pünktlich, wie bestellt.«

Annika lächelte ihn aufrichtig an und schien gar nicht zu bemerken, wie angespannt Josh in diesem Moment war. Aber sie hatte auch keine Möglichkeit mehr, etwas zu bemerken. In der Sekunde, in der sie ihn ansprach, bewegten sich seine Mundwinkel nach oben. Die Stirnfalten verschwanden augenblicklich und er war wieder da: Joshua Stewart, der charismatische Charmeur.

In einer eleganten Bewegung nahm er ihre Hand, führte sie zu seinem Mund und anders, als heute nach der Vorlesung, deutete er den Handkuss nicht nur an. Sanft küsste er ihre Hand und schaute ihr dabei tief in ihre strahlend grünen Augen. Danach ließ er ihre Hand nicht etwa los, sondern senkte sie lediglich ein kleines Stück ab.

»Ich freue mich sehr, dich zu sehen, Annika. Es macht dir doch nichts aus, wenn wir uns duzen? Ich bin Joshua.«

Annika lächelte ihn noch immer an und nickte nur stumm.

»Das ist fein. Dann wollen wir uns doch mal einen schönen Abend machen, nicht wahr?«

Süffisant lächelte Josh die junge Studentin an, die in diesem Moment zu keiner Antwort fähig schien.

»Sehr gut! Ich habe schon richtig Hunger. Wie sieht es bei dir aus?«

Noch immer machte er keine Anstalten, Annika loszulassen. Stattdessen faltete er ihre und seine Hand zusammen und so gingen sie – wie ein Paar – *händchenhaltend* in das Lokal.

»Ah, Joshua. Es ist schön, dich zu sehen.«

Jeff, der Barkeeper, hatte Josh scheinbar schon beim Hereinkommen gesehen, hatte sofort seinen Posten hinter dem Tresen verlassen und begrüßte ihn jetzt wie einen alten Freund. Auch Annika schüttelte er überschwänglich die Hand.

»Ich habe dir deinen Lieblingstisch auf der Empore freigemacht. Einen Aperitif für die Dame und dich? Geht auf mich.«

Joshua war wieder in seinem Element. Er lächelte den

alten Jeff an, bedankte sich freudig und deutete Annika sodann den Weg in Richtung ihres Platzes.

Dieser stand auf einer kleinen Empore, etwas erhöht über dem Gastraum. Hier oben war nur Platz für vier weitere Tische und so mutete es etwas mehr exklusiv an, als unten in der Menge.

Die Bar war um diese Zeit bereits gut gefüllt. Auf großen Displays lief ein Footballmatch. Eine bunte Mischung aus Gästen, die offensichtlich wegen dem Spiel hier waren, mischte sich mit Gästen, die einfach nur feiern und lecker essen wollten.

Ganz wie ein Gentleman rückte er ihren Stuhl ab. Dann deutete er ihr an, dass sie sich setzen solle, und verbeugte sich anschließend.

Annika kicherte vergnügt.

Er hatte sich gerade hingesetzt, als Jeff auch schon mit den Aperitifs kam.

»Einen Prosecco für die Dame. Und für den Herren hätten wir einen Martini. Zum Wohl.«

Mit diesen Worten machte er auf dem Absatz kehrt und verschwand unauffällig.

Joshua hob seinen Martini hoch und kündigte an, einen Toast aussprechen zu wollen.

»Auf einen wunderbaren Abend, meine liebe Annika.«

Diese hob nun auch ihr Glas und prostete ihm zu.

Nach dem Dinner und einigen weiteren Drinks hatte Annika ihre Schüchternheit verloren. Auch Josh hatte sich sichtbar entspannt und genoss, wie die Dame, die eigentlich seine Studentin war, ihn anhimmelte.

»Darf ich dir eine persönliche Frage stellen?«

Joshua hob die Augenbrauen.

»Aber natürlich, meine Liebe. Alles, was du willst.«

Scheinbar nach den richtigen Worten suchend, formulierte sie zögerlich ihre Frage.

»Wie ist es für dich, von allen nur als das Wunderkind gesehen zu werden? Interessiert sich da überhaupt noch jemand für den Menschen hinter dem Phänomen?«

Was für eine tiefsinnige Frage für ein Blondchen.

Joshua lächelte unbewusst bei diesem Gedanken. Annika schien das allerdings scheinbar falsch zu interpretieren und schob sofort hinterher, dass er nicht antworten müsse, wenn die Frage zu persönlich wäre.

»Nein, nein. Eine sehr gute Frage. Fast niemand interessiert sich für Joshua Stewart. Die Allermeisten interessieren sich für das Wunderkind. Alle wollen wissen, wie ich das bloß geschafft hätte.«

Er ließ diese Worte kurz etwas sacken und nippte an seinem Drink, bevor er weitersprach.

»Und ab diesem Moment sind diese Menschen für mich persönlich uninteressant. Ich denke, mein bisheriger Werdegang wurde von den Medien ausreichend gut dokumentiert. Jeder, der sich dafür interessiert, hätte sich informieren können.«

Annikas Gesichtsausdruck wurde ernster, ihre Augen schmaler.

»Und wer ist nun der Mensch hinter dem Wunderkind?«

Erneut nahm er einen Schluck seines Drinks. So viel ehrliches Interesse daran, ihn kennenzulernen, hatte er ihr gar nicht zugetraut und ihr auch nicht suggeriert. Josh ging fest davon aus, dass Annika einen Freund hatte und daher nur seinem unablehnbaren Wunsch folgte, ihn kennenlernen zu wollen. So war es zumindest bei den meisten hübschen jungen Frauen, die er zum Dinner ausführte.

»Der Joshua hinter dem Wunderkind ist sehr getrieben.

Meine Vergangenheit, meine Studiengänge, die frühen Promotionen und schließlich die Verleihung des Professorentitels im Schnellverfahren sind eine unglaubliche Bürde für mich. Es kostet viel Energie, viel Achtsamkeit und Zeit, jedem gerecht zu werden. Manchmal habe ich das Gefühl, dass ich mich selbst verliere, zwischen diesen ganzen Aufgaben und Verpflichtungen. Aber ich will nicht klagen, es war der Weg, den ich mir ausgesucht habe.«

Josh lächelte Annika in diesem Moment aufrichtig an. Nicht so gestellt und überzeichnet, wie er es sonst tat. Sie schien es zu bemerken, denn sie nahm seine Hand und sagte einen Satz, der ihn etwas aus dem Konzept brachte.

»Ich habe dich heute Abend oft lächeln sehen, aber kein Lächeln war so aufrichtig wie dein Lächeln jetzt im Moment.«

Wow. Ich habe sie total unterschätzt. Ob sie mich vielleicht wirklich mag?

Er wollte diesen Gedanken so gerne zulassen. Sich so gerne darauf einlassen und weiter über seine Gefühle und Gedanken sprechen. Aber es funktionierte nicht. Seine über Jahre aufgebauten Mauern hielten Joshua davon ab.

»Lass uns nicht länger über mich sprechen. Erzähle mir von dir, meine Liebe. Wo kommst du her? Was hast du bisher gemacht? Was sind deine Pläne?«

Sein aufrichtiges Lächeln war fort und wieder der aufgesetzten Variante gewichen. Der Variante, die immer jeder so charmant und freundlich fand.

Annika erzählte ihm, dass sie vor knapp zehn Jahren mit ihren Eltern mittels Greencard in die USA ausgewandert war und sie inzwischen keinen Bezug mehr zur alten Heimat hätte. Das sie Anwältin werden wolle und daher schon seit Anfang des Semesters in seinen Vorlesungen wäre.

Josh erinnerte sich aber partout nicht daran, Annika

schon einmal gesehen zu haben. Misstrauen stieg in ihm auf. Er erinnerte sich in der Regel an jeden einzelnen Studenten.

Andererseits hatte das Semester erst vor Kurzem begonnen. In den letzten Wochen hatte er weiß Gott genug um die Ohren gehabt und war daher abgelenkter, als sonst.

Dennoch siegte sein Misstrauen und so konnte er nicht anders, als Annika nach Kursinhalten der letzten Wochen zu fragen.

»Wird das hier ein Verhör, Joshua?«

Kichernd schaute sie ihn an und strich sich eine Strähne aus dem Gesicht.

»Sei doch so lieb und beantworte mir einfach meine Frage, Annika.«

Sie gehorchte ohne Widerspruch.

Und tatsächlich, Annika wusste sogar noch recht genau, worum es in den einzelnen Vorlesungen ging. Sie erinnerte sich sogar daran, dass einmal ein junger Mann mit südländischem Teint in eine Vorlesung kam und Josh daraufhin eine gute halbe Stunde weg war.

Er war überzeugt.

Das hätte sie nicht wissen können, wäre sie nicht wirklich dort gewesen.

Langsam schob er seine Brille wieder etwas höher auf die Nase.

Ich darf nicht immer so paranoid werden. Warum sollte man auch eine Studentin in meine Vorlesung einschleusen. Und vor allem, wer sollte so etwas machen? Außerdem mag ich sie irgendwie.

»Du hast ein wirklich brillantes Gedächtnis, Annika. Das wird dir später im Job sehr zum Vorteil sein.«

Die beiden unterhielten sich noch eine Weile und Josh taute immer mehr auf. Es war ihr erster Abend. Die ersten Stunden, in denen sie sich kennenlernten und unterhielten.

Etwas, das Joshua teilweise mehrmals wöchentlich mit stets wechselnden Begleitungen machte. Aber hier und heute war etwas anders.

Annika schaffte es, dass Josh seine inneren Mauern ein klein wenig senkte. Ihr Einblicke in sein Inneres gab. Sich verletzlich machte.

Immer wieder erschrak er vor sich selbst, wenn er ihr Dinge anvertraute, die er noch nie jemandem anvertraut hatte. Immer wieder wägte er ab, ob es die richtige Entscheidung war und immer wieder kam er zu dem Schluss, dass er vor Annika nichts zu befürchten hatte.

Am Ende des Abends wusste sie mehr von Joshua, als jeder andere Mensch, dem er in den letzten Jahren begegnet war. Außer vielleicht seine Schwester Victoria, aber sie war nun mal seine Schwester. Die beiden hatten eine Menge durchmachen müssen.

Annika hatte den unsicheren, verletzlichen und ängstlichen Joshua kennengelernt und war in keiner Weise abgeschreckt. Im Gegenteil, sie bedankte sich bei ihm für seine Offenheit und für diesen wundervollen Abend.

Diese Worte sagten seine Begleitungen zwar immer, aber nur, weil er ihnen diese Worte in den Mund gelegt hatte. Er brauchte für sich selbst diese Bestätigung, wie toll und anziehend er war.

Jede andere Frau hätte er jetzt mit zu sich nach Hause genommen und die Nacht mit ihr verbracht. Jede andere Frau hätte keinerlei Wahl gehabt, außer seinem Wunsch zu folgen. Ohne Zwang, ohne Gegenwehr, aber ohne es wahrscheinlich wirklich zu wollen.

Heute wich Joshua von seinem üblichen Schema ab. Sie teilten sich ein Uber-Taxi und er fuhr mit Annika zu ihrem Studenten-Apartment in der 1223E Cherry Street.

Allerdings blieb er dann im Wagen sitzen, bedankte sich

für den wunderbaren Abend und fragte sie – fast wie ein schüchterner Junge – ob sie Lust hätte, das zu wiederholen. Wie schon so oft an diesem Abend, lächelte sie ihn mit ihren strahlenden grünen Augen an und nickte aufrichtig.

Als das Auto weiterfuhr, blickte Josh ihr hinterher und ertappte sich dabei, wie er immer noch lächelte. Es war wieder diese Art des Lächelns, das echt und nicht antrainiert war.

KAPITEL 4
DAMALS

Es war ein Samstagabend, damals vor zwölf Jahren.

Joshuas Schwester Victoria feierte ihren vierzehnten Geburtstag. Es war nur eine kleine Feier, denn ihre Eltern hatten nicht viel Geld.

Sie durfte daher nur eine einzige, weitere Freundin einladen, um wenigstens mit einem selbstgebackenen Kuchen und ein paar nett dekorierten Luftballons ein klein wenig Geburtstagsgefühle erleben zu können. Ihre Mom Charlotte hatte versucht, mit den wenigen Mitteln, die ihr zur Verfügung standen, ihrer Tochter einen schönen Tag zu ermöglichen.

Nach dem Kuchen tobten Josh, Vicky und ihre Freundin im Haus herum und dabei passierte ihr leider ein kleines Missgeschick.

Nichts Wildes. Nichts Dramatisches.

Die kleine Vase, die auf dem Tisch vor dem Fernseher stand, fiel herunter und zersprang in ihre Einzelteile.

»Es ist doch nur eine alte Vase«, hatte Vickys Freundin noch gesagt. Nur eine alte Vase für sie, aber was das für

Vicky bedeuten würde, konnte sie zu dem Zeitpunkt schon erahnen. Ob es ihr Geburtstag war oder jeder andere, normale Tag, war in so einem Fall egal.

Am Abend, Vickys Freundin war schon längst wieder daheim, kam ihr Dad von der Spätschicht zurück. Er arbeitete in einer Reifenfabrik und roch immer furchtbar nach Gummi, wenn er nach Hause kam.

Und so rochen sie ihren Dad bereits, als er die Treppe hinauf zu ihrem Schlafzimmer kam. Die Tür war nur angelehnt und sie hörten auch ihre Mom, wie sie versuchte, ihren Mann zu beruhigen.

»Peter, es ist doch nur die alte Vase. Die bekomme ich geklebt und sie wird wie neu aussehen.«

Doch ihr Mann ließ sich nicht beruhigen.

Mit einem unnötig heftigen Hieb warf er die Tür zum Zimmer der Kinder auf, sodass sie mit einem ohrenbetäubenden Lärm gegen den Kleiderschrank schlug.

Charlotte schluchzte, sie ahnte wohl, was nun folgen würde.

»Wieso kannst du nicht ein einziges Mal aufpassen? Wieso musst du immer gleich übertreiben? Was bist du nur für ein nichtsnutziges kleines Miststück.«

Wutschnaubend stapfte er auf seine Tochter zu. Vicky saß zusammengekauert und mit Tränen in den Augen auf ihrem Bett. Peter war nur noch ein paar Schritte von ihr entfernt, als er seine rechte Hand hob und gerade ausholen wollte.

»Du wirst Vicky nicht schlagen. Hörst du? Du wirst Vicky nicht schlagen!«

Zitternd vor Angst stand Josh auf seinem Bett und hatte bei diesen Worten seine Hand zur Faust geballt. Ihm war in diesem Moment vollkommen bewusst, dass sein Dad erst seine Schwester schlagen würde und er der Nächste sein würde.

Man widersprach seinem Dad nicht.

Zumindest nicht, wenn man nicht mit den Konsequenzen leben konnte.

Doch was dann passierte, überraschte nicht nur ihn.

Sein Dad ließ langsam seine Hand sinken und blieb stehen. Es dauerte gefühlt eine Ewigkeit, in der er nur dastand und Vicky anstarrte.

Vicky heulte nun herzzerreißend los und auch ihre Mom konnte ihre Tränen nicht mehr zurückhalten.

Schließlich erwachte er aus seiner Starre und drehte sich zu Joshua um.

»Okay, Josh. Wenn du das möchtest.«

Nach dem Aussprechen dieser Worte verließ er schweigend das Zimmer. Joshua konnte hören, wie er langsam die Treppe heruntergging. Der Geruch von Gummi hing immer noch schwer im Raum.

Stille.

Josh sprang von seinem Bett auf und lief zu seiner Schwester. Sie weinte inzwischen nicht mehr und schaute ihn verdutzt an. Er nahm sie in den Arm und beugte sich schützend vor sie. So, als wenn er selbst noch nicht daran glaubte, dass sein Dad wirklich einfach gegangen war.

Jetzt erwachte auch ihre Mom aus ihrer Schockstarre, streichelte Vicky über das Haar und schaute Josh mit starren Augen an.

»Josh. Josh, wie hast du das gemacht? Ich verstehe das nicht.«

Zu mehr Worten war Charlotte in diesem Moment nicht fähig. Das musste sie aber auch gar nicht, denn er wusste es ja selbst nicht besser.

An diesem Abend hatte er Mühe einzuschlafen. Seine Gedanken kreisten und er grübelte, warum sein Dad so reagiert hatte.

Es sollte noch eine Weile dauern, bis er das herausfinden würde.

KAPITEL 5
PENNY

Penny drehte sich herum und schaute in das freundlich lächelnde Gesicht eines Latinos, der vielleicht vier oder fünf Jahre älter als sie selbst war. Seine kurzen schwarzen Haare waren gepflegt und etwas nach oben gestylt. Er trug einen schwarzen Arbeitsanzug mit dem unverkennbaren Logo der SeattleU.

»Hallo, Señorita. Ich bin Rodriguez. Ich arbeite im Facilitymanagement.«

Sie erwiderte sein Lächeln und zeigte Rod beiläufig und unauffällig ihre Dienstmarke.

»Schon gut. Wir haben uns schon einmal kurz gesehen, als Sie mit Ihren Kollegen hier waren. Mein Gedächtnis ist hervorragend, auch wenn ich hier nur der Hausmeister bin.«

Sein Lächeln wuchs zu einem ausgewachsenen Grinsen heran. Penny war es etwas peinlich, denn sie erinnerte sich in keiner Weise an ihn.

»Wollen wir? Ich bringe Sie zur Video-Überwachungszentrale.«

Penny folgte Rod durch die Gänge im Erdgeschoss. Ihre Blicke wanderten die Decken entlang. Tatsächlich. In jedem

Flurabschnitt hing eine Kamera. Theoretisch sollte so eine fast lückenlose Überwachung der Flure möglich sein.

Vor einer unscheinbaren Tür blieb ihr Begleiter stehen und kramte seine ID-Card aus der Hosentasche.

Eine ID-Card. Vielleicht werden die Tür-Öffnungen ja gespeichert.

»Was genau möchten Sie sich denn anschauen, Señorita? Ich hatte Ihren Kollegen die Anlage bereits zur Verfügung gestellt und Sie haben selbst gesehen, dass die Videos rund um die Tatzeit gelöscht wurden.«

Penny ließ sich etwas Zeit mit ihrer Antwort und schaute sich die Geräte und die Monitore erst einmal in aller Ruhe an.

»Mr. Garcia. Wer hat alles Zutritt zu diesem Raum?«

Rod kratzte sich kurz am Hinterkopf.

Sah sie da bei ihm gerade eine gewisse Nervosität aufblitzen, oder bildete sie sich das nur ein?

»Sí. Das sollten alle Mitarbeiter der Verwaltungsebene sein. Wir vom Facilitymanagement und natürlich der Sicherheitsdienst.«

Penny zeigte auf das Video-Mischpult vor ihr.

»Und mit diesem Mischpult kann man händisch die einzelnen Kameras aufschalten und über den Joystick sogar steuern?«

Tatsächlich. Auf Rods Stirn bildeten sich kleine, aber gut sichtbare Schweißperlen.

»Sie müssen verstehen, Señorita. Das ist nicht mein Fachbereich. Aber soweit ich weiß, kann man nur bestimmte Kameras steuern. Aber sí, mit diesen Knöpfen können Sie alle Kameras auf die Monitore holen.«

Sie ahnte, dass sie auf der richtigen Fährte war und bohrte subtil weiter.

»Können Sie mir das vielleicht zeigen? Also, wie ich

bestimmte Kameras auf den Monitor bekomme und dann auch für diese Kamera die alten Aufnahmen bekomme?«

Rod schwitzte jetzt offensichtlich und ohne Zweifel wusste er, dass Penny das auch bemerkt hatte.

»Ich kann es versuchen. Aber wie schon gesagt, ich bin kein Experte in dieser Technik.«

Etwas unbeholfen trat er nach vorn an das Mischpult heran, drückte einige Knöpfe und Monitor für Monitor erwachte zum Leben.

Mr. Garcia, du siehst nicht so aus, als wüsstest du nicht, was du tust.

»Bitteschön, Señorita. Darf ich fragen, was genau Sie suchen?«

Souverän verneinte sie seine Frage und bedankte sich für seine Hilfe.

»Ich komme jetzt alleine zurecht. Wenn ich fertig bin, ziehe ich die Tür einfach hinter mir zu.«

Das war Pennys Version von *Sie dürfen jetzt gehen* und Rodriguez verstand sie auf Anhieb. Er deutete eine Verbeugung an und verließ den Raum, ohne sich noch einmal umzudrehen.

Sie betrachtete die Tastatur und das Video-Mischpult vor sich genau. Danach den Rest des Schreibtischs.

Na, sieh mal einer an.

Winzige Rückstände von Rußpulver waren zwischen den Tasten zu erkennen. Die Kollegen hatten also offensichtlich versucht, Fingerabdrücke zu finden. In den Akten stand davon jedoch nichts.

Penny setzte sich auf den großen Bürostuhl und begann, sich durch die einzelnen Kameras zu klicken. Es dauerte eine Weile, bis sie sich zurechtfand.

Sie legte ihr Augenmerk nicht auf die Kameras am oder um den Tatort, denn hier stand ja bereits fest, dass diese Aufnahmen gelöscht wurden. Aber war der Täter so gründlich und löschte auch alle Videos der übrigen Kameras? So etwas wäre nicht mal eben in fünf Minuten erledigt. Schon gar nicht, wenn man nicht genau wüsste, wie das ganze System überhaupt funktioniert.

Dazu kam die Türöffnung mit einer ID-Card. Hier würde sie sich beim Sicherheitsdienst erkundigen. Und warum schwitzte jemand ohne ersichtlichen Grund in einem klimatisierten Raum? Normal war das nicht. Hatte Rodriguez etwas mit dem Mord zu tun und war deshalb nervös geworden?

Ein Schritt nach dem anderen.

Ungefähr zwei Stunden verbrachte Penny damit, sich die Videos anzuschauen. Fasziniert von der Gründlichkeit, die der Täter an den Tag gelegt hatte, beendete sie ihre Recherche. Aber eine Sache stand nun fest und auf dieser ruhte nun ihre ganze Hoffnung.

Es gab über einhundert Kameras im ganzen Gebäude. Am und um den Tatort waren vier Kameras. Diese Videos wurden gelöscht. Aber von allen möglichen Ein- und Ausgängen am Gebäude gab es keine Lücken in den Aufzeichnungen.

Das heißt, der Mörder war bereits im Gebäude. Denn wie das Opfer das *Sinegal Center* betrat und zielgerichtet an den Ort ging, wo er schließlich ermordet wurde, wurde lückenlos aufgezeichnet. Es lag also auf der Hand, dass das Opfer sich mit jemandem treffen wollte, den er offensichtlich gekannt haben musste.

Es hatte etwas gedauert, bis Penny das Paradoxon verstanden hatte, wie der Täter schlussendlich den Video-Überwachungsraum nach dem Löschen der Videos wieder verlassen konnte, ohne erneut auf den Überwachungsvideos zu sehen zu sein. Denn das war ja eigentlich ein Ding der Unmöglichkeit.

Zufälligerweise fehlten aber auf allen Videos der gesamten Anlage exakt zur selben Zeit genau eine Minute und zweiunddreißig Sekunden der Aufzeichnungen. Das ließ für Penny nur einen Schluss zu: Die Anlage wurde nach der gründlichen *Säuberungsaktion* neu gestartet.

In dieser Zeit konnten nirgendwo Videos aufgezeichnet werden und diese Zeit nutzte der Täter, um das Gebäude zu verlassen.

Sehr, sehr clever.

Ihre Theorie musste sie allerdings noch durch den Sicherheitsdienst bestätigen lassen. Auch war sie sich sicher, dass nicht jeder einfach mal so ein so komplexes Sicherheitssystem neu starten konnte.

Und am Ende blieben ihr auch noch die hoffentlich vorhandenen Auswertungen der ID-Cards.

Ihre nächste Anlaufstelle stand also fest. Doch zunächst einmal quälte sie sich mühsam vom Stuhl. Ihre hereditäre Neuropathie hatte wieder zugeschlagen. Durch das lange Sitzen auf dem Bürostuhl in der Video-Überwachungszentrale, war ihr rechtes Bein eingeschlafen.

Auf dem Weg zurück in die Eingangshalle stoppte Penny mit ihrer Smartwatch die Zeit. Zwei Minuten bei normalem Schritttempo.

Abermals stand sie schließlich vor dem Counter, wo die nette, ältere Dame immer noch geschäftig in ihren Computer schaute.

»Ah, Officer. Brauchen Sie noch etwas?«

Freundlich lächelte sie Penny an.

»Ja, in der Tat. In der Video-Überwachungszentrale bin ich fertig. Aber sagen Sie, ist es möglich, jemanden vom Sicherheitsdienst zu sprechen?«

Die Dame stutzte.

»Konnte Mr. Garcia Ihnen nicht ausreichend weiterhelfen?«

»Doch, doch. Aber ich habe noch weitergehende Fragen, die Mr. Garcia nicht beantworten kann. Wären Sie so freundlich und schauen, ob jemand Zeit für mich hat?«

Sie setzte bei dieser Frage ein aufrichtiges Lächeln auf. Es war Penny zuwider, den *Cop* raushängen zu lassen. Sei es im Ton oder im Auftritt.

Und siehe da, die Dame griff zum Telefonhörer und zehn Minuten später stand ein älterer Herr vom *Department of Public Safety* vor ihr. Er stellte sich als Edward Vanderbilt vor.

»Sir, die Türschlösser hier funktionieren alle mit ID-Cards. Werden die Türöffnungen aufgezeichnet?«

Vanderbilt stemmte die Fäuste in seine doch recht breiten Hüften. Augenscheinlich machte er das aber mehr aus Bequemlichkeitsgründen und nicht als Drohgebärde.

»Ja, in der Tat. Die Zutritte zu den Räumlichkeiten werden erfasst.«

Bingo!

»Ich würde gerne die Datenerfassung für dieses Gebäude vom Abend des Mords sehen, wenn das möglich ist.«

Geradezu fröhlich begann er zu lächeln und sie verstand im ersten Moment nicht, wie sie das deuten sollte. Doch dann bemerkte sie, wie sich jemand seitlich auf sie zubewegte. Instinktiv machte sie einen Schritt zur Seite und drehte sich dann in Richtung der Person, die Vanderbilt ein so geradezu euphorisches Lächeln auf das Gesicht gezaubert hatte.

»Hallo, Eddie. Schön, Sie zu sehen. Wie geht es Ihrer Frau? Alles gut?«

Vanderbilt nickte eifrig, doch bevor er eine Antwort geben konnte, hatte sein Gegenüber Penny fixiert und strahlte sie mit einem charmanten und offenen Gesichtsausdruck an.

»Hallo, Detective. Wir kennen uns ja noch gar nicht. Ich bin Professor Joshua Stewart.«

Wo hab ich den Kerl schon mal gesehen?

Der Kerl hielt ihr seine Hand zum Gruß hin und sie ergriff sie zögerlich.

»Oh, welch kräftiger Händedruck, Detective. Das gefällt mir.«

Woher weiß er, dass ich Detective bin? Ich habe das nur der Dame am Counter, Mr. Garcia und Mr. Vanderbilt gesagt.

»Es freut mich, Sie kennenzulernen, Professor Stewart. Sagen Sie, sind wir uns schon einmal begegnet? Sie kommen mir irgendwoher bekannt vor.«

Er zog die Augenbrauen hoch.

»Ich war eine Zeit lang in den Medien, als ich parallel Psychologie und Recht studierte und dann auch parallel promovierte. Das Stigmata Wunderkind befleckt seither mein Ansehen.«

Daher kenne ich dich. Aber bleibt die Frage, woher kennst du mich? Aber das klären wir später.

Penny versuchte, ihre Bewunderung zum Ausdruck zu bringen, presste die Lippen aufeinander und nickte leicht.

»Jetzt fällt bei mir der Groschen. Daher kenne ich Sie. Ich würde gerne weiter mit Ihnen plaudern, aber Mr.

Vanderbilt wollte mir gerade bei meinen Ermittlungen helfen.«

Joshs Miene wurde für einen kurzen Moment ernst, bevor er sein Lächeln wiederfand.

»Sie wollen mir doch sicherlich jetzt bei einer Tasse Kaffee erzählen, was Sie heute hier herausgefunden haben und wie Mr. Vanderbilt Ihnen noch behilflich sein sollte. Nicht wahr?«

Seine strahlend weißen Zähne blitzten Penny regelrecht an.

»Professor Stewart. So gerne ich Ihre Einladung auch annehmen würde, aber sicherlich kennen Sie aus Ihrem Studium nur zu gut, dass ich zu einer laufenden Ermittlung keinerlei Auskünfte geben darf. Wenn Sie uns jetzt entschuldigen.«

Was war das denn jetzt? Für wen hält der Kerl sich?

Ohne Joshua eines weiteren Blicks zu würdigen, wandte sie sich wieder Mr. Vanderbilt zu.

»Wollen wir dann? Ich möchte Ihre Zeit nicht zu lange beanspruchen.«

Etwas überrumpelt, aber definitiv von der Situation überfordert, nickte Vanderbilt eifrig und deutete Penny an, dass sie wohl in ein anderes Gebäude müssten, um die Türöffnungen auslesen zu können.

Ein letztes Mal drehte sich Penny zu Joshua um, dem es scheinbar ebenfalls die Sprache verschlagen hatte und der sie noch immer mit einem ausdruckslosen Gesicht anstarrte.

»Es hat mich sehr gefreut, Sie kennenzulernen, Professor Stewart.«

Ihr Weg führte sie in die Zentrale des *Departments of Public Safety* im *Columbia Building* der SeattleU.

Vanderbilt führte Penny in das Büro eines weitaus jüngeren Officers und stellte diesen als Officer Kirk vor. Es brauchte nicht viele Erklärungen, bis der junge Mann verstand, welche Daten sie brauchte. Eifrig begann er auf der Tastatur seines Computers herumzutippen.

»Soll ich Ihnen die Daten vielleicht ausdrucken? Dann ist es für Sie einfacher, Detective.«

Penny wollte gerade antworten, als ihr Smartphone klingelte. Sie nickte dem Officer zu und hielt den Daumen nach oben, bevor sie abnahm.

»Penny. Wo bist du?«

Es war Brian, eben jener Kollege, der Penny nach einem Date gefragt hatte.

»Ich gehe noch ein paar Spuren an der SeattleU nach. Wieso fragst du?«

Sie konnte sein Schnauben durch die Leitung hören.

»Shit. Ich habe gedacht, dass Dick nur wieder rumspinnt. Er schrie hier gerade eben durchs Büro wegen dir. Wer dir erlaubt hätte, eigenmächtig zu ermitteln.«

Woher weiß Dick das? Hier stimmt doch was nicht.

»Okay. Und das weiß Dick genau woher? Ich habe da mit niemanden vorher drüber gesprochen.«

»Penny, ich weiß es nicht. Aber mach dich auf was gefasst, wenn du zurückkommst. Mehr kann ich dir gerade nicht sagen. Bis später.«

Brian legte auf.

Sprachlos stand sie da und wusste das soeben geführte Telefonat nicht richtig einzuordnen. Irgendjemand hier auf dem Campus musste direkt mit ihrem Sergeant Dick Carter gesprochen haben.

Aber warum?

Wer sollte ein Interesse daran haben, Dick zu stecken, dass sie hier ermittelt? Würde derjenige mit drinstecken, dann würde er sich doch in sein eigenes Fleisch schneiden. Oder aber Dick steckt auch in der Sache mit drin und hat daher *aus Versehen* die Beweisstücke vernichtet?

Unbewusst schüttelte sie den Kopf. Das konnte nicht sein.

»Hier sind die Ausdrucke, Detective. Kann ich sonst noch etwas für Sie tun?«

Officer Kirk lächelte sie freundlich an.

»Eine Frage hätte ich noch. Wissen Sie, wie lange es dauern würde, das Video-Überwachungssystem drüben im *Jim and Janet Sinegal Center* neu zu starten? Und wer könnte das System überhaupt neu starten?«

Ihr Gegenüber blickte sie etwas verdutzt an, zögerte aber nicht mit seiner Antwort.

»Ein Neustart kann im Grunde nur in der Video-Überwachungszentrale selbst durchgeführt werden. Hierzu muss man wissen, wie der Computer neu gestartet wird, und braucht das System-Passwort. Das Passwort haben nur wir hier in der Sicherheits-IT.«

Er kratzte sich am Kopf und schien etwas abzuwägen.

»Und was den Neustart angeht. Ich denke, das sollte um die zwei Minuten dauern. Aber so genau habe ich mir das noch nie angeschaut.«

Penny schaute ihm in die Augen, als ob sie darin zu erkennen versuchte, ob er auch irgendwie in dieser Sache mit drinstecken könnte. Direkt danach wanderte ihr Blick auf die Brusttasche seines Hemds, auf der ein silbernes Namenschild thronte.

Nicht paranoid werden, Penny Hamilton.

»Das war wirklich sehr freundlich, dass Sie mir die

Daten ausgedruckt haben und mir meine Fragen so ausführlich beantwortet haben, Officer Kirk.«

Sie verabschiedete sich höflich und verließ das Gebäude dann auf direktem Weg. Nervös schaute sie sich um. Penny fühlte sich beobachtet. Irrational irgendwie, aber sie wurde dieses Gefühl einfach nicht los.

Ich muss die Daten sichten, bevor ich zurück zum Dezernat fahre. Wer weiß, was mich dort erwartet.

KAPITEL 6
JOSHUA

Sein Telefon vibrierte auf dem großen Tisch des Hörsaals. Mit einem Seitenblick nahm Josh wahr, dass Rod anrief.

Rod weiß, dass ich eine Vorlesung halte. Das kann nichts Gutes bedeuten.

»Entschuldigt mich bitte kurz, hier muss ich rangehen.«

Demonstrativ hielt er bei diesem Satz sein Smartphone in die Höhe und verschwand vor die Tür des Saals.

»Rod, ich hoffe, es ist wichtig?«

Der scharfe Unterton in seiner Stimme war nicht überhörbar.

»Natürlich ist es wichtig. Ich weiß doch, wo du gerade bist. Pass auf, eine junge Frau von der Mordkommission ist eben im J&J aufgetaucht und möchte die Video-Überwachung sehen. Die alte Grey hat mich angerufen und gebeten, ihr aufzumachen. Was soll ich tun?«

Josh verdrehte die Augen, nahm seine Brille ab und säuberte sie kurz an seinem Hemdsärmel.

»Rod, ich würde vorschlagen, du schließt ihr auf. Was sollst du auch sonst tun?«

Stille.

»Ich bin nicht in der Stimmung für deine Späße. Du weißt genau, wovon ich spreche. Was, wenn sie etwas findet?«

Ein Student ging in diesem Moment an Josh vorbei, sodass er mit seiner Antwort ein paar Sekunden warten musste. Er musste sicherstellen, dass in diesem Augenblick niemand zuhörte.

»Rodriguez. Hör mir jetzt gut zu. Du möchtest dir keine Sorgen machen, denn sie wird nichts finden. Hast du das verstanden? Relax! Ich komme nach der Vorlesung zum J&J und schaue, ob ich euch finde. Ich kümmere mich dann um sie.«

Und wieder legte Josh auf, ohne sich zu verabschieden oder sich für diesen Hinweis zu bedanken. Es war einfach nicht seine Art, anderen Menschen mehr Respekt zu erweisen, als unbedingt nötig. Zumindest nicht, wenn er sich nichts davon versprach.

Es herrschte reges Treiben im J&J, als Joshua das Atrium betrat. Er hatte sein übliches, strahlendes Lächeln aufgesetzt und es dauerte keine Minute, bis er von der ersten kleinen Gruppe von Studenten freudig begrüßt wurde. Routiniert ließ er den Small Talk über sich ergehen und schüttelte viele Hände.

Als er sich von der Gruppe absetzen konnte, ging er schnellen Schritts zum Counter, wo er Mrs. Grey schon von weitem sah.

»Mrs. Grey, wie wunderbar, Sie zu sehen. Sagen Sie, ist die nette Dame von der Polizei noch hier, oder ist sie schon wieder fort?«

Sie strahlte, als sie Josh erkannte. Sofort stand sie auf, um ihm die Hand zu reichen.

»Mein lieber Joshua. Welch Freude. Ja, die Dame ist noch da. Mr. Garcia kam vor ungefähr einer Stunde zu mir und meinte, sie wolle jetzt ungestört in der Video-Überwachungszentrale sein.«

Joshua bedankte sich höflich und verschwand dann in den hinteren Bereich des Atriums, von wo aus er alles gut überblicken konnte.

Jetzt heißt es warten.

Es dauerte eine geschlagene Stunde, in der er dort stand und wartete. Er hasste es, zu warten. Dementsprechend hatte er große Mühe, seine Mimik die ganze Zeit unter Kontrolle zu halten.

Es wurde nicht unbedingt besser, als Professor Sharma ihn ansprach und in ein Gespräch verwickelte. Sharma war Professor der Psychologie an der SeattleU und bis vor einigen Monaten ein direkter Kollege von ihm.

Josh hatte seinerzeit darum gebeten, seine Vorlesungen in Psychologie für ein paar Semester zu pausieren, damit er sich mehr auf seine Vorlesungen an der *School of Law* konzentrieren konnte.

Das mag für die anderen Professorinnen und Professoren vielleicht etwas sprunghaft gewirkt haben, aber man verzieh es ihm schnell. Er war jung. Er war eine Ausnahmeerscheinung. Er wollte sich ausprobieren. Die allesamt älteren Damen und Herren wünschten sich sicherlich insgeheim, in diesem Alter bereits so weit gekommen zu sein.

Aber es gab keinen Neid und keine Missgunst. Sie alle liebten ihn und hätten sich beim alten Dekan für ihn eingesetzt, wenn dieser mit seiner Entscheidung nicht einverstanden gewesen wäre. Aber auch Dekanin Higgens stand ihm wohlwollend gegenüber. Sie war erst zwei Monate im Amt, nachdem der alte Dekan auf tragische Art und Weise bei einem Sturz vom Dach des *Pigott Buildings* unweit der *Law School* ums Leben kam.

Das Leben an der Uni stand danach für eine ganze Woche still. Der Schock über diesen Verlust lag allen in den Knochen. Josh schaffte es seinerzeit, das Kollegium aus der Schockstarre zu holen. Er schlug vor, Prodekanin Higgens schnellstmöglich in ihrem neuen Amt zu bestätigen. Man müsse den Studentinnen und Studenten jetzt Sicherheit und Halt geben.

Sicherheit und Halt. Etwas, das Josh bisher in seinem Leben selten erfahren hatte.

Als er endlich die junge Detective im Atrium erblickte, sinnierte Professor Sharma gerade über die nachlassende Motivation der neuen Studierenden in diesem Semester. Josh hätte ihn gerne unterbrochen und ein Wort von ihm hätte gereicht, aber Sharma holte kaum Luft und sprach ohne Unterbrechung. Leider waren zu viele andere Menschen in unmittelbarer Nähe, sodass er sich auch nicht mit ein oder zwei deutlichen Worten hätte Gehör verschaffen können.

Ihm blieb nichts, als es über sich ergehen zulassen und dabei interessiert zu nicken. Innerlich brodelte er jedoch.

Eine gefühlte Ewigkeit später beendete der Professor endlich einen Satz, ohne sofort wieder anzusetzen.

»Professor Sharma, Sie haben jetzt einen wichtigen Termin und müssen leider gehen. Nicht wahr?«

Er lächelte ihn an.

»Professor Stewart. Es tut mir leid, aber ich habe nun leider einen wichtigen Termin. Es war wie immer sehr nett, mit Ihnen zu plaudern.«

Noch während Sharma diesen Satz aussprach, ließ Josh ihn einfach stehen und ging auf die junge Dame der

Mordkommission zu. Sein aalglattes Lächeln war wieder in sein Gesicht zurückgekehrt.

Shit, der alte Vanderbilt ist bei ihr. Um den muss ich mich zuerst kümmern.

Josh sah, wie die Detective sich bereits zu ihm umdrehte, als er noch einige Meter entfernt war. Sie schien das etwas debile Lächeln von Edward Vanderbilt bemerkt zu haben.

»Hallo, Eddie. Schön, Sie zu sehen. Wie geht es Ihrer Frau? Alles gut?«

Und jetzt zu dir.

»Hallo, Detective. Wir kennen uns ja noch gar nicht. Ich bin Professor Joshua Stewart.«

Josh streckte ihr seine Hand hin und fieberte dem Moment entgegen, in dem sie diese ergriff.

Erleichtert begann er ihre Hand zu schütteln.

Und ab sofort gehörst du mir.

»Oh, welch kräftiger Händedruck, Detective. Das gefällt mir.«

Für eine Frau hatte Detective Penelope Hamilton wahrlich einen kräftigen Händedruck. Er war sichtlich beeindruckt.

»Es freut mich, Sie kennenzulernen, Professor Stewart. Sagen Sie, sind wir uns schon einmal begegnet? Sie kommen mir irgendwoher bekannt vor.«

Sieh an. Und wieder einmal ist mein Ruf mir vorausgeeilt. Das macht das Ganze nur noch einfacher.

Josh erzählte ihr die übliche Leier. Sätze, die er sich irgendwann einmal zurechtgelegt hatte und auf die er seither immer wieder zurückgriff. So konnte man sich zum einen nicht verplappern und zum anderen genoss er die Bewunderung, die ihm dann immer entgegen schwappte, wenn er fertig war. Dieses Mal war es jedoch etwas anders.

»Jetzt fällt bei mir der Groschen. Daher kenne ich Sie.

Ich würde gerne weiter mit Ihnen plaudern, aber Mr. Vanderbilt wollte mir gerade bei meinen Ermittlungen helfen.«

Die Detective hatte ihn zwar durchaus anerkennend angeschaut, aber Josh fehlte die Bewunderung in ihrem Blick. Die Huldigung, in der er sich so gerne suhlte.

Okay, Ms. Hamilton. Nicht so schüchtern mit deiner Bewunderung. Wenn wir beide erst einmal Kaffee trinken waren, dann wirst du mir schon zu Füßen liegen.

»Sie wollen mir doch sicherlich jetzt bei einer Tasse Kaffee erzählen, was Sie heute hier herausgefunden haben und wie Mr. Vanderbilt Ihnen noch behilflich sein sollte. Nicht wahr?«

Josh setzte bei dieser Frage sein charmantestes Lächeln auf und schaute sie dabei siegessicher an.

»Professor Stewart. So gerne ich Ihre Einladung auch annehmen würde, aber sicherlich kennen Sie aus Ihrem Studium nur zu gut, dass ich zu einer laufenden Ermittlung keinerlei Auskünfte geben darf. Wenn Sie uns jetzt entschuldigen.«

In diesem Moment lief ihm ein eiskalter Schauer den Rücken herunter. Er wusste nicht, wie ihm geschah, war dementsprechend sprachlos und stand dort mit offenem Mund.

Im Grunde hätte er auch nichts mehr erwidern können, denn die Detective hatte bereits auf dem Absatz kehrtgemacht. Eddie Vanderbilt schaute ihn etwas verdutzt an und deutete ein Schulterzucken an, bevor auch er sich in Bewegung setzte und ihr folgte.

Den Mund immer noch geöffnet, begann Josh sich aus seiner Schockstarre zu lösen. Jegliches Lächeln war aus seinem Gesicht verschwunden. Ausdruckslos starrte er ins Leere.

Was war das denn jetzt bitte? Wieso hat es nicht funktioniert?

»Es hat mich sehr gefreut, Sie kennenzulernen, Professor Stewart.«

Detective Hamilton hatte sich noch einmal zu ihm umgedreht, sprach ihn ein letztes Mal an und winkte ihm zum Abschied freundlich.

Josh war in diesem Moment zu nichts anderem fähig, als Detective Hamilton und dem alten Vanderbilt hinterherzuschauen, bis sie das Gebäude verlassen hatten.

Panik stieg in ihm auf. Gedanken schossen ihm in den Kopf, die ihn an den Rand einer Panik führten. Er hatte Mühe, sich im Griff zu behalten, realisierte nur langsam, dass es um ihn herum nur so von anderen Menschen wimmelte.

Jede Sekunde könnte ihn jemand ansprechen. Er zwang seinen Geist, sich zu beruhigen. Durchzuatmen. Ruhe zu bewahren.

Sein Lächeln kehrte langsam wieder zurück. Seine soeben gebröckelte Fassade baute sich Stück für Stück wieder auf.

Als Josh wieder zu einem klaren Gedanken fähig war, verließ er das Atrium sofort. Draußen auf dem kleinen Vorplatz suchte er sich eine Stelle, wo nicht so viele Menschen waren und suchte dann hastig nach seinem Smartphone. Er wählte die Nummer von Dick Carter aus seiner Wahlwiederholung und atmete noch einmal tief durch.

»Carter! Hier ist Joshua. Diese Hamilton schnüffelt hier gerade herum. Das gefällt mir gar nicht! Sie hatten mir zugesichert, dass Sie die Dame im Griff haben. Sieht mir aber nicht danach aus.«

Ein Schnauben drang in seine Ohren.

»Sie tut was? Das kann doch nicht wahr sein! Ich habe

sie mir vor ein paar Stunden erst vorgeknöpft und ihr klargemacht, dass sie Dinge auch mal gut sein lassen muss. Ich kümmere mich darum, Joshua. Sorry für den Stress.«

Josh legte auf.

Seine Gedanken fingen wieder an zu kreisen. Nervös nestelte er an seiner Brille herum.

Wieso hat es nicht funktioniert? Ob es weg ist? Ob ich es nicht mehr kann? Dann wäre alles vorbei. Ich muss Vicky anrufen.

Seine Schwester Victoria lebte immer noch in Tacoma, nur unweit von dem Haus, in dem sie aufgewachsen waren. Vicky hatte viele Freunde in der Stadt und hatte, anders als Josh, nie studiert. Eine solide Ausbildung als Köchin in einem stadtbekannten Restaurant hatte sie bodenständig bleiben lassen. Die Kollegen und die Inhaber des *The Italian Affairs* waren schnell zu einer Art Familie geworden, nachdem ihre Eltern viel zu früh starben.

Für ihren Bruder war sie eine Art Ruhepol, manchmal auch ein Blitzableiter. Josh war oft aufbrausend, oft kopflos. Er wandte sich in solchen Momenten immer an sie, denn sie konnte ihn beruhigen, ihn erden.

Übel nehmen konnte Vicky ihm sein Verhalten nie, denn er hatte in ihrer Kindheit noch mehr durchmachen müssen, als sie es musste. Er war ihr kleiner Bruder und kleine Brüder beschützte man.

Dieses Mal war es nicht anders.

Josh blickte auf das Smartphone in seiner Hand. Er ließ seinen Daumen kurz über dem Tab mit den Favoriten kreisen. Kurz überlegte er. *Victoria* war der erste und einzige Eintrag in dieser Liste.

Er tippte auf *Wählen.*

»Joshi, was hast du auf dem Herzen?«

Sie klang etwas gehetzt, als sie diese Frage stellte.

»Vicky, ich glaube, es funktioniert nicht mehr. Meine Fähigkeit ist weg. Was mache ich jetzt nur?«

Bei dem Gedanken daran bemerkte Josh, wie er wieder in Panik verfiel.

»Ganz ruhig. Was funktioniert nicht mehr, Joshi?«

»Jemandem die Hand geben und die Kontrolle haben. Das funktioniert nicht mehr. Das, was mich ausmacht. Meine Existenz sichert, mich bekannt gemacht hat. Weißt du, was das für mich bedeutet? Was soll ich jetzt bloß tun?«

Victoria seufzte tief und gut hörbar.

»Joshi. Beruhige dich. Das wird schon nicht so einfach verschwinden. Hast du es mal bei jemand anderem ausprobiert? Vielleicht stimmten ja die Umstände nicht.«

Zu seiner Panik gesellte sich jetzt Wut.

»Stimmten die Umstände nicht? Ich weiß genau, was ich zu tun habe und wann es funktioniert. Also weiß ich auch einhundertprozentig, dass die *Umstände*, wie du sie nennst, nicht hätten besser sein können.«

Vielleicht war da jetzt etwas zu viel Wut mitgeschwungen, denn Vicky reagierte entsprechend.

»Joshua. Du kannst mit deinen Professoren, Studenten oder wen du dir auch sonst als willenlose Knechte hältst, so umspringen. Aber das wirst du mit mir nicht machen. Hast du mich verstanden?«

Stille.

»Sorry, Vicky. Du hast recht. Aber das ist halt noch nie vorher passiert. Ich habe Angst, dass es weg ist. Aber ja, vielleicht sollte ich es bei jemand anderem ausprobieren. Danke, Vicky. Danke!«

Josh legte auf.

Zuversicht keimte in ihm auf. Er begann wieder zu lächeln und blickte auf. Noch immer stand er auf dem kleinen Vorplatz. Ziemlich am Rand des Gebäudes, wo nicht laufend Menschen an ihm vorbeigingen. Er schaute sich um und sah ein paar junge Frauen in ein Gespräch vertieft auf einer Bank sitzen. Fieberhaft überlegte er, ob er die Damen schon einmal gesehen hatte.

Die kenne ich nicht. Gerade an die Hübsche in der Mitte hätte ich mich erinnert.

Bei diesem Gedanken schweifte er kurz zu Annika ab. Er wollte sie unbedingt wiedersehen und hätte sie wohl normalerweise auch schon lange angerufen, um ein neues Date auszumachen. Aber dieses Mal bedeutete es ihm etwas und daher war er schüchtern und sogar unsicher. Er wollte es sich nicht mit ihr versauen. Aber das musste jetzt warten, also drängte er diesen Gedanken fort.

KAPITEL 7
PENNY

Das *Columbia Building*, in dem das *Department of Public Safety* seine Büros hatte, lag am Rande des Campus der SeattleU und grenzte direkt an ein paar Blocks mit Wohnhäusern.

Penny entschied sich spontan, die Blocks entlangzuschlendern und sich dabei die Protokolle der ID-Cards, die ihr der Officer freundlicherweise ausgedruckt hatte, anzuschauen.

Die Daten waren ein unformatiertes Chaos, bestehend aus einer Abkürzung für den Wochentag, das Datum und die Uhrzeit in einer einzigen Zahlenkolonne, dann eine ID für das Gebäude, den Raum und abschließend der Schlüssel-ID. Hätte der freundliche Officer ihr nicht auch einige Datenblätter mit den Zuordnungen der IDs ausgedruckt, wäre ihre Recherche an diesem Punkt auch direkt beendet gewesen.

Nichtsdestotrotz war es eine Sisyphusarbeit, irgendetwas Brauchbares aus diesem Kauderwelsch zu entziffern. Erschwerend kam hinzu, dass Penny nicht den Hauch einer Ahnung hatte, wonach sie überhaupt suchen sollte.

Sie prüfte zunächst das Offensichtlichste, wohlwissend, dass das sehr wahrscheinlich eine Sackgasse sein würde.

Die Karten-ID von Rodriguez Garcia war rasch gefunden, die Gebäude-ID und das Datum in der Zahlenkolonne konnte sie ignorieren, denn sie hatte nur die Ausdrucke für das J&J und den Tag des Mords angefordert.

Sie war nicht enttäuscht und schon gar nicht überrascht, dass sie Garcias ID-Card rund um den Tatzeitpunkt nicht im Protokoll fand. Er hatte weder die Tür zur Video-Überwachungszentrale geöffnet noch sonst eine verschlossene Tür im Gebäude in den Stunden vor und nach der Tat.

So bescheuert ist er nicht. Er ist ja auch nicht müde geworden, das zu betonen.

Penny hatte dennoch etwas gefunden.

Leider jedoch genau das, was sie insgeheim schon befürchtete. Sie hatte bereits vermutet, dass der Mord nicht von wildfremden Tätern ohne Bezug zur SeattleU und ohne Kenntnis über das Gebäude begangen wurde. Das bestätigte sich jetzt insofern, dass die verwendete ID-Card, welche die Tür zur Video-Überwachungszentrale geöffnet hatte, nicht auf der Liste mit allen IDs aufgeführt war.

Shit! Ich muss noch mal zurück zum Department of Public Safety.

———

»Aber wie kann jemand eine scheinbar universelle ID-Card erstellen, ohne, dass diese hier bei Ihnen autorisiert und gelistet wird?«

Der junge Officer schaute Penny hilflos und mit großen Augen an.

»Ich kann es Ihnen nicht sagen, Detective. Das sollte gar nicht möglich sein. Man kann nur von diesem PC hier die

ID-Cards kodieren und ich schwöre bei allem, was mir heilig ist, dass ich diese ID-Card nicht kodiert habe.«

Irgendwie tat er ihr jetzt leid. Man konnte ihm förmlich ansehen, wie unangenehm ihm das Ganze war.

»Das glaube ich Ihnen auch. Aber irgendjemand hat diese Karte hier kodiert. Wer hat noch Zugriff auf Ihren PC, Officer Kirk?«

Pennys Aussage beruhigte ihn, denn er entspannte sich sichtlich.

»Nur Officer Vanderbilt und Officer Jones.«

Für einen Moment schaute sie sich im Raum um, als wenn sie etwas suchte. Das tat sie meistens, wenn sie nachdachte und nicht sofort sicher war, was sie tun sollte.

»Lassen Sie bitte die ID-Card freigeschaltet. Wenn sie jetzt deaktiviert wird, weiß der Besitzer, dass man ihm auf den Fersen ist. Wäre es möglich, dass Sie immer mal wieder während Ihrer Schicht schauen, ob die ID-Card benutzt wurde und wenn ja, mich sofort anrufen?«

Kirk nickte erst zögerlich, entschied sich dann jedoch für ein klares zustimmendes Nicken.

»Das mache ich gerne. Aber tun Sie mir bitte den Gefallen und sagen es niemandem? Ich will keinen Ärger bekommen.«

Penny lächelte ihn aufrichtig an.

»Mr. Kirk, Sie helfen hier bei einer offiziellen Polizei-Ermittlung. Wenn wir durch Ihre Hilfe den Täter finden, bekommen Sie höchstens einen Orden, aber ganz sicher keinen Ärger. Aber ich verstehe, was Sie meinen. Von mir erfährt niemand etwas.«

Und ob sie verstand, was der arme Officer Kirk meinte. Die Art und Weise, wie Vanderbilt ihn eben angeschaut hatte, als er sie zu ihm geführt hatte, sprach Bände. Auch wenn Penny Officer Jones noch nicht kannte, so ahnte sie, dass Kirk hier der Jüngste war und entsprechend behandelt wurde. Da gab es vermutlich eine starke Parallele zu ihrer eigenen Situation.

Kirk nickte zufrieden und bedankte sich für die Diskretion.

Zumindest keine komplette Nullnummer mit den ID-Cards.

Dieses Mal lief Penny die paar Blocks zum Dezernat der Mordkommission zurück. Zum einen hatte sie keine Lust auf den Einlauf von Dick Carter und zum anderen konnte sie so nochmals die Ausdrucke durchschauen.

Wenn ich eine ID-Card hätte, die man nicht zuordnen kann, dann würde ich sie im Alltag nicht benutzen. Die Gefahr, dass das auffällt, wäre einfach zu hoch.

In dem Zeitraum der ausgedruckten Protokolle wurde die ID-Card tatsächlich nur einmal zum Öffnen der Video-Überwachungszentrale genutzt und einmal zum Verlassen des Gebäudes, während die Überwachungskameras neu starteten. Die Tatzeit lag außerhalb der Vorlesungszeiten der Uni und während dieser Zeit waren die Eingänge verschlossen. Penny wurde in ihrem Gefühl bestärkt, dass der Täter genau wusste, was er tat.

Doch was sollte sie mit diesen Informationen jetzt anfangen? Von Carter würde sie gleich den Anschiss ihres Lebens erhalten und das, obwohl sie einfach nur ihren Job machte. Wenn sie es nicht besser wüsste, müsste sie langsam davon ausgehen, dass ihr eigener Vorgesetzter da mit drinsteckte. Vollkommen ausgeschlossen.

Auf der anderen Seite, welches Interesse könnte ein Sergeant der Mordkommission haben, sie in ihren

Ermittlungen zu behindern? Das Lösen eines Mordfalls hat doch eindeutig höhere Priorität, als persönliche Ressentiments.

Kurz überlegte Penny, ob sie vielleicht wirklich bis zum Captain gehen sollte. Sie wusste, dass er sie sehr schätzte. Doch vielleicht nicht nur den frischen Wind, den sie zum Dezernat brachte. Sondern eventuell auch ihre sekundären Geschlechtsmerkmale, die in ihren körperbetonten Oberteilen stets gut zur Geltung kamen.

Mal abwarten, was Carter für Geschütze auffährt. Ich kann dann immer noch zum Captain.

Carters Geschütze waren heftig. Jeden Moment hatte sie damit gerechnet, dass er mit einem Herzinfarkt zusammensacken würde. Zumindest hätte man das vermuten können, wenn man sich anschaute, wie sehr seine Halsschlagadern herausragten und sein hochroter Kopf schier zu explodieren drohte.

Was ihr denn einfiele, einfach alleine zu ermitteln. Nochmals die Mitarbeiter der SeattleU zu belästigen mit ihren *Hirngespinsten*.

Penny blieb ruhig. Ließ sich nicht provozieren, denn sie wusste, dass er sie dann sofort hätte suspendieren können. Sie versuchte, sich mit sachlichen Argumenten zu wehren. Warum denn andere Kollegen alleine ermitteln dürften? Warum er sich ihren neuen Ansatz nicht einmal mehr anschauen wollte?

Ihre Fragen und Argumente prallten an Dick Carter ab, wie ein Tennisball an einem Panzer. Mehr noch, ihr Sergeant fühlte sich durch ihre Rückfragen noch mehr provoziert. Am Ende zog er sie einfach von diesem Fall ab.

Sie möge bitte in den nächsten Wochen, die liegen gebliebenen Akten der abgeschlossenen Fälle aufarbeiten, damit diese ins Archiv könnten. Widerworte ließ er genauso wenig zu, wie ihren Einwand, dass das nicht ihre Aufgabe wäre.

Penny war Schachmatt gesetzt worden, ohne auch nur einen eigenen Zug gemacht zu haben.

Okay mein lieber Dick, dann wollen wir doch mal sehen, was der Captain dazu sagt.

Die Entscheidung, Captain Jennings zu involvieren, war gewagt. Aber was für eine Wahl hatte sie noch?

Das Büro von Jennings lag eine Etage höher. Penny hatte extra das Treppenhaus genommen, denn irgendwie bildete sie sich ein, dass es dann weniger auffiel.

Die Tür seines Büros war nur angelehnt und es brannte Licht. Sie bemerkte, wie Nervosität langsam, aber zielstrebig in ihr aufkeimte. Adrenalin schoss durch ihre Adern. Ein Gefühl, das sie selten verspürte.

Eigentlich konnte sie sich gegen jedes vernünftig argumentierende Gegenüber behaupten, solange die Diskussion auf Augenhöhe stattfand. Sergeant Carter hatte das aber scheinbar nicht für nötig befunden.

Sie klopfte zögerlich an der Tür und ein umgehend erklingendes »Ja bitte?« forderte sie zum Eintreten auf.

»Captain Jennings, hätten Sie wohl kurz Zeit für ein Gespräch?«

Captain Jennings, hätten Sie wohl kurz Zeit für ein Gespräch? Bin ich meine Oma? Geht es noch peinlicher?

Jennings hatte tatsächlich gerade Zeit und ein offenes Ohr für seinen Neuzugang.

Es lag nun an Penny, den Captain in wenigen Worten davon zu überzeugen, dass sie da an einer heißen Spur dran war, sich aber vom Sergeant ausgebremst fühlte. Dass sie keine Ahnung hatte, warum Carter so abweisend und geradezu kontraproduktiv reagierte.

Sie legte alles auf den Tisch. Die zerstörten Fingerabdrücke. Die Anweisung, sich in diesem Fall zurückzuhalten. Die Erkenntnisse ihrer Ermittlungen heute. Dann die Drohung, sie zu suspendieren und schlussendlich den Abzug von diesem Fall.

Der Captain hörte sich jeden ihrer Sätze und jedes ihrer Argumente aufmerksam an. Als sie wirklich alles vorgebracht hatte und schließlich endete, kehrte Stille ein.

Jede weitere Sekunde, in der Jennings nichts sagte und sie einfach mit seinen großen braunen Augen anschaute, stieg in ihr die Verunsicherung.

Schweißtropfen bildeten sich auf ihrer Stirn. Die anfängliche Nervosität war zurückgekehrt. Aber sie war nicht einfach wieder da. Es war, als hämmerte jemand mit einem Presslufthammer auf einer Gasleitung herum. Penelope wartete jede Sekunde auf die zweite Explosion des Tages. Allerdings dieses Mal die finale Explosion.

Die Explosion ihres Captains.

Dieser würde sie nicht nur suspendieren, er würde sie hier und jetzt feuern.

Wie konnte ich nur so dumm sein und mich an den Captain wenden, um meinen Sergeant zu kritisieren. Niemand ist so …

Weiter kam sie mit ihrem Gedanken nicht, denn Jennings zeigte endlich eine Regung und diese war ganz anders, als von ihr erwartet.

»Detective Hamilton. Das sind durchaus schwere Anschuldigungen, die Sie da gegen den Sergeant erheben.«

Penny nickte verhalten.

»Mir ist bewusst, dass …«

Jennings hob die Hand und signalisierte, dass er noch nicht fertig war.

»Aber, Detective, ich nehme das durchaus ernst. Es gibt nicht umsonst standardisierte Verfahren zum Transport von Beweisstücken. Dass ausgerechnet Carter dabei geschlampt haben soll und das auch offen zugibt, finde ich gelinde gesagt bedenklich. Des Weiteren besteht für mich kein Grund, Sie als neuen Detective nicht auch alleine ermitteln zu lassen. Das gehört zur Polizeiarbeit dazu und ich erinnere mich nicht daran, dass der Sergeant je ein Problem damit hatte.«

Es verwirrte Penny zwar sehr, aber sie gewann den Eindruck, dass der Captain ihren Worten durchaus Glauben schenkte. Sie wagte es nicht zu lächeln oder sich eine andere Gefühlsregung ansehen zu lassen.

Jennings holte tief Luft.

»Ich teile Sie diesem Fall wieder zu und befehle Ihnen ausdrücklich, an der Sache dranzubleiben. Ab sofort berichten Sie mir und nicht mehr Carter.«

Sie riss die Augen auf.

»Aber Captain, Sergeant Carter wird …«

Abermals unterbrach Jennings Penny mit nur einer Geste seiner Hand.

»Carter wird gar nichts. Das lassen Sie mal meine Sorge sein. Wir sind hier, um Mordfälle aufzuklären und nicht, um die Aufklärung durch persönliche Animositäten zu verhindern. Und wenn Dick Carter damit ein Problem hat, dann werde ich ihm mal zeigen, wo hier der Hammer hängt. So etwas macht mich echt wütend.«

Penny wusste in diesem Moment nicht, was sie denken sollte. Okay, der Captain war ganz offensichtlich auf ihrer Seite und bestärkte sie darin, an dieser Sache dranzubleiben.

Nur was werden Carter und die anderen Detectives tun, wenn sie erfahren, dass sie zum Captain gegangen ist?

Das würde doch noch zu mehr Ausgrenzung führen und zu noch mehr Sticheleien?

Sie sah ihre Felle davonschwimmen und mit ihnen ihre Karriere bei der Seattler Mordkommission.

Toll gemacht, Penny.

»Ich sehe Ihnen in den Augen an, dass Sie gerade darüber nachdenken, ob der Sergeant und Ihre Kollegen Sie ab sofort nur noch mit der Kneifzange anpacken. Ist es nicht so, Hamilton?«

Sie nickte, ohne zu zögern.

Bin ich wirklich so leicht zu durchschauen?

Jennings begann herzhaft zu lachen.

»Sie haben ja keine Ahnung, wie viele Ihrer Kollegen hier schon bei mir gesessen haben und sich über Dick Carter beschwert haben. Dick ist ein Arschloch. Bitte entschuldigen Sie meine Wortwahl. Aber er ist auch ein ganz hervorragender Sergeant, der weiter denkt, als die meisten anderen hier in dieser Bude. Und daher lasse ich ihn gewähren und stecke ihm hin und wieder auf meine Art, was er zu tun und zu lassen hat. Und so werde ich es auch dieses Mal machen. Also zerbrechen Sie sich nicht Ihr hübsches Köpfchen darüber. Und jetzt wegtreten.«

Nach diesem Monolog widmete Jennings sich wieder seinen Unterlagen und tat so, als wenn Penny nicht mehr im Raum wäre.

»Vielen Dank, Captain.«

KAPITEL 8
DAMALS

Es war ungefähr ein halbes Jahr her, dass Joshua sich gegen seinen Dad aufgelehnt hatte. Seither hatte sich vieles verändert. Einiges jedoch war gleich geblieben.

Seit diesem einen Tag an Vickys Geburtstag hatte ihr Dad weder ihn noch seine Schwester erneut geschlagen. Josh hatte es ihm verboten und sein Dad gehorchte. Was allerdings nicht aufhörte, waren die Tiraden, die er gegen sie losließ. Immer und immer wieder. Sein Dad schien immer verzweifelter zu werden. Auch die Streitereien mit seiner Frau Charlotte nahmen zu.

Er war ein Teenager und konnte nicht umreißen, was dort eigentlich geschah. Ihm fehlte das Verständnis, warum sein Dad aufgehört hatte, sie zu schlagen. Klar, er hatte es ihm verboten. Aber das wird wohl kaum der wahre Grund gewesen sein. Josh redete sich anfangs ein, dass sein Dad erkannt hatte, dass er zu weit gegangen war.

Er kam daher nicht auf die Idee, ihm auch diese Tiraden und die Streits mit seiner Mom zu verbieten. Zu groß war die Angst, dass er damit den Bogen überspannte.

Die halbe Nachbarschaft hatte etwas davon, wenn Peter

wieder einmal die Welt um sich herum vergaß und seine Frau anschrie. Es war vor allen Dingen immer wegen Nichtigkeiten.

Ein Steak, was nicht so durchgebraten war, wie er es gern gehabt hätte. Ein Kaffee, der noch zu heiß zum Trinken war.

Joshs Wut stieg von Tag zu Tag. Aus Wut wurde irgendwann Verachtung seinem Dad gegenüber. Aus Verachtung erwuchs Hass und Hass konnte eine grausame Waffe sein.

Zunächst machte er diese Gefühle mit sich selbst aus und erzählte nicht einmal mehr Vicky davon. Aber der Hass wurde stärker. Anfangs war es der Geruch nach Gummi, den sein Dad an sich hatte, wenn er von seiner Schicht in der Reifenfabrik nach Hause kam. Josh entwickelte eine solche Ablehnung gegen diesen Geruch, dass es irgendwann körperlich wurde und ihm schlecht wurde.

Dann kam Peters Husten dazu. Er war starker Raucher und gerade morgens hustete er sich manchmal die Seele aus dem Leib. Immer, wenn Josh seinen Dad husten hörte, ballte er die Fäuste. Er wollte ihn am liebsten verprügeln. Ihn windelweich hauen. Ihn anbrüllen und ihm sagen, was für ein widerwärtiger schlechter Dad er doch wäre.

Doch was hätte das gebracht? Sein Dad war über einen Meter achtzig groß und er locker zwei Köpfe kleiner. Wie viele Schläge hätte er austeilen können, bevor sein Dad seine kleinen Fäuste ergriffen hätte und wahrscheinlich höhnisch gelacht hätte? Wie viele dieser vor Wut strotzenden Sätze hätte Josh ihm entgegenschreien können, bevor Peter ihn mit seiner viel dominanteren Stimme einfach übertönt hätte?

Selbst seine Mom Charlotte konnte ihren Mann nicht einbremsen. Niemand konnte das.

Und so wuchs der Hass weiter. Genährt aus der Verzweiflung, an der Situation nichts ändern zu können.

Wie gut würde es ihnen allen gehen, wenn Peter nicht mehr da wäre. Sie könnten endlich eine glückliche Familie sein.

Es gab viele Familien, die ohne ihren Dad auskommen mussten. Selbst in seiner Schulklasse gab es mehrere andere Kinder, die keine Dads mehr hatten.

Einige Monate später.

Es war ein Samstagvormittag kurz vor Thanksgiving.

Sein Dad wollte in die Mall, um ein Geburtstagsgeschenk für seine Frau zu kaufen. Peter machte die Ansage, dass Joshua mitzufahren hätte, damit es unauffälliger wäre. Joshs Widerworte ließ er nicht zu.

Auf der Fahrt bemühte sich sein Dad, ein Gespräch mit ihm in Gang zu halten. Sie hätten so selten Zeit zum Reden und der ganze Stress in der Fabrik.

Seine Gedanken kreisten.

Jetzt auf einmal wollte er reden. Jetzt auf einmal tat er so, als würde das alles, was er seiner Familie sonst antat, nicht existieren.

Josh schwieg. Ignorierte seinen Dad so gut es ging. Natürlich wurde Peter wieder laut und schrie ihn an. Was ihm einfiele, so respektlos zu sein. Seine Ohren klingelten aufgrund der Lautstärke seiner Stimme, die in ihrem kleinen Auto noch viel, viel lauter und bedrohlicher klang.

Peter wollte Charlotte *irgendwas* für die Küche holen. Geburtstagsgeschenke mussten für ihn praktisch sein und einen Zweck erfüllen. Sie fuhren also mit dem Aufzug in den dritten Stock der Mall zu einem großen Elektromarkt.

Peter stapfte zielgerichtet in die Abteilung mit den Küchengeräten und mahnte Josh immer wieder zur Eile. Sein Blick wanderte zu den schicken MacBooks. Wie gerne hätte er sich diese mal aus der Nähe angesehen. Ein eigenes MacBook war schon lange sein Traum. Er wusste allerdings auch, dass dieser niemals in Erfüllung gehen würde.

Keine zehn Minuten später hatte sein Dad sich entschieden. Es sollte ein Waffeleisen werden. Peter meinte zu Josh, dass er Waffeln lieben würde und so die Möglichkeit bekäme, öfter Waffeln gebacken zubekommen.

Joshs Wut und sein Hass über dieses egoistische Verhalten seines Dads stieg in diesem Moment ins Unermessliche.

Als sie wieder an den Aufzügen standen und warteten, schaute Josh sich um. Es war wenig los an diesem Vormittag.

Eine Idee keimte in ihm auf.

Nur eine Idee.

»Dad. Hast du das da unten gesehen? Ich glaube, da bekommt man im Moment umsonst einen Kaffee.«

Josh war unbemerkt ein paar Schritte zurückgegangen und zeigte durch das gläserne Geländer in die Mitte der Mall. Er ahnte, dass er seinen Dad mit dem Ausblick auf etwas Kostenloses neugierig machen würde. Und tatsächlich. Peter kam auf ihn zu und ging geradewegs bis zum Geländer, um nach unten schauen zu können.

»Wo gibt es da Kaffee?«

Mit Wut in den Augen drehte er sich zu Josh um, als er bemerkte, dass es dort unten keinen Gratis-Kaffee gab. Dort war nichts, außer einem Infostand und einer Hüpfburg.

»Du wirst dich jetzt nach vorne über das Geländer beugen. Soweit, bis du das Gleichgewicht verlierst und herunterfällst.«

Joshs Stimme zitterte bei diesen Worten. Er hatte nicht bemerkt, dass sich Tränen in seinen Augen gebildet hatten und ihm langsam die Wangen hinunterliefen.

Sein Dad schaute ihn verwirrt an. Jeden Moment

rechnete er damit, dass er ihn nun hier mitten in der Mall verdreschen würde. Wie hatte er sich nur einbilden können, dass er seinerzeit nur mit seinen Worten seinen Dad vom Schlagen abgehalten hatte.

Doch langsam drehte sich Peter wieder um, lehnte sich an das Geländer und beugte sich nach vorne. Josh sah, wie er versuchte, seinen Schwerpunkt zu verlagern. Mehr und mehr hievte er seinen schweren Körper über das Geländer, bis zu dem Moment, wo seine Füße den Boden verließen.

Peter Stewart stürzte wie ein nasser Sack dem Erdgeschoss entgegen. Die Tüte mit dem Waffeleisen noch immer in der Hand.

Ein dumpfer Knall.

Schreie.

Ein schmales Lächeln zeigte sich auf Joshs Lippen.

KAPITEL 9
JOSHUA

»Hallo, meine Damen. Euch habe ich ja noch gar nicht auf dem Campus gesehen? Ich bin Professor Stewart. Rechtswissenschaften und Psychologie. Mit wem habe ich die Ehre?«

Er hielt der Dame ganz links seine Hand hin und gierte geradezu darauf, dass sie diese ergriff.

Die drei Frauen kicherten, als wäre seine förmliche Vorstellung so außergewöhnlich gewesen, dass man sich darüber amüsieren müsste. Trotz der offensichtlichen Erheiterung ergriff sie seine Hand und lächelte ihn freundlich an. Sie stellte sich als Amanda vor und war im ersten Semester als Studentin der Psychologie an der SeattleU.

Sogleich wanderte seine Hand zu der hübschen Dame in der Mitte, die ebenfalls nicht zögerte und diese freudig schüttelte.

Nicci, ebenfalls im ersten Semester Psychologie.

Blieb noch die Dritte im Bunde. Auch sie schüttelte ihm mit einem freundlichen Lächeln auf den Lippen die Hand und stellte sich als Caroline vor. Genau wie ihre Freundinnen studierte auch sie seit diesem Semester Psychologie.

Josh strahlte die drei Frauen an.

»Na da bin ich doch glatt traurig, dass ich meine Vorlesungen in Psychologie derzeit pausiere. Ihr drei habt doch sicherlich Lust, jetzt mit mir zum Lunch zu gehen, damit wir uns besser kennenlernen können?«

Seine Augen blitzten verheißungsvoll.

Einstimmiges Nicken und überschwängliche Zustimmung gaben ihm eine erste Hoffnung zurück, dass seine Fähigkeit noch vorhanden war. Dennoch blieben diese Zweifel, dass es auch nur Zufall sein konnte. Sie nagten an ihm und ließen ihn sofort wieder in seine Unsicherheit zurückfallen.

Heute würde Josh es genau wissen müssen. Daran ging kein Weg vorbei.

»Nicci, Süße. Du siehst doch die Bank dort hinten, nicht wahr? Du möchtest jetzt dorthin gehen und setzt dich mit dem Rücken zu uns. Dann wartest du exakt fünf Sekunden, bevor du dich zu uns umdrehst und winkst. Das wiederholst du, bis ich dich rufe. Und nun husch.«

Zuerst schaute sie ihn an, als wollte sie ihn fragen, ob er noch alle Tassen im Schrank hätte. Dann aber grinste sie und ging in Richtung der Bank, auf die Josh vorher gezeigt hatte. Die verbliebenen zwei Frauen schauten ihn mit verwundert an, was ihm nicht entging.

»Ihr beiden wollt das doch sicherlich amüsant finden, nicht wahr?«

Amanda und Caroline kicherten vergnügt.

Nicci war derweil an der Bank angekommen und hatte sich hingesetzt. Ein paar Sekunden später drehte sie sich – wie von Josh gewünscht – um und winkte ihnen zu.

Na, geht doch.

Es war der Moment, in dem er sein strahlendes anziehendes Lächeln wiederfand und innerlich wieder zur Ruhe kam.

»Nicci, Schätzchen. Gesell dich doch wieder zu …«

Joshs Telefon klingelte und spielte dabei die Melodie von *The Final Countdown*. Er wusste also, dass ihn jemand auf seiner privaten Telefonnummer anrief. Rod konnte es also schon mal nicht sein. Rasch holte er sein Smartphone aus der Hosentasche und schaute neugierig auf das Display.

Es war Annika, die ihn anrief.

Nur einen Tag nach dem ersten Date schon ein freiwilliger Anruf? Ob sie mich wirklich mag?

»Annika. Hallo! Schön, dass du anrufst. Kleinen Moment bitte.«

Josh schaltete den Anruf stumm und blickte die drei Psychologie-Studentinnen an, die ihn verheißungsvoll mit ihren Blicken fixierten.

»Ladys, mir ist leider etwas dazwischen gekommen. Es tut mir ausgesprochen leid. Wir sehen uns sicher bald wieder. Habt einen schönen Tag.«

Er ließ die drei Frauen stehen und ging schnell ein paar Meter außer Hörreichweite, bevor er das Mikrofon wieder einschaltete.

»So, meine Liebe. Da bin ich wieder. Was kann ich für dich tun?«

Annika kam direkt zur Sache und fragte, ob er in den nächsten Tagen Lust auf ein weiteres Treffen hätte. Es kam Josh zu paradox vor. Er war es gewöhnt, dass Frauen um ein zweites Date fragten, weil er sie zuvor darum gebeten hatte. Bei Annika hatte er aber schnell bemerkt, dass sie anders war. Logisch, er hatte das erste Date quasi erzwungen und sie hatte keine Wahl, außer seinem Wunsch Folge zu leisten.

Aber sie war anders als die anderen Damen.

Alles andere als oberflächlich. Alles andere als einfältig. Vielleicht lag es daran, dass sie deutsche Wurzeln hatte. Daher wurde ihr nicht schon als Kleinkind anerzogen, dass man zwar zu jedem Menschen höflich sein sollte, sich aber nicht im Geringsten für ihn interessieren musste.

Josh hatte sie daher am gestrigen Abend kein einziges Mal mehr manipuliert und damit zu Dingen gezwungen, die er gerne gehabt hätte. Er war über sich selbst erstaunt, wie schnell er umschalten konnte, als er bemerkte, dass Annika anders war. Eigentlich war es für ihn viel einfacher, sich die Abende so zu gestalten, wie er sie gerne gehabt hätte. Vor allen Dingen auch die Frauen so agieren zu lassen, wie ihm der Sinn stand.

Es war nur zu natürlich, dass er jetzt in diesem Moment eine gewisse Aufregung verspürte. Er wusste nicht, was ihn erwartete, was sie wollte oder vorschlug. Sein Herz schlug etwas schneller und wer ihn gut kannte, konnte auch eine gewisse Anspannung in seiner Stimme hören.

»Ich würde mich sehr freuen, Annika. Wann hättest du denn Zeit?«

Wann hättest du denn Zeit? Wann habe ich das denn das letzte Mal jemanden gefragt?

»Vielleicht direkt heute Abend? Ich weiß nicht, ob dir das nicht zu spontan ist?«

Josh fing an zu grinsen.

»Nein, nein. Heute wäre ganz wunderbar.«

Die beiden verabredeten sich für 20:00 Uhr in einem schicken italienischen Restaurant auf der 4th Avenue, wo Annika sogleich einen Tisch reservieren wollte.

Als er aufgelegt hatte, waren seine Hände feucht. Er war nervös geworden und jetzt langsam wich die Nervosität einer gewissen Vorfreude. Ein Gefühl, das Joshua zwar durchaus kannte, aber immer nur in einem anderen Kontext.

Es half aber nichts, er musste die hoffnungsvollen Gedanken und die Freude auf den heutigen Abend erst einmal beiseiteschieben. Da gab es noch ein Mysterium, das es zu klären galt, und das ihm – bei genauerer Betrachtung – auch ganz schöne Bauchschmerzen machte.

Wenn meine Fähigkeit nicht weg ist, wieso funktionierte sie nicht bei dieser Penelope Hamilton? Vielleicht habe ich ihr nicht lange genug die Hand gegeben? Ungewöhnlich, aber das muss es sein.

So sehr Josh auch überlegte, eine andere Erklärung für diesen Ausreißer, konnte es nicht geben. Er hatte seine Fähigkeit vor ungefähr zwölf Jahren durch Zufall entdeckt und es gab nur einen einzigen Menschen seitdem, bei dem es nicht funktionierte. Dieser Mensch war Victoria, seine Schwester. Das konnte er sich zwar nicht erklären, aber wenigstens schönreden. Denn eine wirkliche Erklärung dafür hatte er nicht.

Und wen hätte er fragen sollen? Wer hätte es ihm erklären können? Da gab es niemanden. Dazu kam, dass jeder einzelne Mensch, der seinem Geheimnis zu nahe kam und bei dem er sich nicht mehr sicher sein konnte, dass seine Manipulation *stabil* genug war, auf seltsame Art und Weise ums Leben kam.

Er griff erneut zu seinem Smartphone und rief abermals Dick Carter an.

»Mr. Carter. Ich bin es noch mal. Sie möchten diese Detective Hamilton noch mal zu mir schicken. Sie werden sich bei ihr für ihre gute Recherche bedanken und ihr sagen, dass ich noch weitere Hinweise für sie hätte. Bevor Sie jetzt etwas erwidern, mir ist durchaus bewusst, dass ich eben noch etwas Gegenteiliges gesagt habe. Aber sagen wir mal so, die Rahmenbedingungen haben sich geändert. Mehr Fragen dazu werden Sie nicht stellen, okay?«

Carter war jemand, den Josh einen Lemming nannte. Lemming deshalb, weil er ihm einmal etwas sagen musste und er dann einfach blind das tat, was er wollte. Hätte er ihm gesagt, er solle sich in den Abgrund stürzen, dann hätte Dick das ohne Rückfrage getan.

Warum Menschen unterschiedlich leicht manipulierbar waren, wusste er nicht. Aber das war auch nichts, um das er sich groß Gedanken machte.

Der Sergeant jedenfalls bestätigte Joshuas Bitte und damit war die Sache für ihn erledigt. Keine weiteren Anweisungen. Keine weiteren Dinge, an die er denken musste. Lemminge waren ihm daher definitiv die Liebsten.

Auch Rod war ein typischer Lemming und ihn musste Josh jetzt ebenfalls dringend sprechen.

»Rod. Folgendes. Ich werde diese Detective heute nochmals sprechen und versuchen zu überzeugen. Wenn das nicht klappt, lass dir was einfallen, wie wir sie loswerden. Und dieses Mal muss es wirklich wieder wie ein Unfall aussehen. Den Trubel, den wir beim letzten Mal hatten, können wir nicht wieder gebrauchen. Du möchtest dir in der Zwischenzeit etwas einfallen lassen. Ich sage dir Bescheid, okay?«

Er hörte, wie Rod am anderen Ende erst einmal die spanische Pop-Musik auf seinen Kopfhörern leiser machte.

»Sí, Joshua. Ich lasse mir etwas einfallen. Hat sie in der Video-Überwachung doch noch etwas gefunden?«

»Das weiß ich noch nicht. Ich habe restlos alles gelöscht und war nach dem Neustart, in der von Vanderbilt genannten Zeit, wieder raus aus dem J&J. Da sollte eigentlich nichts zu finden sein. Aber wenn ich noch mal mit ihr sprechen konnte, weiß ich hoffentlich mehr. Wichtig ist, dass du bereit bist, wenn ich dich anrufe.«

Josh legte auf. Mehr hatte er Rodriguez nicht zu sagen.

Er überlegte, was er tun sollte, bis Hamilton noch mal vorbeischauen würde. Er hatte heute keine Vorlesung mehr und bis zum Date mit Annika war auch noch mehr als genug Zeit.

Er gehörte definitiv zur gemütlicheren Sorte. Wenn es also eine Möglichkeit gab, Anstrengung und Arbeit zu vermeiden, dann war das stets das Mittel der Wahl. Schlussendlich beschloss Joshua, in sein Büro zu gehen und dort auf Penelope zu warten. Das erschien ihm weniger auffällig. Bei diesem Gedanken wunderte er sich allerdings über sich selbst. Normalerweise war es ihm herzlich egal, was auffällig wirkte und was nicht.

Ein weiteres, ungewöhnliches Gefühl war die langsam ansteigende Nervosität auf das zweite Date mit Annika. Sie hatte ihn so sehr überrascht, dass er sich selbst etwas einbremsen musste, nicht zu viele Emotionen und vor allen Dingen Gefühle zuzulassen. Kann man sich bereits nach einem Date in jemanden verlieben?

Was für eine Frage für einen Vierundzwanzigjährigen. Aber so etwas wie Liebe war ihm bisher fremd, wenn man mal von der geschwisterlichen Liebe zu Vicky absah. Bisher war es eher etwas in Richtung *Befriedigung* seines männlichen Egos.

Dieses beginnende Gefühlschaos, an mehreren Baustellen gleichzeitig, bereitete ihm Unbehagen. Er merkte, dass es ihn unaufmerksam machte. Und Unaufmerksamkeit war der erste Schritt ins Verderben.

KAPITEL 10
PENNY

Sie hätte für heute Feierabend machen können. Penny war jedoch der Meinung, dass sie die Erkenntnisse ihrer Ermittlungen schriftlich festhalten sollte. Es war ihr in diesem Moment egal, dass es Dick Carter sicherlich nicht gefallen würde, dass sie weiter an diesem Fall ermitteln durfte.

Und selbst wenn ihre Kollegen scheinbar alle nicht wirklich an einer Aufklärung dieses Mords interessiert waren, wollte sie ihren Beitrag leisten. Sie wollte sich später nichts nachsagen lassen. Niemand sollte behaupten können, dass Penelope Hamilton nicht ihr absolut Bestes gegeben hatte. Und Penny war der Meinung, dass sie heute durchaus auf etwas Spannendes gestoßen war. Auf eine Ungereimtheit, der man nachgehen sollte.

Natürlich hatte der Captain ihr gesagt, dass er mit Dick reden würde. Aber sie war kein naiver Teeny mehr. Selbst wenn der Sergeant sie formell wieder ermitteln lassen müsste, war ihr durchaus klar, dass sie zumindest in diesem Fall keinen Fuß mehr auf den Boden bekommen würde.

Sie saß noch keine Minute an ihrem Schreibtisch und hatte gerade erst ihre Dienstmarke wieder in der Schublade neben ihrer Waffe verstaut, als sie erneut die liebliche Stimme ihres Vorgesetzten vernahm.

»Hamilton. In mein Büro!«

Der Satz hallte in der ganzen Abteilung nach und die Blicke der Kollegen waren auf sie gerichtet.

Na wunderbar. Der Captain scheint ja direkt zum Hörer gegriffen und ganze Arbeit geleistet zu haben.

»Hamilton. Nehmen Sie Platz.«

Penny schaute Sergeant Carter etwas verunsichert an. Hatte er ihr gerade einen Platz angeboten? In seinem Büro?

Okay. Was zur Hölle hat der Captain ihm angedroht?

»Hören Sie. Ich denke, wir hatten einen schlechten Start und dafür möchte ich mich entschuldigen. Ich habe mich, was die Ermittlungen in der Sache an der SeattleU angeht, geirrt. Das war ausgezeichnete Ermittlungsarbeit und ich möchte, dass Sie an der Sache dranbleiben, Hamilton.«

Noch immer wusste sie nicht, wie ihr gerade geschah, und das sah man ihr scheinbar auch im Gesicht an.

»Warum schauen Sie denn so verknittert, Hamilton? Ich habe Ihnen den Fall zurückgegeben.«

Ein wenig ertappt suchte Penny nach den richtigen Worten. Der Sergeant war entweder überhaupt nicht verärgert über den Anschiss vom Captain oder er ließ es sich in keiner Weise anmerken. Letzteres hielt sie für eher unwahrscheinlich, wenn sie daran dachte, wie oft Carter schon vor versammelter Mannschaft ausgerastet war.

»Sorry, ich war nur etwas überrascht. Ich wollte Ihnen auf keinen Fall Ärger bereiten. Ich war nur so verzweifelt, dass ich keine andere Möglichkeit mehr sah, als Captain Jennings zu involvieren.«

Carters Gesichtsausdruck schien kurz alle möglichen Mimiken einmal durchzuwechseln.

»Jennings? Was verflucht noch mal hat Jennings damit zu tun?«

Oh, Shit.

Blut schoss ihr in den Kopf und sie bemerkte, wie sich die Schamesröte in ihrem Gesicht breitmachte.

»Sergeant. Ich war frustriert wegen Ihrer Entscheidung, mich von dem Fall abzuziehen. In meinen Augen war das unfair und nicht gerechtfertigt. Erst recht, da ich heute wirklich einige gute Fortschritte gemacht habe. Ich bin daher zu Captain Jennings gegangen und habe mich beschwert. Das war vielleicht etwas vorschnell.«

Dick Carter war offensichtlich bemüht, die Contenance zu wahren. Man konnte ihm förmlich ansehen, wie er mit sich rang. Schlussendlich entspannte sich seine Miene wieder.

»Ich werde das mit Jennings klären. Kein Problem. Hamilton. Folgendes. Ich möchte, dass Sie heute noch mal zur SeattleU fahren und sich mit Professor Stewart treffen. Er meinte, dass er noch ein paar Hinweise hätte, die vielleicht für den Fall wichtig sein könnten.«

Penny wollte gerade ansetzen, auf Carters Anweisung zu reagieren, als dieser schon abwinkte.

»Los, los, Hamilton. Gehen Sie und ermitteln Sie.«

Während er diese Worte sprach, machte er bereits die unmissverständliche Geste, dass sie jetzt gehen könne. Das ließ sie sich nicht zwei Mal sagen, denn ihre Gedanken überschlugen sich.

Wieso macht Carter eine Hundertachtziggradwende und warum schickt er mich zu diesem Professor Stewart? Wenn Stewart mit Carter telefoniert hat, dann hätte er ihm diese Hinweise doch auch direkt selbst geben können. Da ist doch was faul.

Gedankenverloren ging Penny zurück zu ihrem Schreibtisch. Sie hatte noch die Ausdrucke in ihrer Tasche und wollte sie vorsichtshalber verschließen. Nachher kämen auch diese auf wundersame Weise abhanden.

Gerade, als sie die Schublade abschloss, hievte sich Brian mit einem Satz auf die Kante ihres Schreibtischs. Wieder umschmeichelte ein verschmitztes Lächeln sein Gesicht.

»Hallo, Penelope. Es ist vielleicht etwas spontan, aber hast du heute Abend schon etwas vor?«

Penny schaute Brian in die Augen und versuchte, darin irgendwie seine Absichten zu erkennen. Vergebene Liebesmüh. Der blonde Sunnyboy mit seinen eisblauen Augen war nicht zu durchschauen.

»Du willst es wohl schnell hinter dich bringen, was?«

Er hatte sich den kleinen *Alexander Hamilton Funko-Pop* geschnappt, der auf ihrem Schreibtisch stand. Die witzige Figur mit dem viel zu großen Kopf stellte einen der Gründungsväter der Vereinigten Staaten von Amerika dar.

Die beiden verband derselbe Nachname und nur durch Zufall war Penny erst auf den Funko-Pop und dadurch auf das Broadway-Musical gestoßen, das ihren Namen trug. Seither war sie der größte Fan und *Funko-Pop Alexander* begleitete sie überall hin.

»Im Gegenteil. Ich kann es kaum erwarten und würde mich sehr freuen, Penny.«

Ein Dackelblick löste das verschmitzte Lächeln ab.

»Okay, du hast gewonnen. Wo wollen wir uns denn treffen? Kennst du was Nettes?«

Er nickte zufrieden.

»Magst du Burger und die Atmosphäre in einer guten Sportsbar?«

In diesem Moment war es Penny schon fast recht herzlich egal, denn just jetzt, wollte sie es einfach nur hinter sich bringen. Sie stimmte also zu und die beiden verabredeten sich für den Abend in der Sportsbar in Downtown Seattle. Brian schien zufrieden, hievte sich genauso elegant wieder von ihrem Schreibtisch herunter und verschwand im geschäftigen Treiben des Dezernats.

Wenn das ein Flop wird, hatte ich wenigstens noch mal einen guten Burger.

Aber der Abend mit Brian und der Burger mussten jetzt erst einmal warten. Carter hatte ja geradezu darauf bestanden, dass sie jetzt noch mal zur SeattleU fährt und sich die scheinbar bahnbrechenden neuen Hinweise von Professor Stewart anhörte.

Dieses Mal lief sie direkt den Weg zur Uni.

Kein Taxi.

Kein Dienstwagen.

Penny wollte etwas den Kopf freibekommen und in Ruhe nachdenken. Dazu kam, dass sie bei dem Gespräch mit dem Sergeant scheinbar so verkrampft gesessen hatte, dass ihr das rechte Bein eingeschlafen war. Das Laufen tat ihr daher sicher gut.

Professor Stewart kam heute Vormittag zielstrebig auf sie zu, um sich vorzustellen. Welchen Grund hatte er dazu? Er war für den Fall nicht relevant. Und dann diese seltsam formulierten Aussagen von ihm. *Sie wolle ihm doch jetzt sicher bei einer Tasse Kaffee erzählen, was sie herausgefunden hatte.* Sie hatte diese Aussage von ihm bisher komplett ausgeblendet und jetzt erst wieder daran gedacht.

Warum formulierte er das so absurd? Das klang schon fast wie eine Suggestion. Und wieso überhaupt hat er ein Interesse daran?

Noch merkwürdiger wurde es eigentlich, als sie darüber nachdachte, dass dieser Stewart in der Zwischenzeit auch Dick Carter angerufen haben musste. Und das scheinbar nur, um ihm zu sagen, dass er Hinweise zu diesem Fall hätte, die er ausgerechnet *ihr* mitteilen wolle.

Das klang doch irgendwie alles total surreal.

Wie aus einem extrem schlechten Kriminalfilm. So ein Film, in dem der Ermittler so strunzdumm ist, dass er nicht merkt, wie er in eine offensichtliche Falle rennt.

Brian kam ihr wieder in den Sinn. Er hatte sie angerufen und gemeint, dass Carter gerade tobt, weil sie heimlich ermittelt hatte. Es lag doch irgendwie auf der Hand, dass das auch Professor Stewart gewesen sein könnte.

Sie beschloss, Stewart genau danach gleich zu fragen. Direkt mit der Tür ins Haus. Mal sehen, wie er reagiert.

»Detective. Schön, Sie wiederzusehen.«

Professor Stewart streckte Penny abermals die Hand entgegen und schaute sie mit einem erwartungsvollen Blick an.

Was für ein Freak.

Selbstbewusst nahm sie seine Hand und versuchte dabei, ihren Gesichtsausdruck so neutral und professionell zu halten, wie nur irgendwie möglich.

»Mr. Stewart. Hier bin ich. Was haben Sie für wichtige Hinweise diesen Fall betreffend?«

Das Wort *wichtige* betonte sie bewusst etwas abfällig. Sollte er doch direkt wissen, was sie davon hielt, einfach noch mal irgendwo hinzitiert zu werden.

Wie lange will der Kerl meine Hand denn noch schütteln?

Stewart machte bisher keine Anstalten, ihre Hand wieder loszulassen. Nach ungefähr dreißig Sekunden, in denen er ihre Hand schüttelte und sie dabei erwartungsvoll anlächelte, beendete Penny das Ganze und zog ihre Hand abrupt zurück.

Er wirkte verunsichert und das Lächeln verließ sein Gesicht. Genau da wollte sie ihn haben.

»Ich bin jetzt nicht fünfzehn Minuten hergelaufen, damit Sie mir ausgedehnt die Hand schütteln, richtig?«

Stewart schaute perplex und schien endlich aus seiner Starre zu erwachen.

»Nein, nein. Mitnichten, Detective. Sie sind hier, damit wir beide uns noch mal in Ruhe unterhalten können. Entschuldigen Sie bitte, dass ich Sie heute Vormittag drüben im J&J so überfallen habe. Ich ...«

Weiter kam der Professor nicht, denn Penny hatte keine Zeit und auch keine Lust auf so ein Geschwafel.

»Mr. Stewart. Wieso haben Sie Sergeant Carter angerufen und ihn darüber informiert, dass ich heute hier ermittelt habe? Ich will von Anfang an ehrlich zu Ihnen sein. Sie haben mit diesem Fall nichts zu tun und meiner Meinung nach mischen Sie sich in diese Sache etwas zu sehr ein. Zumindest für jemanden, der damit augenscheinlich nichts zu tun hat.«

Das hatte gesessen.

Stewart wich von ihr zurück. Penny sah, wie sich seine Körperhaltung änderte. Er verkrampfte. Seine Muskeln spannten sich an. Von der Lockerheit, die er bis eben noch an den Tag legte, war nichts mehr übrig.

»Nun, Detective. Ich bin Professor für Rechtswissenschaften hier an der SeattleU und habe alleine dadurch schon ein gewisses Interesse daran, wenn an unserer Uni ein kaltblütiger Mord geschieht.«

Sie schüttelte den Kopf.

»Das ist nicht die Antwort auf meine Frage. Wieso

haben Sie Dick Carter darüber informiert, dass ich hier ermittle?«

Sein Blick wurde streng.

»Hat er Ihnen gesagt, dass ich ihn diesbezüglich angerufen habe?«

Shit. Bluffen oder nicht?

Die Wahrheit war für Penny in der Regel immer das Mittel der Wahl.

»Nein. Aber er hat mir gesagt, dass Sie ihn angerufen hätten und explizit mit mir sprechen wollten, um mir Hinweise zu diesem Fall zu geben. Das legt natürlich den Schluss nahe, dass …«

Dieses Mal war es der Professor, der sie unterbrach.

»Legt den Schluss nahe … sehen Sie, das ist schon das Problem. Sie wissen es nicht, Sie vermuten es. Ich wollte Sie sprechen, denn als ich Sie heute Vormittag hier sah, ging ich davon aus, dass Sie mit dem Fall vertraut sind. Nicht mehr, nicht weniger. Detective, Sie wollen mir doch sicherlich jetzt erzählen, was Ihre Ermittlungen heute ergeben haben? Wo wir doch gerade unter uns sind.«

Penny lachte, was Stewart maximal zu irritieren schien.

»Das ist bereits das zweite Mal, dass Sie mir heute so einen Quatsch suggerieren wollen. Muss ich Sie mit zum Dezernat nehmen, bevor Sie mich ernst nehmen? Das hier ist kein Spaß und auch kein Spiel. Also reißen Sie sich gefälligst zusammen.«

Abermals wich der Professor einen Schritt zurück. Offensichtlich hatte Penny da einen Nerv getroffen, in dem sie jetzt weiter bohren konnte.

»Welche Informationen haben Sie den Fall betreffend und – die Frage ist fast wichtiger – woher haben Sie diese Informationen?«

Professor Stewart war inzwischen um seinen Schreibtisch herum gegangen und hatte sich hingesetzt.

»Nun, ich denke, dass ich mich von Ihnen so nicht behandeln lassen muss. Ich werde alles Weitere mit Ihrem Sergeant besprechen. Einen schönen Tag noch, Detective.«

Er klappte seinen Laptop auf und fing an, irgendetwas zu tippen. Penny ignorierte er. Sie stand dort in seinem Büro wie bestellt und nicht abgeholt und hatte zum ersten Mal in diesem Gespräch große Not, die Contenance zu bewahren.

»Einen schönen Tag noch.«

Sie hatte Mühe, diese Worte ohne Hohn auszusprechen. Aber es gelang ihr.

Ohne ein weiteres Wort verließ sie das Büro von Professor Stewart und ging dann ohne Umwege zurück zum Dezernat.

Das absurde Gespräch mit ihm war für Penny trotz allem aufschlussreich. Sie hatte jetzt einen neuen Verdächtigen.

KAPITEL 11
JOSHUA

Wieso zur Hölle funktioniert das bei dieser Hamilton nicht? Das gibts doch nicht!

Josh hatte seinen Laptop wieder zugeklappt und starrte vor sich ins Leere. Ihm war während des Gesprächs mit Detective Hamilton richtig schlecht geworden. Sein Körper hatte damit auf diese vollkommen neue Erfahrung reagiert. Er hatte Mühe, dieses flaue Gefühl zu unterdrücken.

Panik stieg in ihm auf, denn Josh realisierte, dass er sie augenscheinlich nicht würde manipulieren können.

Es bereitete ihm eine unglaubliche Existenzangst, denn bisher hatte er jeden entsprechend beeinflussen können – oder aber auf andere Art und Weise zum Schweigen bringen lassen.

Sie aus dem Weg zu schaffen muss das letzte Mittel bleiben. Egal, wie sauber wir das anstellen, hier wäre die Hölle los. Erst recht, nachdem hier erst ein Mord passiert ist. Shit, Shit, Shit.

Kurz überlegte er, ob er seine Schwester Vicky über die neuesten Erkenntnisse informieren sollte. Aber sie würde ihn nur wieder zur Ruhe ermahnen und das würde ihn jetzt nicht weiter bringen.

Josh brauchte eine Lösung. Und er brauchte Antworten.

Es musste einen Grund geben, warum Penelope Hamilton seinen Manipulationen einfach widerstehen konnte. Doch wo sollte er ansetzen?

Eine Idee kam ihm sofort. Zum dritten Mal an diesem Tag rief er Dick Carter an.

»Mr. Carter. Ich bin es wieder, Joshua. Was ist Besonderes an Penelope Hamilton? Hat sie vielleicht irgendwelche Krankheiten, von denen Sie wissen? Oder ist sonst etwas ungewöhnlich an ihr?«

Carter schnaubte.

»Joshua. Bitte! Schreiben Sie mir eine Nachricht und ich melde mich umgehend. Es fällt langsam auf, wenn ich laufend die Tür zumache oder rausgehe.«

Josh interessierte sein Einwand in keiner Weise.

»Wenn ich mich recht erinnere, ist es schon das zweite Mal diese Woche, dass ich Sie daran erinnern muss, dass das nicht meine Frage beantwortet.«

Wieder war ein Schnauben in der Leitung zu hören.

»Ist ja gut, Joshua. Nein, ich weiß von keiner Krankheit von Hamilton. Wieso sollte ich auch? Wenn sie diensttauglich ist, dann ist sie diensttauglich. Warum sollte ich das auch hinterfragen?«

Innerlich verdrehte Josh die Augen.

»Dann wollen Sie das jetzt hinterfragen. Irgendetwas ist anders an dieser Hamilton. Irgendwas ist komisch. Finden Sie es heraus.«

Was jetzt kam, war inzwischen für Carter normal. Joshua legte einfach auf.

Shit. Ich brauche Antworten.

Jetzt überlegte er doch, Vicky anzurufen. Er wurde jedoch aus diesem Gedankengang gerissen, weil sein Telefon klingelte.

»Brian. Schön, dass Sie anrufen. Was haben Sie für mich?«

»Joshua. Ich habe Penny quasi an der Angel. Ganz wie Sie es gewünscht haben. Heute Abend haben wir ein Date.«

Er grinste wie ein kleiner Junge, der eine Möglichkeit gefunden hatte, doch heimlich weiter auf seinem Tablet zu spielen. Und das, obwohl die Eltern eigentlich eine automatische Auszeit eingerichtet hatten.

»Sehr gut, Brian. Das ist sehr gut. Sie möchten herausfinden, ob Hamilton irgendeine Krankheit hat. Verstanden? Oder ob irgendetwas Besonderes mit ihr ist oder war? Egal, ob in ihrer Kindheit oder erst vor Kurzem. Ansonsten bleiben Sie einfach dran. Lassen Sie Ihren Charme spielen und kommen Sie mit ihr zusammen, wenn es sein muss.«

Nervös wippte Josh auf seinem Stuhl hin und her.

»Verstanden, Joshua. Das werde ich …«

Er hatte gehört, was er hören wollte, und legte auf.

Sehr gut. Das war der Strohhalm, nach dem ich gesucht habe. Und ich Depp hab ganz vergessen, dass ich Brian auf sie angesetzt hatte. Ich werde wirklich nachlässig langsam.

Es war 19:50 Uhr, als Josh bei dem beliebten Italiener an der 4th Avenue ankam. Ihm war absolut bewusst, dass er wesentlich zu früh war. Anders als sonst, war er heute total entspannt und es wunderte ihn nicht mal mehr.

Irgendetwas löste Annika in ihm aus. Irgendetwas hatte sie an sich, was ihn entspannen ließ. Was ihn das Leben mit all seinen Pflichten und seinen selbst aufoktroyierten Regeln nicht mehr so verbissen sehen ließ.

So stand er dort auf dem Bürgersteig. Lächelte die Menschen an, die an ihm vorbeigingen. Er ertappte sich dabei, wie er Vorfreude entwickelte. Und nicht nur das. Joshua wurde nervös. Richtig nervös.

Und dann kam sie.

Von weitem fiel sie ihm schon auf. Die Dame, die seinen Puls höherschlagen ließ, schlenderte die 4th Avenue entlang auf ihn zu. Aus der Ferne erkannte er bereits, dass sie ihn anlächelte. Josh fiel immer mehr aus seiner Rolle und winkte ihr zu. Er ging ihr sogar entgegen, was sonst überhaupt nicht seine Art und Weise war.

Menschen kamen zu ihm, nicht umgekehrt.

Hatte ihm sein Verhalten gestern noch Sorge bereitet, so konnte er sich heute bereits viel besser damit abfinden. Warum er das tat, konnte er nicht ergründen. Aber das interessierte ihn jetzt in diesem Moment auch nicht.

»Annika, wie schön dich zu sehen.«

Josh grinste bis über beide Ohren.

»Hallo, Joshua. Es ist so schön, dich lächeln zu sehen. Ich bin heute auch extra ein paar Minuten früher gekommen.«

Zwinkernd lachte sie, als sie bemerkte, dass er genau verstanden hatte, worauf sie anspielte.

»Witzig, meine Liebe. So witzig.«

Er sagte das immer noch grinsend und sie wusste, dass er es nicht böse meinte. Allerdings wunderte sich Josh in diesem Moment doch etwas über sich selbst, denn so einen Spruch durfte man ihm normalerweise nicht reinwürgen.

»Na komm, du Griesgram. Gehen wir etwas Essen. Mir knurrt schon ganz schön der Magen.«

Heute war es Annika, die seine Hand nahm und ihn einfach mit in das Restaurant zog.

Es war sehr voll in dem recht kleinen Gastraum, was bei Josh sofort Beklemmungen auslöste. Unter normalen Umständen hätte er jetzt alle Gäste, die um seinen Tisch herum saßen, mit Handschlag begrüßt und darum gebeten, dass sie bezahlten und gingen.

Aber er wollte bei Annika keinen falschen Eindruck machen. Auch wenn er ihr einfach hätte sagen können, dass sie das Gesehene vergessen solle. Josh wollte sie nicht manipulieren. Er wollte unbedingt herausfinden, wie es war, eine Frau auf *normalem* Weg kennenzulernen.

Die Neugier, ob sie sich in ihn verlieben würde, auch wenn er einfach nur Josh war, war so groß. Dabei war sie für ihn kein Versuchskaninchen. Im Gegenteil. Er wollte sich zu diesem Zeitpunkt noch nicht eingestehen, dass er sich gerade in sie verliebte. Es war nur zu verständlich, dass er sich erhoffte, dass sie das Gleiche tat.

In den nächsten Stunden erzählten sie sich gegenseitig ihr halbes Leben. Josh tat es fast körperlich weh, dass er immer wieder lügen musste. Was hätte er auch anderes machen sollen?

Ihr erzählen, dass er gar kein Wunderkind ist? Dass er nie wirklich studiert hatte? Nicht wirklich promoviert und schon gar keine Professur hätte, wenn er sich nicht sein gesamtes Umfeld zurechtmanipuliert hätte?

Das hätte Annika komplett verschreckt und wahrscheinlich hätte sie es auch nicht verstanden. Sie hätte es auch nicht verstehen können. Josh hätte sie dann manipulieren müssen, damit sie es vergisst. Genau das wollte er nicht.

Also entschied er sich, sie anzulügen.

So gesehen war es keine Lüge. Denn es war Fakt, dass er zwei Doktortitel hatte. Diese waren echt. Er hatte eine Professur, um genau zu sein, sogar zwei. Und es gab genug

TV-Dokus, Artikel in Fachmagazinen und der Klatschpresse über ihn. Er war das *Wunderkind.*

Zu seinem Erstaunen brachte Annika ihm nicht die sonst übliche Huldigung entgegen. Er war es gewohnt, dass man ihn anhimmelte. Nicht so Annika. Sie hatte natürlich von ihm gehört. Ein absoluter Überflieger und alle lagen ihm zu Füßen. Aber mehr auch nicht.

Er beendete seine Erzählungen über sich selbst und hatte diese schon weitaus weniger pompös gestaltet, als er es üblicherweise tat. Ihre Reaktion war aufrichtig.

»Wow, das ist doch mal ein Werdegang. Da kannst du stolz auf dich sein.«

Und damit endete ihre Lobhudelei auch schon. Josh war beeindruckt. Sie interessierte sich viel mehr für seinen Charakter, für seine Denkweisen, seine Ansichten. Und so viel weniger für seine Titel und sein Ansehen.

Umgekehrt begann auch er sich für ihre Vergangenheit zu interessieren. Bisher war ihm das immer egal. Meistens hatte er schon einen Tag später sogar ihre Namen vergessen. Von Annika hingegen saugte er jede noch so kleine Information auf.

Immer wieder nestelte Annika an seinen Händen herum, streichelte sie beiläufig. Jedes Mal schlug sein Herz schneller. Das Grinsen war inzwischen in seinem Gesicht festgewachsen.

Es war kurz vor 23:00 Uhr, als sie vorschlug, noch in eine Bar zu gehen, die sie kannte. Das Restaurant würde bald schließen, aber sie machte keinen Hehl daraus, dass sie nicht wollte, dass der Abend schon endete.

So schlenderten die beiden durch Downtown Seattle. Irgendwann nahm sie wieder seine Hand.

Wortlos.

Einfach so.

Josh blieb stehen und schaute ihr tief in ihre grünen Augen. Diese wurden im Halbdunkel nur vom Licht der Bars und Restaurants angestrahlt und waren dadurch noch strahlender, als tagsüber. Er nahm all seinen Mut zusammen und küsste sie.

Zunächst nur zögerlich und kurz, als rechnete er jeden Moment mit einer Ohrfeige oder Schlimmerem. Schließlich war das mehr als übergriffig. Als er jedoch bemerkte, dass sie ihn weiterhin anstrahlte, nahm er sie in den Arm und küsste sie nun leidenschaftlich.

Wahrscheinlich – nein, ganz sicher – so leidenschaftlich, wie er noch nie in seinem Leben eine Frau geküsst hatte.

Dieses Gefühl war für ihn unbeschreiblich und in diesem wunderschönen Moment auch mit einer gewissen Trauer behaftet. Trauer, weil er bemerkte, wie viel er bisher in seinem Leben versäumt hatte.

Denn Josh merkte, dass es das erste Mal in seinem Leben war, dass er Gefühle für eine Frau entwickelt hatte und diese scheinbar auch für ihn. Ganz abseits von Manipulation und einer Scheinwelt, die er stets mit seinen Worten erschaffen hatte.

Als die beiden in der Bar ankamen und Platz genommen hatten, redeten sie über Gott und die Welt und hatten einfach eine gute Zeit.

Irgendwann fragte Annika ihn, was für Hobbys er hätte. Josh runzelte die Stirn, als wenn er die Frage nicht verstehen würde.

»Hobbys? Ich habe keine Hobbys. Irgendwie habe ich mir nie etwas daraus gemacht.«

Erstaunt über seine Aussage schaute sie ihn verwundert an.

»Das erklärt so einiges, Joshua Stewart.«

Er runzelte die Stirn und schob seine Brille wieder etwas höher.

»Schau nicht so. Du wirkst oft so unentspannt. Du hast keinen Ausgleich zu deinem stressigen Alltag. Ein Hobby hilft dir, auf andere Gedanken zu kommen. Einfach mal abzuschalten. Du brauchst unbedingt ein Hobby, am besten sogar zwei. Wenn du mal auf eine Sache keine Lust hast.«

Langsam begann er mit dem Kopf zu schütteln.

»Ich habe mir darüber nie Gedanken gemacht, ehrlich gesagt. Aber ja, irgendein Ausgleich wäre toll. Was schlägst du vor? Was wären gute Hobbys für mich? Wenn du schon damit ankommst, musst du auch liefern.«

Annika nippte an ihrem Negroni und lachte schallend los.

»Ich kann dir kein Hobby aussuchen. Ich kenne ja deine Interessen noch nicht. Aber wenn ich mir dich so anschaue, dann brauchst du etwas zum Entspannen. Und vielleicht auch etwas zum Abbau diverser Aggressionen. Ich kann dir da gerne Mal eine Liste machen und wir probieren gemeinsam aus, was dir Spaß machen könnte.«

»Im Ernst?«

Josh wusste erst nicht, ob das ein ernsthafter Vorschlag von ihr war.

»Natürlich im Ernst. Was glaubst du denn? Ich schreibe was zusammen, von dem ich glaube, dass es dir gefällt, und dann schauen wir weiter. Einverstanden?«

Er nickte zögerlich.

»Komm schon, Griesgram. Das wird lustig.«

Beide lachten los und es tat so gut. Einfach mal lachen. Alles vergessen, was um ihn herum war. Einfach mal die Kontrolle abgeben. Nicht alles bestimmen müssen.

Erneut zögerte er, als er ihre Hand nahm und sie etwas zu sich zog.

»Annika. Was ist das da zwischen uns?«

Sie lächelte ihn lieb an und antwortete auf ihre Art, direkt und ohne Umschweife, mit einer Gegenfrage.

»Sag du es mir, Joshua Stewart?«

Wieder eine Sache, die er eigentlich niemandem durchgehen lassen würde. Bisher.

»Ich weiß es nicht. Um ehrlich zu sein, ich war vorher noch nie in so einer Situation.«

»Du willst doch nicht erzählen, dass du dich noch nie verliebt hast?«

Die Empörung in Annikas Gesicht war definitiv nicht gespielt, da war sich Josh sicher.

»Ehrlich, Annika. Nein. Bisher nicht. Sicherlich habe ich Frauen gedatet, oft sogar. Aber Gefühle waren da nie im Spiel.«

Er konnte ihr ansehen, dass es ihr schwerfiel, ihm das zu glauben. Sie rang nach Worten.

»Okay. Das erklärt eben deinen zögerlichen Kuss. Ich hatte mich schon gewundert. Ich habe ja mit vielem gerechnet, aber damit ehrlich gesagt nicht.«

»Und ist das jetzt gut oder schlecht?«

Und ist das nun gut oder schlecht. Ich bin so ein Idiot manchmal.

Annika schmunzelte.

»Für uns beide? Lass es uns herausfinden, Joshua. Ich mache mal den Anfang. Ich mag dich sehr und das, obwohl du überhaupt nicht mein Typ bist. Ich habe keine Ahnung, warum ich überhaupt zu unserem ersten Date kam. Du hast mich irgendwie überrumpelt. Aber als ich dich dann kennenlernen durfte, hast du mich fasziniert. Du bist ein ganz besonderer Mensch.«

Joshua lief eine Träne die Wange herunter.

In dem Moment, als er es bemerkte, versuchte er sie

hektisch wegzuwischen. Annika kam ihm zuvor und lächelte dabei zuckersüß.

»Du musst nicht gleich weinen. So rührend war meine Ansprache auch nicht.«

Wenn du nur wüsstest, Annika Fischer. Wenn du nur wüsstest …

KAPITEL 12
PENNY

»Hamilton! In mein Büro.«

Es war bereits das dritte Mal an diesem gottverdammten Tag, dass Penny in das Büro von Dick Carter zitiert wurde. Hatte sie das zweite Gespräch bei ihm noch überrascht, weil er geradezu nett zu ihr war, so klang diese Aufforderung jetzt wieder alles andere als freundlich.

Bewusst langsam legte sie zuerst ihre Dienstmarke zurück in die Schreibtischschublade und ging dann selbstbewusst auf Carter zu. Dieser wartete immer noch in der Tür zu seinem Büro und hatte einen Blick drauf, der nicht viel Spielraum für Interpretation zuließ.

Sie ließ diesen jedoch vollkommen an sich abperlen, als sie an ihm vorbei in sein Büro ging.

»Detective Hamilton. Verzeihen Sie meinen Auftritt, aber alles andere wäre etwas auffällig gewesen. Sie verstehen?«

Nein, Penny verstand nicht. Ganz und gar nicht. Daher schüttelte sie nur mit dem Kopf.

»Ist ja auch egal. Sagen Sie, geht es Ihnen gut? Ich meine, Sie sind offensichtlich diensttauglich. Aber haben Sie vielleicht irgendwelche Krankheiten, von denen ich wissen sollte?«

Okay, er ist langsam wirklich vollkommen durchgeknallt.

»Ähm, nein? Und ich wüsste ehrlich gesagt auch nicht, was Sie das angeht. Und bitte entschuldigen Sie meine Direktheit. Sie haben vollkommen recht, ich bin diensttauglich. Und gäbe es da etwas, was Sie oder die Kollegen wissen müssten, dann wüssten Sie es.«

Der Sergeant wirkte überrascht und irgendwie auch überrumpelt. Jedenfalls stierte er Penny jetzt verunsichert an.

»Gut. Okay. Ich wollte auch nur mal nachfragen. Mir ist es wichtig, dass meine Detectives voll einsatzbereit sind.«

Und das darf niemand wissen und darum brüllt er mich in sein Büro?

»Und dafür lassen Sie das halbe Dezernat in dem Glauben, dass ich Mist gebaut habe und Sie mir hier gerade die Meinung geigen? Mit Verlaub, Sergeant. Aber das ist nicht fair. Ist sonst noch was, oder darf ich jetzt gehen?«

Carter war fertig und irgendwie auch sichtlich unzufrieden. Sie hatte keine Ahnung, was das gerade war und vor allen Dingen auch nicht, warum er sich benahm, wie der letzte Volltrottel. Er war zumindest im Moment weit entfernt von einem souveränen, erfahrenen und routinierten Sergeant, der alles überblickte und im Griff hatte.

Wenn das so weiter geht, dann kündige ich hier. So etwas brauche ich mir nicht antun.

Wut stieg in ihr auf. Sie atmete tief durch und blickte in Richtung ihres Schreibtischs. Es war bereits nach 16:00 Uhr und niemand konnte etwas sagen, wenn sie jetzt Feierabend machen würde.

Penny hatte genug.

Sie schnappte sich ihre Tasche und verließ das Dezernat, ohne sich von irgendjemandem zu verabschieden.

Heute Abend war das Dinner mit Brian. Bis dahin musste sie es irgendwie hinkriegen, wieder ansatzweise gute Laune zu bekommen.

Brian hatte darauf bestanden, Penny abzuholen. Was das anging, schien er ein Gentleman zu sein. Er hielt ihr sogar die Tür auf, als sie auf der Beifahrerseite Platz nahm.

Er fuhr einen schwarzen 1967er Chevrolet Impala und damit hatte er bei ihr mehr als nur Pluspunkte gesammelt. Nicht nur, weil der Wagen einfach traumhaft aussah. Nein, es war genau das Auto, das ihr Jugendschwarm *Dean* auch in allen Staffeln *Supernatural* gefahren war.

Auf diese Weise war das Eis sofort gebrochen. Penny war begeistert und spätestens jetzt waren die gruseligen Gespräche mit Dick Carter und Joshua Stewart in Vergessenheit geraten.

Brian hatte in der Sportsbar einen der ruhigeren Tische im Eck gebucht. Es war die Hölle los, aber das schadete der Atmosphäre nicht unbedingt.

Sie bestellten sich zwei Bier, was ihn erst einmal verwunderte. Penny konnte nichts anfangen mit dem ganzen süßen Cocktailkram, der heutzutage so beliebt war. Allerhöchstens ein Caipirinha durfte es sein. Ein gutes kühles Bier wurde jedoch immer bevorzugt. Am liebsten ein Europäisches, was ihr von Brian einen kritischen Blick einbrachte.

»Was hast du gegen amerikanisches Bier?«

Er lachte dabei, auch wenn sie hinter dieser Frage doch eine gewisse Ernsthaftigkeit vermutete.

»Nichts, solange ich es nicht trinken muss.«

Penny schaute verschmitzt und prostete ihm zu.

Bei Burger und noch mehr Bier lernte sie in den darauffolgenden Stunden auch die private Seite ihres Arbeitskollegen kennen. Sie würde lügen, wenn sie sagen würde, dass ihr diese Seite von ihm nicht gut gefallen würde.

Brian war ein durch und durch aufrichtiger Typ. Er hatte bodenständige Ansichten, ein paar coole Hobbys und nicht zuletzt einen echt scharfen Wagen. Es wäre viel zu früh, um zu behaupten, dass Penny sich etwas in ihn verguckt hätte, aber sie war kurz davor. Auch wenn sie sich das selbst noch auszureden versuchte.

Besonders gut gefiel ihr, dass sie beide es geschafft hatten, bisher kein einziges Wort über die Arbeit zu verlieren. Gerade diesbezüglich war sie anfangs sehr skeptisch. Penny war der Typ Mensch, der den Job in der Regel nicht mit nach Hause nahm. Sie dachte in ihrer Freizeit nicht gerne über Fälle nach. Sie schaffte es sogar, sich meistens nicht weiter über den Sergeant oder die Kollegen zu ärgern.

Brian war durchaus neugierig, was sie betraf. Gefühlt wollte er alles von ihr wissen. Eine Frage ließ Penny dann jedoch aufhorchen und mit einem Mal wurde sie etwas misstrauisch.

»Sag mal, hast du eigentlich irgendwelche Krankheiten oder so?«

Sie beschloss, sich ihr Misstrauen erst einmal nicht anmerken zu lassen.

»Wie kommst du denn jetzt darauf? Ist das irgendein Kriterium für dich?«

Er versuchte es mit einem verschmitzten Grinsen, das sie ihm aber nicht ganz abnahm.

»Nein, nein. Es hatte mich nur interessiert. Ich zum Beispiel leide an Asthma. Darum habe ich immer mein Spray bei mir. Es ist nicht so stark ausgeprägt, dass ich dienstuntauglich wäre, aber es schränkt halt ein. Daher auch meine Frage an dich.«

Das klingt zumindest plausibel. Aber dennoch seltsam, dass mich Carter ausgerechnet heute das Gleiche gefragt hat.

Apropos Krankheit. Ihr war ihr linkes Bein eingeschlafen. Sie versuchte schon ein paar Minuten, es unauffällig durch einige Positionswechsel wieder *wach* zu bekommen.

Auch wenn Penny sich wegen seiner Antwort wieder etwas entspannte, blieb da ein gewisses Misstrauen. Sie beschloss jedoch, es für den Moment gut sein zu lassen. Zu gern hätte sie ihn jetzt gefragt, ob er auch Professor Stewart kennengelernt hatte und wie er auf ihn wirkte. Es war ein Instinkt, der ihr sagte, jetzt nicht weiter nachzubohren.

Am Ende des Abends war Brian ebenfalls Gentleman durch und durch. Er brachte sie bis vor die Haustür, bedankte sich dann für den schönen Abend und sagte ihr ganz unverbindlich, dass er sich freuen würde, wenn sie das bei Gelegenheit doch noch mal wiederholen würden.

»Überleg es dir, Penelope. Ich würde mich sehr freuen.«

Penny zwinkerte ihm zu und verschwand dann im Haus.

Noch immer musste sie an seine Frage von vorhin denken.

Kann das wirklich nur Zufall gewesen sein? Das wäre dann ein wirklich großer Zufall.

Penny wachte vor dem Weckerklingeln auf. Irgendwie war an Schlaf nicht mehr zu denken. Daher beschloss sie, heute schon früh zum Dezernat zu fahren.

Wenn der Sergeant sich nicht wieder neue Gängeleien für sie ausgedacht hatte, dann würde sie heute versuchen, so viel wie möglich über Professor Joshua Stewart herauszufinden. Irgendetwas war an ihm faul. Ganz gewaltig faul.

Ihr war vollkommen bewusst, dass sie diese Ermittlung unter dem Radar laufen lassen musste, denn irgendwie schien Stewart ja einen guten Draht zu Carter zu haben.

Um kurz nach 07:00 Uhr schaltete sie im Dezernat ihren PC an. Sie war allein und diese Ruhe war himmlisch. Während der Rechner hochfuhr, ließ sie ihren Blick über die anderen Schreibtische wandern, bis sie an dem von Brian hängen blieb.

Etwas Neugier überkam sie und so nahm sie sich die Kaffeetasse, die sicherlich schon zwei oder drei Tage an ihrem Schreibtisch stand, und schlenderte mit einem kleinen Umweg vorbei an seinem Schreibtisch in Richtung Kaffeeküche.

Brian war ein ordentlicher Typ und das zeichnete sich auch auf seinem Schreibtisch ab. Penibel sortiert lagen dort einige Akten. Notizzettel klebten fein säuberlich und gerade mit demselben Abstand zueinander hinter seiner Tastatur.

Penny hatte keinen Schimmer, wonach sie hier überhaupt suchte und so ließ sie dieses Kunstwerk aus Polizeiarbeit und ästhetischer Ordnung auf sich wirken.

Ihr Blick blieb an den Notizzetteln hängen.

»Akte 23/ZT/14-1 noch abschließen!«

Leise murmelte sie den Inhalt der Notiz.

Selbst seine Schrift ist tadellos und ordentlich. Kein Gekrakel oder Geschmiere.

Allen Notizen drehten sich um Akten, die er angefordert hatte oder noch abschließen musste. An der Letzten blieb sie schließlich hängen. Diese unterschied sich komplett von den Vorigen. Sie war geradezu hingeschmiert, wie in Eile notiert. Und sie enthielt eine Handynummer sowie das Kürzel JS mit zwei Strichen darunter.

Als sie das Kürzel noch einmal las, durchfuhr es sie wie ein heftiger Stromschlag.

JS. Joshua Stewart! Das kann nicht sein. Oder doch?

Sie holte rasch ihr Smartphone aus der Hosentasche und fotografierte die Nummer. Hastig ging sie danach in die Kaffeeküche, bevor noch jemand kam, der sie dabei hätte beobachten können.

Pennys Gedanken kreisten.

Sie musste herausfinden, ob das die Handynummer von Professor Stewart war und wenn sie es war, was hatte Brian dann mit ihm zu schaffen? Stewart war an den Ermittlungen in keiner Weise beteiligt. Also bestand eigentlich kein Grund, warum Brian diese Nummer so präsent auf seinem Schreibtisch haben sollte.

Beruhige dich, Penny. Nicht paranoid werden. JS kann auch für jemand ganz anderen stehen.

Aber was, wenn doch? Der Kreis würde sich schließen. Zumindest in ein paar Punkten. Carter und der Professor hatten definitiv Kontakt und er hatte sie gestern nach irgendwelchen Krankheiten gefragt. Wenn Brian auch Kontakt zu Stewart hatte, dann würde das erklären, warum er sie gestern Abend auch nach Krankheiten gefragt hatte.

Nur wenn es so wäre, warum interessierte Stewart sich dafür? Das machte alles nicht wirklich Sinn.

Penny nahm sich vor, diesem Mysterium heute noch auf den Grund zu gehen. Bis dahin wollte sie jedoch mehr über diesen Professor herausgefunden haben.

Es stellte sich heraus, dass es gar nicht so leicht war, mehr über Stewart herauszufinden. Das Internet war zwar voll von Artikeln auf seriösen und weniger seriösen Webseiten, aber wirkliche Details über ihn fand man nicht. In der Datenbank der Polizeibehörde gab es ebenfalls keinerlei Einträge über ihn.

Wenn man ein wenig tiefer grub, fand man einen Zeitungsbericht über den tragischen Tod seines Dads. Dieser war bei einem Sturz über ein Geländer in einem Einkaufszentrum ums Leben gekommen. Sein Sohn Joshua musste den Sturz aus nächster Nähe mitansehen.

Aus dem Bericht ging auch hervor, dass der Tod seines Dads ihn und seine Schwester Victoria zu Halbwaisen machte.

Er hat also eine Schwester. Mal sehen, was man über sie so findet.

Eine mehr oder weniger offizielle Anfrage bei der Führerscheinstelle brachte das gewünschte Ergebnis.

Victoria Stewart, wohnhaft noch immer in Tacoma, der Heimatstadt der Stewarts. Eine kurze Internetrecherche verriet ihr dann noch, dass sie bereits seit Jahren in einem italienischen Restaurant arbeitete. Ansonsten schien Victoria ein recht einfaches und bodenständiges Leben zu führen.

Sollte sich der Verdacht bezüglich Joshua Stewart erhärten, werde ich der Dame wohl mal einen Besuch abstatten müssen.

Penny wurde aus ihren Gedanken gerissen, als sich Brian wieder einmal elegant auf ihren Schreibtisch setzte und sie mit einem breiten Grinsen anlächelte.

»Na, Detective Hamilton. Wie ich hörte, hattest du gestern ein Abendessen mit einem durchaus charmanten netten Kerl?«

Sie verdrehte leicht die Augen. Mehr scherzhaft, aber es verfehlte seine Wirkung nicht.

»Sehr witzig, Brian. Aber ja, der Burger und das Bier waren durchaus lecker.«

Ein leichtes Schmollen umspielte seinen Mund.

»Heißt das, du würdest das nicht wiederholen wollen?«

Eine gewisse Traurigkeit lag in seinen Augen, die Penny ihm durchaus abkaufte.

»Wiederholen? Nein, ich denke ... einmal Burger und Bier reichen mir für die nächste Zeit. Aber vielleicht fällt dir ja etwas anderes ein, was man mit Bier kombinieren könnte?«

Ich werde dieses Spiel jetzt erst einmal mitspielen, bis ich Klarheit habe. Er ist süß und der Einzige hier, der mich von Anfang an normal behandelt hat. Es wäre bescheuert, sich das direkt wieder zu versauen.

Brian setzte ein liebenswertes Lächeln auf.

»Es wird mir eine Ehre sein, dich erneut fürstlich zu verköstigen. Erwartet meine Einladung beim ersten Licht des fünften Tages. Bei Sonnenaufgang, schaut nach Osten.«

Penny lachte lauthals los.

»Du zitierst aus *Herr der Ringe*, echt jetzt?«

Jetzt lachte auch Brian, während er sich wieder von ihrem Schreibtisch schwang und sich im Gehen noch einmal winkend zu ihr umdrehte.

Als er irgendwo Richtung Kaffeeküche verschwunden war, schaltete sie ihren PC aus, nahm ihre Tasche und verschwand im Treppenhaus.

Niemand beachtete sie. Es war fast Mittag und es war offensichtlich, dass sie irgendwo zum Lunch gehen würde.

Doch genau das hatte Penny nicht vor. Zum einen musste sie unbedingt ihre vom langen Sitzen eingeschlafenen Gliedmaßen bewegen und zum anderen wollte sie zu der öffentlichen Telefonzelle an der Ecke.

Auf dem Weg dorthin überlegte sie sich, was sie sagen würde. Sie hatte nur einen Versuch und beim kleinsten Fehler würde er misstrauisch werden. Penny versuchte, leise herauszufinden, wie es klang, wenn sie etwas tiefer sprach. Ob er sie dennoch an der Stimme erkennen würde?

Sie kam zu dem Schluss, dass sie zu kurz Kontakt hatten und zu wenig miteinander gesprochen hatten, als dass Professor Stewart ihre verstellte Stimme würde erkennen können.

Es klingelte.

»Ja?«

Pennys Herz schlug ihr bis zum Hals.

»Hallo, Mr. Joshua Stewart? Peggy Smith hier, von Ihrer Krankenversicherung. Wir haben da ein Problem mit einer eingereichten Rechnung. Hätten Sie kurz Zeit für mich?«

Es verging eine gefühlte Ewigkeit, bis ihr Gegenüber antwortete.

»Ja, der bin ich. Ich bitte vielmals um Entschuldigung. Das erledigt in der Regel immer die SeattleU für mich. Von wann genau soll diese Rechnung denn sein? Ich war in der letzten Zeit nicht beim Arzt.«

Tatsächlich! Ich fasse es nicht.

»Oh. Bitte entschuldigen Sie, Mr. Stewart. Ich sehe gerade, dass die Rechnung da ist. Sie war lediglich falsch abgelegt. Ich bitte nochmals um Entschuldigung. Einen schönen Tag noch.«

Penny legte den Hörer zurück auf die Gabel. Das Wechselgeld rasselte laut hörbar in das Münzausgabefach.

Sie starrte aus dem schmutzigen Fenster der Telefonzelle auf die Straße vor ihr ins Leere und ein eiskalter Schauer lief ihr den Rücken herunter. Zum ersten Mal in diesem Job verspürte sie so etwas wie Angst. Sie war da etwas Großem auf der Spur.

Vielleicht zu groß für sie allein. Nur wem konnte sie wirklich vertrauen?

KAPITEL 13
DAMALS

Der Tod von Joshs und Vickys Dad lag gerade mal ein Jahr zurück. Es sollte dadurch eigentlich alles besser werden, denn der Tyrann im Haus war nicht mehr da.

Doch leider kam es ganz anders.

Joshs Mom Charlotte hatte ihren Mann Peter zu seinen Lebzeiten so oft verteufelt und so oft mit ihm wegen der Kinder gestritten. Sie war nie damit einverstanden, dass er die beiden scheinbar nach Lust und Laune schlug. Doch verhindern konnte oder wollte sie es nie.

Nach Peters Tod kehrte zunächst eine Zeit des Zusammenhalts und der Ruhe ein. Charlottes Eltern waren seither sehr oft zu Besuch, um ihrer Tochter mit den Kindern und mit der vollkommen neuen Lebenssituation zu helfen.

Bereits nach kurzer Zeit fiel Josh auf, dass seine Mom sich veränderte. Sie schien sehr schlecht zu schlafen und war tagsüber oft müde und gereizt. Anfangs hatte das keinerlei Auswirkungen auf ihre Familie, aber mit der Zeit weitete sich ihre Gereiztheit auch auf ihre Kinder aus.

Es waren stets nur verbale Attacken, aber sie nahmen in ihrer Intensität und auch Brutalität zu.

Joshua wurde von ihr zunehmend öfter für den Tod seines Dads verantwortlich gemacht.

Ab dem Abend, an dem Josh seinem Dad verboten hatte, Vicky zu schlagen, war seine Mom scheinbar traumatisiert. Ihm war seinerzeit zwar aufgefallen, dass seine Mom nur wortlos danebenstand und ihn danach fragte, was er gemacht hätte. Aber, dass sie das scheinbar immer noch so beschäftigte, konnte er nicht ahnen.

Charlotte beschuldigte ihn, dass er seinen Dad gezwungen hätte, sich über das Geländer zu stürzen. Er schwieg bei diesen Vorwürfen und schaute nur betreten auf den Boden.

Eines Tages waren seine Großeltern anwesend, als seine Mom wieder eine Äußerung in diese Richtung machte. Henrieta und Walter waren entsetzt über das, was sie dort hörten und machten ihr Entsetzen darüber auch sehr deutlich. Vicky und Josh redeten an jenem Abend noch lange über ihre familiäre Situation. Es war Vicky, die irgendwann beiläufig sagte, wie schön es doch wäre, bei den Großeltern zu leben.

Vicky litt sehr unter den Stimmungsschwankungen ihrer Mom und hasste es, wie sie mit Josh umging. Es war der Abend, an dem Joshua eine Entscheidung traf.

In den darauffolgenden Wochen beobachtete er seine Mom in ihrem Alltag. Immer, wenn es passte oder sie ihn in ihrer Näher *ertrug*, verbrachte er Zeit mit ihr. Irgendwann sah Josh ganz beiläufig, dass sie abends Tabletten nahm.

In seiner neugierigen Art fragte er sie, warum sie die Tabletten nehmen würde.

»Damit ich überhaupt ein paar Stunden Schlaf bekomme.«

Sie betonte die *paar Stunden* richtig. Natürlich, der

Schlafmangel würde alles erklären, aber würde er auch ihr Verhalten ihm gegenüber entschuldigen?

Seiner Meinung nach in keiner Weise.

Auch wenn er sah, wie seine Mom litt, hatte er bis zu jenem Tag kein einziges Mal bereut, seinem Dad befohlen zu haben, sich zu weit über das Geländer zu lehnen. Es war einfach ein notwendiger Schritt in eine bessere Zukunft.

Inzwischen war er noch einen Schritt weiter und für ihn stand fest, dass Vicky und er nur wieder glücklich sein könnten, wenn sie bei ihren Großeltern leben würden.

Es vergingen noch weitere drei Wochen, in denen Josh sich mehr oder weniger von seiner Mom gängeln lassen musste. Die Blicke seiner Schwester, wenn sie es mitbekam, waren jedes Mal herzzerreißend für ihn.

Natürlich hatte Charlotte seither darauf geachtet, dass ihre Eltern Henrieta und Walter währenddessen nicht anwesend waren. Die eine Breitseite von ihnen schien ihr vollkommen ausgereicht zu haben.

Die Wut in Josh wuchs von Tag zu Tag und genau diese Wut brauchte es auch, den finalen Schritt zu gehen. Bei seinem Dad war es genauso. Es war keine Handlung im Affekt. Er hatte es sich lange überlegt, lange abgewägt und schlussendlich nach dem richtigen Moment gesucht.

An diesem Tag hatte seine Mom wieder eine Tirade nach der anderen gegen ihn losgelassen. Erst, als Victoria anfing zu weinen, hörte sie auf. Als die beiden dann am Abend in ihren Betten lagen, wartete Josh eine Weile, bis er seine Schwester gleichmäßig atmen hörte.

Leise stand er auf. Die Tür war nur angelehnt. So wie sie es immer war.

Er hörte seine Mom im Bad und wartete vor der Tür, bis sie heraus kam.

»Josh, was machst du denn noch hier? Du solltest doch schon längst schlafen.«

Er lächelte sie an.

»Mom, du möchtest jetzt die ganze Packung dieser Pillen nehmen, die du abends zum Einschlafen nimmst. Hörst du? Du wirst keine Fragen dazu stellen, sondern es einfach machen.«

Charlotte schaute ihn entsetzt an, ging dann aber langsam in ihr Schlafzimmer. Sie setzte sich auf das Bett und öffnete die Nachttischschublade.

Die Packung mit den Tabletten war noch fast ganz voll. Immer noch wortlos drückte sie eine Tablette nach der anderen aus dem Blister.

Josh sah ihr dabei mit einem gelassenen Gesichtsausdruck zu. Es schien ihm in diesem Moment nichts auszumachen.

»Weißt du, Mom. Du hattest die ganze Zeit recht. Ich habe Dad gesagt, dass er sich über die Brüstung lehnen soll. Erst ein bisschen und dann immer mehr nach vorne, bis er das Gleichgewicht verlor.«

Ein Grinsen umspielte jetzt sein Gesicht.

»Das Faszinierende daran war, dass er mich dabei genauso angesehen hat, wie du mich jetzt ansiehst.«

Seine Mom schien immer noch nicht dazu in der Lage, irgendeine Reaktion zu zeigen. Sie blickte auf die Hand voller Tabletten und nahm mit der anderen Hand das Glas Wasser, was auf dem Nachttisch bereitstand.

Erneut blickte sie zu ihrem Sohn. Scheinbar in der Hoffnung, dass er ihr sagen würde, dass alles nur ein Scherz sei.

Doch Josh grinste immer noch und deutete mit einem Nicken an, dass sie die Tabletten herunterschlucken solle.

Sie schluckte Tablette für Tablette herunter und spülte immer wieder mit Wasser nach. Als keine mehr übrig war, stellte sie das inzwischen leere Glas auf den Nachttisch und blieb dann regungslos und mit leeren Augen sitzen.

»Mom, du möchtest dich jetzt hinlegen und zudecken. Du willst gleich schlafen. Bald bist du bei Dad.«

Sie tat, wozu Josh sie aufgefordert hatte. Ein letztes Mal blickte sie ihn an, bevor sie das Licht ausschaltete, sich dann rumdrehte und dabei zudeckte.

»Schlaf gut, Mom.«

Joshua verließ das Zimmer seiner Mom, als wenn nichts gewesen wäre. Er zog den Ärmel seines Schlafanzugs über seine Hand und schloss damit die Tür.

Vicky schlief immer noch tief und fest, als er sich wieder in sein Bett legte. Er hatte kein schlechtes Gewissen. Keine Scham. Dennoch brauchte er an diesem Abend wieder lange, bis er einschlief.

Victoria und Joshua Stewart würden ab morgen Vollwaisen sein.

KAPITEL 14
JOSHUA

Joshua blickte auf das Smartphone in seiner Hand.

Was war das denn jetzt? Die Krankenversicherung hat mich ja noch nie angerufen.

Misstrauen keimte in ihm auf. Paranoia bahnte sich ihren Weg in sein Bewusstsein und übernahm die Kontrolle. Er suchte in seinem Telefonbuch die Nummer des Human-Resources-Department der SeattleU und klickte auf Anruf.

Eine ältere Dame mit freundlicher Stimme meldete sich und Josh verlor keine Zeit mit Höflichkeitsfloskeln, um ihr klarzumachen, was seine Frage war. Es dauerte ein paar Sekunden, bis sie verstand, was er von ihr wollte. Dann noch mal gefühlt eine Ewigkeit, bis sie ihm zusicherte, sofort bei der Versicherung anzurufen und nachzufragen, ob eben jemand bei ihm angerufen hätte.

Er legte auf.

Mit einem Klick öffnete er die Liste der letzten Anrufe. Er suchte die Nummer von Brian und rief ihn an.

»Brian, was haben Sie herausgefunden?«

Sein Gesprächspartner stöhnte laut und gut hörbar auf.

»Nichts, Joshua. Absolut gar nichts. Außer, dass Penelope eine wirklich tolle Frau ist.«

Josh wollte zu einem Seufzer ansetzen, hielt dann jedoch inne. Annika kam ihm plötzlich ins Gedächtnis und so etwas wie Verständnis schlich sich in seinen Verstand. Entsprechend milde fiel seine Antwort aus.

»Schade, Brian. Sehr schade. Bleiben Sie dran und wenn Hamilton irgendetwas sagt, was für mich interessant sein könnte, dann möchten Sie mich anrufen. Soweit klar?«

Sein Gesprächspartner bejahte und bevor er zu einer Antwort ansetzen konnte, legte Joshua schon wieder auf.

Der spontane Gedanke an Annika ärgerte ihn ein wenig. Er durfte sich tagsüber nicht von privaten Dingen beeinflussen lassen.

In dreißig Minuten hatte er die letzte Vorlesung des Tages. Annika würde auch dort sein. Er überlegte, ob er sie spontan für heute Abend zum Essen einladen sollte. Es wäre ihr drittes Date. Ein kurzer Gedanke daran, dass sie ablehnen könnte, durchfuhr ihn. Vielleicht wäre es zu schnell, sich sofort wieder mit ihr treffen zu wollen? Er dachte kurz darüber nach, sie einfach zu manipulieren.

Den Gedanken verwarf er sofort wieder. Nicht bei Annika. Er schwor sich in diesem Moment, es bei ihr nie wieder zu tun.

War das so etwas wie Liebe?

Josh wusste es nicht und konnte es nicht einordnen. Es war zu neu. Zu ungewohnt. Aber er genoss es sehr.

Er klappte seinen Laptop auf, um noch schnell nach E-Mails zu schauen. Das war irgendwie die letzten zwei Tage zu kurz gekommen. Eine E-Mail von einem *Herman T. Tickner* mit dem Betreff *Fragen zur Dissertation* fiel Josh sofort auf und weckte seine Neugier. Den Namen hatte er schon mal irgendwo gelesen, aber es kam ihm nicht sofort in den Sinn.

Als er schließlich die E-Mail öffnete, fiel es ihm wieder ein. *Herman T. Tickner*. Natürlich. Ein neuer Professor für *Fine Arts und Design* an der SeattleU. Er war ihm bisher nicht begegnet, hatte seinen Namen aber in einer Willkommens-E-Mail der Dekanin gelesen.

Was Professor Tickner ihm jetzt jedoch schrieb, ließ augenblicklich seinen Blutdruck in die Höhe steigen.

Noch zwanzig Minuten bis zur Vorlesung.

Tickner warf ihm vor, seine Dissertationen als Doktor für Rechtswissenschaften und Psychologie kopiert zu haben, und hing diese auch gleich an. Der Professor gab Josh einen Tag Zeit, dazu Stellung zu nehmen, ansonsten würde er damit zur Dekanin gehen und die Sache öffentlich machen. Er zeigte sich gleichzeitig sehr verwundert, wieso das bisher niemandem aufgefallen sei.

Er griff zum Smartphone und rief Rod an.

»Rod! Ich muss gleich nach meiner Vorlesung Professor Herman T. Tickner treffen. Egal wie, egal unter welchem Vorwand. Du möchtest das arrangieren, verstanden? Um 16:00 Uhr ist die Vorlesung vorbei. Schreib mir bis dahin, wo ich hinkommen soll, um mit ihm zu sprechen.«

»Sí, Josh.«

Er legte auf. Josh bemerkte, dass er furchtbar angefangen hatte zu schwitzen. Nervosität breitete sich in ihm aus.

Ich hasse es. Immer wieder so ein Mist. Langsam habe ich da keinen Bock mehr drauf. Vielleicht sollte ich einfach in die Privatwirtschaft wechseln, da sind weniger Spinner, die rumschnüffeln.

Es blieb keine Zeit für weitere Flüche. Die Vorlesung begann in zehn Minuten und er brauchte ungefähr fünf Minuten, um zur *Sullivan Hall* zu gelangen.

Josh sah Annika schon von weitem vor dem Hörsaal stehen. Er mahnte sich zur Ruhe, wollte ihr nicht zeigen, dass er angespannt war. Die Frage nach dem dritten Date würde er verschieben. Zuerst musste das mit Tickner gelöst werden, denn vorher würde er sich nicht entspannen können.

»Hey, mein Lieber. Ich habe mir viele Gedanken wegen einem Hobby für dich gemacht. Hast du Lust auf eine spannende Präsentation meiner Favoriten heute Abend?«

Annika strahlte ihn mit ihren grünen Augen an und schaffte es, Josh ein Lächeln abzuringen.

Mist. Ich kann da doch nicht einfach Nein sagen.

»Natürlich, sehr gerne. Ich bin schon ganz gespannt, welche Quälereien du dir für mich ausgedacht hast.«

Sie knuffte ihm in die Seite und grinste.

»Hab ich gar nicht. Im Gegenteil. Eine Mischung aus Entspannung und Aggressionsabbau. Du wirst Augen machen. Um 20:00 Uhr bei mir zu Hause?«

Bei ihr zu Hause. Es ist unser drittes Date. Hilfe!

Nach Annikas Empfinden zögerte Josh wohl eine Sekunde zu viel, denn sofort versuchte sie zu intervenieren.

»Wir müssen uns nicht bei mir treffen, wir können auch gerne noch mal in die Sportsbar oder woanders hin.«

Er bemühte sich um Schadensbegrenzung.

»Nein, nein. Das ist es nicht. Ich komme gerne zu dir. Es kann nur sein, dass ich ein paar Minuten später bin, okay?«

Ein paar Minuten später. Ich bin so ein Volltrottel. Das löst ja jetzt das Problem.

Jetzt lächelte Annika wieder auf ihre zuckersüße Art. Damit niemand etwas mitbekam, strich sie ihm kurz und beiläufig über seine Hand und verschwand dann im Hörsaal.

Es war nicht so, dass Josh nicht schon oft mit Frauen

zusammen war. Im Gegenteil. Normalerweise wartete er auch nie auf das dritte Date, denn einen Wunsch von ihm konnte sowieso keine Frau ablehnen.

Aber gerade, weil es mit Annika so anders, so besonders war, war er unendlich nervös. Aber genau das wollte und konnte er ihr nicht zeigen. Es wäre ihm zu peinlich gewesen.

Noch einmal atmete er tief durch, ging in den Hörsaal und schloss hinter sich die Tür.

Welchen Teil von »Schreibe mir, wo ich hinkommen soll« hat Rod nicht verstanden?

Verbissen schaute Josh sein Smartphone an. Keine Nachricht von Rodriguez, obwohl er unmissverständlich darum gebeten hatte. Wut keimte in ihm auf, als er die Kurzwahl öffnete und ihn anrief.

»Ich hoffe, du hast eine gute Erklärung dafür, dass ich keine Nachricht von dir wegen Tickner habe?«

Die hatte Rod in der Tat.

Er erzählte Josh in der Kurzversion, was er bisher alles versucht hatte, um den Professor unter einem Vorwand zu einem Treffen zu bewegen. Seine Freundin hatte sich als Studentin ausgegeben und gefragt, ob er nachher Zeit für ein paar Fragen hatte. Tickner verneinte das und legte dann wohl einfach auf.

Dann hatte Rod in seiner Funktion als Hausmeister angerufen und ihm mitgeteilt, dass es um 17:00 Uhr eine kleine Einweisung für neue Professoren in Sachen Ordnung und Reinlichkeit gäbe. Der Professor hatte keinen Zweifel daran gelassen, dass ihn das nicht interessiere.

Danach wollte Rodriguez erst einmal abwarten und sich

weiter mit Josh besprechen, weil es auch so schon auffällig genug war.

»Was ist denn das bitte für ein arroganter Penner? Ich kümmere mich selbst drum. Danke, Rod.«

Er legte auf.

Hab ich mich gerade bei Rod bedankt?

Joshua musste schmunzeln. Das musste wohl Annikas Einfluss auf ihn sein. Es half aber alles nichts, er hatte jetzt die Faxen dicke. Er rief kurz anonym in der Telefonzentrale der SeattleU an, gab sich als neuer Student für Fine Arts aus und ließ sich kurz erklären, in welchem Gebäude das Büro von Professor Tickner zu finden war. Kurzerhand machte er sich auf, um das Ganze selbst in die Hand zu nehmen.

In die Hand nehmen war auch das Stichwort, als er nach einmaligem Klopfen ohne Aufforderung in sein Büro trat.

»Professor Tickner, es ist mir eine Freude, Sie kennenzulernen. Bitte entschuldigen Sie meinen Überfall. Ich bin Professor Joshua Stewart.«

Josh hielt dem ziemlich verdutzt dreinschauenden Professor die Hand zum Gruß hin.

»Professor? Mir war, als müsste man für eine Professur zumindest einen gültigen Doktortitel vorweisen können, Mr. Stewart.«

Des Weiteren machte Tickner keinerlei Anzeichen, Joshs Hand ergreifen zu wollen, um seinen Händedruck zu erwidern.

Was für ein arrogantes Arschloch. Ich glaube, mit dem bekomme ich ein ernsthaftes Problem.

»Aber, aber. Wer wird denn gleich so unhöflich sein? Das ist doch alles nur ein großes Missverständnis, das sich klären lässt. Denken Sie nicht auch?«

Joshua ging ein paar Schritte auf sein Gegenüber zu. Er überlegte kurz, ob er einfach seine Hand greifen solle, um so den benötigten Körperkontakt herzustellen. Tickner wich allerdings sofort ängstlich zurück.

»Bleiben Sie mir vom Leib. Was wollen Sie überhaupt? Ich glaube, ich habe mich klar ausgedrückt.«

Er startete einen letzten Versuch, nach der Hand von Professor Tickner zu greifen, aber hatte keine Chance. Tickner war flinker, als Josh dachte.

»Raus aus meinem Büro. Ich werde mir bei der Dekanin einen Termin geben lassen. Es reicht! Sie Quacksalber. Sie Scharlatan. Raus!«

Joshua kam der Aufforderung unverzüglich nach. Er wollte eine Eskalation vermeiden. Am Ende hätte das noch jemand mitbekommen und dann wäre es schwer für ihn geworden, zu intervenieren.

Er rief umgehend Rod an und bestellte ihn her. Er gab ihm noch mit auf den Weg, dass er bitte die *Medikamente* mitbringen solle. Sein Handlanger wusste scheinbar sofort, was zu tun war.

»Sí, Joshua. Gib mir fünf Minuten.«

Er ging ein paar Meter weiter und lehnte sich dann mit dem Rücken zur Wand. Er hatte vorsichtshalber sein freundlichstes Lächeln aufgesetzt. Nur für den Fall, dass ihm ein Kollege oder gar jemand anderes hier begegnen würde. Innerlich jedoch war Josh im Krisenmodus.

Es hatte nur Bruchteile von Sekunden gedauert, bis er die Entscheidung getroffen hatte, dass Professor Tickner aus dem Weg geräumt werden müsste.

Sicherlich, er hätte ihm – während Rod ihm den Mund zugehalten hätte – in aller Seelenruhe die Hand geben und ihn sich dann zurechtmanipulieren können. Seine Erfahrung war jedoch, dass misstrauische Menschen früher oder später wieder anfangen würden, etwas zu finden. Tickner war einfach kein Lemming. Das war ihm zu riskant.

Rodriguez traf tatsächlich nach fünf Minuten ein. Josh war trotz seiner Nervosität immer noch akribisch genug, um das zu prüfen.

»Rod. Du möchtest jetzt zu Professor Tickner reingehen. Er wird dich als Hausmeister erkennen und erst einmal nicht misstrauisch sein. Sag ihm, du musst etwas an der Fensterdichtung prüfen. Das Fenster ist hinter ihm. Geh an ihm vorbei, pack ihn dann und halt ihm den Mund zu. Ich komme dann dazu und gebe ihm die Hand. Danach wird er sich nicht mehr wehren. Die *Medikamente* hast du dabei?«

Rod verstand und nickte. Was das anging, konnte er sich einhundertprozentig auf den Latino verlassen. Schnell zog er sich noch einen Handschuh über die linke Hand.

Ab jetzt ging es sehr schnell.

Rod ging zur Tür, klopfte und ging hinein. Joshua folgte ihm mit einigen Sekunden Abstand. Als er an der Tür angekommen war und hineinschaute, stand Tickner schon mit aufgerissenen Augen und im Würgegriff von Rod hinter seinem Schreibtisch.

Er schlüpfte nun ebenfalls hinein und schloss die Tür hinter sich zu.

»Professor, Professor. Es hätte doch alles nicht so enden müssen.«

Er schnappte sich die Hand von Tickner und hielt sie für ein paar Sekunden fest. Es kümmerte ihn nicht, dass er versuchte zu zappeln und die Hand wegzuschlagen.

»Sie wollen jetzt nicht mehr schreien. Sie wollen sich hinsetzen und mir einfach nur gut zuhören.«

Er gab Rod ein Zeichen, den Professor loszulassen.

Tickner setzte sich wortlos hin und schaute Josh mit einem leeren Gesichtsausdruck an.

»Mein lieber Professor Tickner. Es hätte doch alles so einfach sein können. Aber Sie arroganter Schnösel mussten ja Ihre Nase in Angelegenheiten stecken, die Sie nichts angehen.«

Rodriguez hatte die kleine Umhängetasche mit den *Medikamenten* bereits auf den Schreibtisch gestellt.

Theatralisch zog Joshua sich jetzt auch den rechten Handschuh an und öffnete dann langsam die Tasche. Sein Blick fiel ins Innere und wanderte sodann zu Tickner.

»Ein Mann in Ihrem Alter nimmt doch sicherlich Medikamente. Wären Sie so freundlich und sagen mir, was Sie einnehmen.«

Der Professor schien den Sinn dieser Aufforderung nicht zu verstehen, antwortete jedoch sogleich.

»Ich nehme etwas wegen meinem zu niedrigen Blutdruck. Einmal morgens. Mehr nicht.«

Josh lächelte ihn mit seinen reinweißen Zähnen an.

»Sehr gerne. Tabletten gegen zu *niedrigen* Blutdruck. Kommen sofort.«

Als er das Medikament gefunden hatte, reichte er Tickner die Pillendose. Dieser nahm sie wortlos und schaute die Dose entgeistert an.

»Sie möchten jetzt alle Tabletten nacheinander nehmen. Dann lassen Sie die Dose offenstehen, nehmen sich einen Block und einen Stift und schreiben ein paar Worte. Seien Sie kreativ. Irgendwas in Richtung, dass alles keinen Sinn mehr macht.«

Professor Tickner tat, was Joshua ihm aufgetragen hatte. Es dauerte eine kleine Weile, bis dieser wirklich alle Tabletten geschluckt hatte und danach ein Einfaches *Es tut mir alles so leid. Ich kann das nicht mehr* ... auf einen Block gekritzelt hatte.

Danach lehnte er sich in seinen Stuhl zurück und man merkte ihm regelrecht an, wie er in sich hineinhorchte.

»Das dauert ein paar Minuten, mein lieber Professor

Tickner. Bis dahin werde ich Ihnen noch etwas erzählen, das Sie sicherlich erfreuen dürfte.«

Ein gewisses diabolisches Grinsen war nun in Joshs Gesicht zu sehen.

»Sie hatten recht. Sie hatten mit allem recht. Ich habe nie promoviert. Ich habe einfach etwas kopiert und meine Doktorväter glauben lassen, dass es die besten Doktorarbeiten wären, die sie je gelesen haben. Es war genauso leicht, wie Ihnen jetzt zu sagen, dass Sie die Tabletten schlucken sollen. Sie sind aber in durchaus guter Gesellschaft, denn selbst meine eigene Mom starb durch Tabletten, die sie eigentlich gar nicht nehmen wollte. So ist das Leben nun mal.«

Es dauerte noch mehr als zehn Minuten, in denen sie einfach nur dasaßen und sich anschauten.

Josh genoss diesen Moment.

Die Panik, die in seinem Gegenüber langsam aufstieg. Er konnte nahezu mitansehen, wie der Professor bereute. Wie er mit sich rang.

Plötzlich griff sich Tickner an die Brust und begann hektisch nach Luft zu schnappen. Sein Blutdruck war aufgrund der Tabletten massiv in die Höhe geschnellt und hatte ihm einen Herzinfarkt beschert.

»Na, das wurde aber auch Zeit.«

Joshua stand auf und ging abermals zu der Medikamententasche. Nach kurzer Suche hatte er ein kleines Tuch und ein Fläschchen Desinfektionsmittel gefunden. In aller Ruhe feuchtete er das Tuch mit der Flüssigkeit an.

Das hektische Luftschnappen von Professor Tickner war inzwischen einem Röcheln gewichen.

Es wurde alles fein säuberlich desinfiziert, was sie in irgendeiner Weise berührt haben könnten. Im Anschluss verließen erst Josh und mit etwas Abstand dann auch Rod das Büro des Professors.

Dieser röchelte inzwischen nicht mehr, sondern saß zusammengesackt und mit gebrochenen offenen Augen in seinem Bürostuhl.

KAPITEL 15
PENNY

Penny hatte die Telefonzelle inzwischen verlassen, stand aber jetzt – immer noch nachdenklich – auf dem Bürgersteig und blickte ins Leere.

JS stand tatsächlich für Joshua Stewart und der Mann, mit dem sie gestern Abend aus war, hatte direkten Kontakt mit ihm. Letzteres galt definitiv auch für Dick Carter. Er wiederum war derjenige, der unglücklicherweise Fingerabdrücke vom Tatort unbrauchbar gemacht hatte. Was, wenn dieser Professor Stewart hinter dem Mord steckte und sowohl den Sergeant als auch Brian gekauft hatte?

Ob ich noch mal zum Captain gehen sollte? Die Situation hat sich komplett geändert. Wer weiß, wer im Dezernat noch alles mit Stewart Kontakt hatte.

Sie konnte quasi ausschließen, dass auch Jennings mit involviert war. Er hatte zu entsetzt reagiert und hätte sie nebenbei wohl einfach gefeuert, statt sich ihre Vermutungen länger anzuhören.

Außerdem hatte der Captain ihr ausdrücklich gesagt, dass sie ihm ab sofort berichten solle. Vielleicht war das ihr Rettungsanker?

Pennys Telefon klingelte und sie wurde aus ihren Gedanken gerissen. Brian rief an.

»Hey, Detective. Wo steckst du? Lust auf Lunch mit einem attraktiven Impala-Fahrer?«

Ob es Zufall ist, dass er fragt, wo ich bin?

»Ich hab mir gerade etwas zum Lunch geholt. Aber hast du Lust auf ein Dinner mit einer Polizistin aus der Stadt der Engel?«

Brian musste sich nicht lange bitten lassen und sagte sofort zu. Er würde sie wieder abholen kommen und ein nettes Restaurant aussuchen.

Pennys Gedanken rotierten.

Die Sache war wirklich zu groß für sie. So viel stand fest. Aber sie wollte unbedingt herausfinden, inwieweit ihr Kollege und Date in diese Sache involviert war. Sie beschloss daher, ihn heute Abend mit Stewart zu ködern und zu schauen, ob er anbeißen würde.

Als Penny wieder im Dezernat ankam, ging sie direkt rauf zum Büro von Captain Jennings. Zum einen wollte sie ihn auf den neuesten Stand bringen, denn dazu hatte er sie explizit aufgefordert. Und zum anderen erhoffte sie sich eine Arbeitsanweisung oder zumindest einen Rat, wie sie weitermachen sollte.

Jennings Bürotür stand offen und er saß, wie schon beim letzten Mal, vor seinem Computer und schien irgendetwas zu lesen.

Sie klopfte an die Tür und wartete, bis er seinen Kopf ein Stück hob und zu ihr schaute.

»Captain. Hätten Sie wohl einen Moment? Ich habe

neue Erkenntnisse in dem Fall. Sie hatten mich darum gebeten, Ihnen direkt zu berichten.«

Er hob die Augenbrauen, winkte sie aber hinein.

»Detective Hamilton. Sergeant Carter sagte mir, dass alles geklärt und in bester Ordnung sei. Und jetzt stehen Sie hier wieder bei mir. Zugegebenermaßen bin ich etwas verwirrt.«

Penny bemühte sich, sich wieder so kurz wie möglich zu fassen. An Jennings Reaktion zu Joshua Stewart und seinen Kontakten zum Dezernat konnte sie deutlich sehen, dass er keine Ahnung hatte. Mehr noch, sie sah sein Kopfschütteln und das Funkeln in seinen Augen.

»Sir, es liegt auf der Hand, dass dieser Stewart irgendwie in diese Sache verwickelt ist. Er hat Carter erst gestern angerufen, damit dieser mich zu ihm schickt. Das war mein zweites Gespräch mit dem Professor an diesem Tag und es war wirklich surreal. Er bat mich gleich zwei Mal darum, ihm zu erzählen, was ich rausgefunden hätte.«

Penny zögerte kurz, bevor sie eine für sie wichtige Frage stellte.

»Kennen Sie Professor Stewart auch bereits?«

Der Captain schüttelte sofort mit dem Kopf.

»Nein. Ich habe bis zu diesem Gespräch auch noch nie etwas von ihm gehört.«

Erleichtert atmete sie aus.

»Aber Sir, ich weiß nicht, wie ich in der Sache weitermache. Ich habe nur einen weiteren Anhaltspunkt, der reicht aber bis in mein Privatleben.«

Erneut zog Jennings die Augenbrauen nach oben.

»Es geht um Brian Gordon. Wir waren gestern Abend aus. Er hatte mich zum Dinner eingeladen und ich habe mich weichklopfen lassen. Als ich am Nachmittag wieder von Stewart zurück zum Dezernat kam, rief mich Carter erneut zu sich und fragte mich nur, ob ich eine Krankheit hätte, von der er wissen sollte. Ich verneinte natürlich und dann konnte ich gehen. Abends dann nach dem Dinner fragte Brian mich das Gleiche. Vollkommen ohne Kontext oder einen Zusammenhang.«

Die Augen des Captains wurden immer größer. Langsam begann er mit dem Kopf zu schütteln.

»Es wird noch besser. Heute Morgen war ich die Erste im Dezernat und habe mir – und ja, ich weiß, dass es falsch war – den Schreibtisch von Gordon genauer angeschaut. Neben anderen Notizzetteln lag dort eine Notiz mit einer Handynummer und dem Kürzel JS. Joshua Stewart. Ich bin eben zu einer Telefonzelle und habe die Nummer angerufen. Es war Stewart. Ganz ohne Zweifel. Also hat auch Brian einen direkten Kontakt zu ihm.«

Sie sah, wie Jennings seine rechte Hand zur Faust ballte.

»Was geht denn da in meinem Dezernat vor? Wenn da irgendetwas an dem dran ist, was Sie sagen. Hamilton, das wäre ein Polizeiskandal, wie ihn diese Mordkommission noch nicht gesehen hat.«

Penny nickte zögerlich.

»Sir. Brian hat mich direkt heute um ein zweites Date gefragt. Ich habe zugesagt, denn ich möchte herausfinden, was er mit der Sache zu tun hat.«

Captain Jennings schüttelte energisch den Kopf.

»Auf keinen Fall, Hamilton. Sie könnten entweder die Pferde scheu machen oder sich im schlimmsten Fall in Gefahr bringen.«

Sie hob die Hand, als wenn sie seine Argumente abwehren wollte.

»Ich weiß, Sir. Aber es ist die einzige Möglichkeit, mehr herauszufinden. Was wir bisher wissen, reicht nicht aus, um

Stewart eine Beteiligung nachzuweisen, oder aber Carter oder Gordon zu belasten. Ich bin vorsichtig.«

Sie konnte sehen, wie Jennings grübelte. Er tippte mit dem Finger auf die Tischplatte und strich sich mit der anderen Hand durch den Bart. Kurz darauf fixierte er sie mit seinen wachsamen Augen.

»Gut, Hamilton. Sie gehen nur so weit, wie es absolut sicher ist. Keine Risiken eingehen. Haben Sie mich verstanden? Sie reden mit sonst niemandem darüber. Ich gebe Ihnen meine private Handynummer. Ab sofort rufen Sie mich dort an und kommen nicht mehr rauf. Am Ende fällt das noch auf.«

Sie nickte etwas eingeschüchtert. Geradezu wie ein Schulkind, dem der Lehrer gerade eine wichtige Aufgabe übertragen hatte. Aber Penny hatte verstanden, worauf es ankam. Und was noch viel wichtiger war, sie hatte ab sofort einen mächtigen Verbündeten an ihrer Seite.

Kurz vor 19:00 Uhr klingelte es.

Penny war noch nicht ganz fertig. Sie schaute durch die Video-Sprechanlage und sah Brian vor der Tür stehen. Eine gewisse Nervosität stieg in ihr auf. Auf der einen Seite mochte sie ihn schon. Er war attraktiv, auch wenn das für sie nicht das Wichtigste war. Aber er hatte Anstand und gewisse Wertvorstellungen, die sie teilte. Dazu war er noch durch und durch respektvoll und zuvorkommend.

Doch wie passten diese Charaktereigenschaften und Werte mit der Tatsache zusammen, dass er die Machenschaften von Professor Stewart decken könnte?

Für Penny war Stewart das genaue Gegenteil von ihm.

Er war arrogant, selbstverliebt, unhöflich. Und das waren nur ihre ersten Eindrücke von zwei kurzen Begegnungen.

Sie musste es einfach herausfinden.

Für Brian. Für sich.

Inständig hoffte sie, dass es sich in Wohlgefallen auflösen würde und sie ihm eine Chance geben konnte.

Es klingelte noch einmal, was sie aus ihren Gedanken riss. Entschlossen öffnete sie die Tür. Sie würde es heute herausfinden.

»Hey, Penny. Ich bin zu früh. Sorry!«

Sie hatte sofort umgeschaltet und ihr nachdenkliches Gesicht gegen eine fröhliche und herzliche Variante getauscht.

»Komm rein. Das macht doch nichts. Ich brauche noch ein paar Minuten, aber setz dich ruhig so lange auf die Couch.«

Mit diesen Worten verschwand sie wieder im Bad ihres kleinen Apartments. Es dauerte wirklich nur ein paar Minuten, bis sie nach Parfum duftend zurückkam.

»Wollen wir?«

Brian hatte für heute ein klassisches, amerikanisches Diner ausgesucht. Alles wirkte wie in den Siebzigern und sogar die Bedienungen trugen entsprechende Kleidung. Das Restaurant passte ideal zu seinem Chevrolet Impala. Er gestand ihr auch sofort, dass das genau der Grund war, warum er dieses Restaurant ausgewählt hatte. Natürlich hatte er gemerkt, dass Penny voll auf sein Auto stand, und so dachte er sich, dass sie sicher ebenfalls ein standesgemäßes Dinner lieben würde.

Sie grinste bis über beide Ohren, als er ihr das alles erzählte.

Ich hoffe, dass er mit der Sache nichts zu tun hat. Er ist so niedlich.

Beide bestellten sich erst einmal einen Milchshake. So ganz altmodisch zum Einstieg. Dabei plauderten sie inzwischen recht vertraut erneut über ihre Hobbys und dann später über ihre Ex-Beziehungen. Brian war in dieser Sache sehr offen und erzählte Penny frei heraus, warum er sich meistens getrennt hatte. Alle Gründe hatte sie nachvollziehen können.

Nach dem Dinner teilten sich beide noch einen riesengroßen Eisbecher. Mit ihren zwei Löffeln stocherten sie beide darin herum. Penny wusste, dass sie bald auf Professor Stewart zu sprechen kommen musste. Sie sah, wie Brian die ganze Zeit auf die Jukebox schielte und wenn er erstmal einen Song ausgewählt hätte, dann wäre es mit ernsten Gesprächen vorbei.

»Brian, ich muss dir eine direkte Frage stellen und die ist sehr wichtig für mich.«

Jetzt gab es kein Zurück mehr für Penny. Brian hielt inne und schaute sie etwas verdutzt an.

»Aber natürlich. Schieß los.«

Sie bemühte sich um einen Blick, der keinen Vorwurf oder Argwohn erkennen ließ.

»Brian, was hast du mit Joshua Stewart zu tun? Ich weiß, dass du ihn kennst. Irgendwie scheint er in den Fall verwickelt zu sein. Aber woher kennst du ihn?«

Penny hatte die Frage gestellt und beobachtete ihn jetzt ganz genau. Jede Regung, jede Zuckung wollte sie mitbekommen.

Doch Brian machte es ihr nicht einfach und tat ihr nicht den Gefallen, ihn leicht zu durchschauen. Im Gegenteil. Er hob die Augenbrauen und schaute sie mit großen Augen an.

»Joshua Stewart? Er hat mir mal Hilfe angeboten bei dem Fall. Hatte angeblich Informationen für mich. Ich bin dann zu ihm hin und er hat geschwollen daher geredet. Aber etwas Neues hat er mir nicht sagen können. Komischer Mensch, wenn du mich fragst. Wie kommst du denn jetzt ausgerechnet auf ihn? Und vor allen Dingen, wieso ist dir das so wichtig?«

Penny schluckte. Sie hatte mit vielem gerechnet und sich im Vorfeld schon viele Szenarien durchdacht. Aber so eine direkte und vor allen Dingen offensichtliche Antwort hatte sie nicht erwartet.

»Okay. Jetzt hast du mich eiskalt erwischt, Brian. Um ehrlich zu sein, war es mir wichtig, weil ich eine Verbindung von dir zu Stewart gefunden habe. Und weil er auch mich zu sich gebeten hat, um mir Informationen zu dem Fall zu geben. Das Einzige, was er dann jedoch machte, war seltsames Zeug von sich zu geben.«

Sie stockte kurz.

»Um ehrlich zu sein …«

Brian ergriff ihre Hand und sie hielt augenblicklich inne.

»Du hast seine Telefonnummer auf meinem Schreibtisch gesehen, stimmts?«

Sie nickte langsam. Am liebsten wäre sie im Boden versunken vor Scham. Selten hatte sie sich so ertappt gefühlt. Doch ihn schien das gar nicht zu stören oder gar zu verärgern.

»Penelope. Stewart hat mir die Nummer an dem Tag gegeben, an dem ich bei ihm war. Falls ich mal auf dem kurzen Dienstweg Infos oder Zugang zur SeattleU brauchen würde, könnte ich jederzeit anrufen. Ich hab den Zettel dorthin geklebt und dann auch schon wieder vergessen.«

Sollte es das gewesen sein? Das wäre eine plausible und einfache Erklärung. Schon bald zu einfach.

Einmal musste Penny jedoch noch nachfragen, nur um ganz sicherzugehen.

»Und sonst hast du nie Kontakt zu ihm gehabt?«

Brian schüttelte den Kopf. Er hielt die ganze Zeit noch immer ihre Hand und drückte sie jetzt sogar noch etwas fester. Sie hatte ihre Hand nicht zurückgezogen oder es gar als befremdlich angesehen. Im Gegenteil. Es schaffte eine gewisse Nähe und Vertrautheit zwischen ihnen, die sie durchaus genoss.

»Nein, Penelope. Ehrlich nicht.«

Sie atmete erleichtert aus. Es gab keinen Grund mehr, ihm nicht zu glauben. Wieso auch? Er schaute ihr bei seiner Antwort tief in die Augen. Er blickte so aufrichtig, so ehrlich, so unschuldig.

»Penny. Bleib einfach bei Penny. Nur mein Dad sagt Penelope zu mir.«

Brian lachte laut auf. Das war wohl nicht die Reaktion, mit der er gerechnet hätte.

Sie blickten sich eine Weile einfach nur in die Augen. Ob das einer dieser Momente war, in denen die zarte Flamme der Liebe entstand?

Jetzt jedenfalls würden sie es nicht herausfinden, denn Penny und Brian bekamen nahezu gleichzeitig eine Nachricht auf ihre Smartphones.

Es reichte ein Blick und beide wussten, was das zu bedeuten hatte.

Sie hatte ihr Smartphone zuerst in der Hand und las die Nachricht von Dick Carter ungefragt laut vor. Es war vollkommen klar, dass Brian dieselbe bekommen hatte.

> Neuer Todesfall an der SeattleU. Ich will euch in einer halben Stunde vor Ort im Fine Arts Building sehen.

KAPITEL 16
JOSHUA

Josh hatte noch etwas Zeit bis zu seinem dritten Date mit Annika. Er war nach seinem *Besuch* bei Professor Tickner nicht mehr in sein Büro zurückgegangen. Auch Rod hatte direkt Feierabend gemacht.

Einen wichtigen Anruf musste er jedoch noch erledigen. Dies wollte er jedoch nicht auf dem Campus machen, wo ihm am Ende noch jemand zugehört hätte.

»Emmanuel Milford. Es ist ja schon eine Ewigkeit her, dass wir beide gesprochen haben. Hier ist Joshua. Joshua Stewart.«

Sein Gesprächspartner erwiderte Joshs zugegebenermaßen gespielte Freude auf eine doch eher aufrichtige Art und Weise.

»Emmanuel. Sie wollen mir einen Gefallen tun und sämtliche E-Mail-Konversationen von Professor Tickner und mir löschen. Auch die Backups bitte. Und dann durchsuchen Sie auch alle seine Daten nach Informationen, die mich betreffen und löschen diese rückstandslos. Nichts, aber rein gar nichts, darf darauf hindeuten, dass Tickner mich jemals kontaktiert hätte oder auch nur nach mir gesucht hätte. Auch

Konversationen von ihm mit anderen Stellen an der Uni, die mich betreffen, löschen Sie bitte auf beiden Seiten rückstandslos. Wären Sie bitte so freundlich?«

Es dauerte keinen Augenblick, bis der scheinbar übereifrige IT-Spezialist der SeattleU antwortete.

»Aber natürlich, Joshua. Ich mache mich sofort an die Arbeit. Sie können sich auf mich verlassen. Niemand wird auch nur ein defragmentiertes Byte irgendwo finden.«

Emmanuel lachte süffisant über diesen vermeintlichen IT-Witz. Joshua jedenfalls verstand ihn nicht. Und selbst wenn, er wäre nicht darauf eingegangen.

»Ich danke Ihnen. Wenn Sie das alles erledigt haben, wollen Sie auch gar nicht mehr darüber nachdenken, mein lieber Emmanuel.«

Josh legte auf.

Ich hoffe, das passiert jetzt nicht alle paar Wochen. Irgendwann wird es auffallen. Vielleicht fange ich wirklich irgendwo bei einem Großkonzern an, dann könnte ich vielleicht sogar in ein größeres Apartment umziehen. Mehr Geld gäbe es allemal.

Er lebte in einem Apartment auf dem Campus. Es war zwar nicht mehr so klein, wie das Zimmer, in dem er zuerst gewohnt hatte. Seinerzeit, als er in Rekordzeit durch gleich zwei Studiengänge gleichzeitig flog. Aber es war weit entfernt von dem, was einem Professor würdig gewesen wäre.

Derzeit passte es allerdings perfekt in sein Leben, denn es hatte gleich drei unzweifelhafte Vorteile. Das Apartment lag direkt auf dem Campus und somit hatte er es nicht weit zu seinem Büro oder zu Vorlesungen.

Seine Dates vor Annika wohnten ebenfalls fast alle in unmittelbarer Nähe und wenn er *genug* von ihnen hatte, hatten sie es nicht weit nach Hause. Er musste also kein allzu schlechtes Gewissen haben, wenn er ihnen danach sagte, dass sie gehen dürften.

Last, not least, waren die Räume allesamt möbliert und er musste sich um nichts kümmern. Josh hatte keine Möbel, keine privaten Sachen oder Dinge, die ihm etwas bedeuteten.

Bisher war es auch genau das, was er bevorzugte. Keine Verpflichtungen, keine Altlasten. Nur nach vorne schauen. Niemals zurück.

Seit wenigen Tagen fühlte er jedoch ein neues Gefühl. Etwas noch vollkommen Unbekanntes für ihn. Er schaute zurück und erinnerte sich an die Stunden mit Annika. Schmunzelte in sich hinein, wenn er an einen ihrer Scherze dachte. Ein Lächeln umspielte seine Lippen, wenn er an ihre Stimme dachte. Bei der Erinnerung an ihren ersten Kuss kribbelte es in seinem Bauch seltsam. Josh hatte Angst. Josh hatte Vorfreude. Josh wusste nicht, wohin mit seinen Gefühlen und seinen Ängsten. Eine Mischung aus Überforderung und Sehnsucht. Das totale Chaos in seinem Kopf, wenn er es zuließ.

In den letzten Jahren hatte er aber gelernt, sich mental abzuschotten, um fokussiert zu bleiben. Ihm durften trotz Annika keine Fehler passieren. Es musste zu schaffen sein, beides miteinander zu vereinen. Millionenfach war es in anderen Beziehungen auch gar kein Problem, aber dort musste ein Partner auch vor dem anderen nicht geheim halten, dass er ein Hochstapler mit einer sehr seltenen Gabe war. Und genau diese Gabe, andere Menschen manipulieren zu können, wollte er bei seiner Angebeteten nie wieder anwenden.

Die Stunden bis zu ihrem Date verbrachte Josh damit, sich etwas in die Firmenstrukturen eines Kaffee-Riesen aus

Seattle einzulesen. Es war sein erster vager Versuch, sich mit einer Karriere in der Privatwirtschaft anzufreunden.

Wenn es ihm hier wirklich einmal zu heikel werden würde, dann würde er ohne Tamtam seinen Abschied feiern. Wer würde es einem Wunderkind verübeln, wenn es so viel wie möglich ausprobieren wollen würde? Niemand wahrscheinlich. Vorbereitend müssten dann aber vielleicht noch diverse andere Abschlüsse her, um überhaupt in deren Profil zu passen.

Josh stellte sich vor, wie es wohl wäre, noch mal in Harvard zu studieren. Der Gedanke gefiel ihm. Es wäre nur ein temporärer Ortswechsel und so schnell, wie er die Studiengänge absolvieren würde, wäre er schnell wieder zurück in Seattle. In der Nähe von seiner Schwester. Und – wenn das mit Annika etwas geben würde – auch in ihrer Nähe.

Auf die Sekunde pünktlich klingelte Josh bei Annika. Die vielen Namen auf den Klingeln hatten ihn kurz ins Schwitzen gebracht. Er hasste Unpünktlichkeit und diese begann per Definition nun mal um 20:00:01 Uhr, wenn man für 20:00 Uhr verabredet war.

Quietschvergnügt sagte sie über die etwas krächzende Sprechanlage, dass sie keine Pizza bestellt hätte. Für Josh in jeder anderen Situation mindestens ein Grund zum Augenrollen. Heute konterte er jedoch sogar mit einem Scherz.

»Ich dachte, du wolltest Pizza. Jetzt habe ich zwei riesengroße Pizzen dabei. Was machen wir denn jetzt damit?«

Immer noch schallte ein Lachen krächzend durch den Lautsprecher, während das Summen der Tür verriet, dass Joshua eintreten durfte.

»Schön hast du es.«

Nachdem Annika ihn zur Begrüßung kurzerhand geküsst hatte, versuchte er seine Unsicherheit mit etwas Small Talk zu überspielen.

Schön hast du es. Geht es noch peinlicher?

Aber er meinte es durchaus ernst. Ihm gefiel ihr Apartment ausgesprochen gut. Nicht die Räumlichkeiten selbst, sondern ihren besonderen Stil, den sie hier verwirklicht hatte. Durchaus farbenfroh, aber nicht übertrieben. Collagen mit Erinnerungen an den Wänden. Wunderschön blühende Pflanzen. Es spiegelte sie einfach wider. Egal, in welche Ecke er blickte.

»Hey du, hier bin ich.«

Josh war so fasziniert, dass er alles um sich herum ganz vergessen hatte. Er kannte so etwas nicht. Konservierte Erinnerungen an die Kindheit, stilvoll eingerichtete Wohnungen. Er sah keinen Sinn darin. Doch heute, hier, an diesem Ort, machte alles so viel Sinn.

»Annika, es ist so perfekt. Ich erkenne dich hier voll wieder und bin ganz fasziniert.«

Annika strahlte.

»Du alter Charmeur. Das hast du doch gar nicht nötig.«

Er schüttelte den Kopf.

»Ich meine das vollkommen ernst. Es ist so schön hier. Du hast einen so tollen Stil. Es passt so wunderbar zu dir.«

Sie wurde ganz verlegen und er bildete sich ein, dass sie sogar etwas rot wurde.

»Wo sind jetzt die versprochenen Pizzen?«

Annika entschied sich wohl, ihre eigene Verlegenheit mit diesem Scherz zu überspielen.

»Und ich dachte, du hättest uns etwas Leckeres gekocht?«

Das war ihr Stichwort. Sie nahm seine Hand und führte

ihn ein paar Meter weiter zu ihrem Esstisch, den sie durchaus liebevoll gedeckt hatte.

»Das habe ich in der Tat. Nimm Platz, der erste Gang wird gleich serviert.«

Solange du die Nachspeise bist, bin ich einverstanden.

Josh ohrfeigte sich innerlich für diesen Gedanken. Genau das wollte er bei Annika eben nicht denken.

Sie servierte etwas, das man in Deutschland als typische Vorspeise kannte. Ein Kartoffelsüppchen.

Er hob die Augenbrauen, probierte jedoch und brummte danach durchaus angetan.

»Das ist ja köstlich. Und so etwas esst ihr in Deutschland als Vorspeise? Grandios.«

Als Hauptspeise gab es etwas, das Josh nur in abgewandelter Form als *Macaroni and Cheese* kannte. In ihrer Heimat nannte man es Käsespätzle. Eine spezielle Art Nudeln mit Bergkäse und Röstzwiebeln.

Wenn Liebe wirklich durch den Magen geht, dann hatte Annika ganze Arbeit geleistet.

»Vor dem Dessert kommen wir noch zu einem ernsten Thema, Professor Stewart.«

Annika setzte eine ernste Miene auf.

»Ich habe zusammen mit meiner kleinen, aber feinen TikTok-Community passende Hobbys für dich herausgesucht und diese möchte ich dir jetzt feierlich vorstellen.«

Josh lehnte sich zurück und verschränkte die Arme vor der Brust.

»Mit deiner TikTok-Community? Ist das so eine Art Sekte?«

Er wusste genau, was TikTok war, aber machte sich einen Spaß daraus, sie aufzuziehen. Für einen kurzen Moment schwenkten seine Gedanken zu Tickner. Ob man ihn schon gefunden hatte? Die Ähnlichkeit der Namen zwischen der hippen Social-Media-Plattform und dem *jetzt* ehemaligen Professor der SeattleU hätte nach Joshs Geschmack nicht unbedingt sein müssen.

Schnell bemühte er sich, seine volle Konzentration wieder Annika zu widmen.

»Keine Sekte. Eine Plattform für Kurzvideos. Wie du ja weißt, lese ich gerne und dort gibt es viele, die genauso gerne lesen und so weiter und so fort. Jedenfalls haben wir gemeinsam Hobbys herausgesucht, die zu dir passen. Bist du bereit?«

Josh war so bereit, wie er bereit sein konnte.

»Auf Platz drei hätten wir Stric[redacted] Häkeln. Das werden wir gemeinsam [redacted] sagst du?«

Einen Strick häkeln. Gute Idee.

»Dein Wunsch ist mir Befehl.«

»Gut zu wissen. Das merke ich mir.«

Beide lachten.

»Kommen wir zu Platz zwei. Darts! Ich bin mir nicht sicher, ob ich die Scheibe überhaupt treffen würde, aber mit dir gemeinsam würde ich es ausprobieren. Einverstanden?«

Josh nickte etwas schelmisch.

Auch eine eher außergewöhnliche Todesart. Die Mordkommission hätte wohl schlaflose Nächte.

»Kommen wir zu Platz eins und damit zu einer kleinen Überraschung. Es ist …«

Annika deutete einen Trommelwirbel auf der Tischkante an.

»… Bogenschießen. Ein Sport, der nicht nur gut für deine Körperhaltung ist, sondern auch dein Bewusstsein und deine Konzentration schärft. Jetzt kommendes Wochenende haben wir eine Schnupperstunde. Tadaaa.«

Bogenschießen. Nervige Professoren aus der Distanz

erledigen. Keine Zeugen zu manipulieren. Keine Kamera-Feeds, die gelöscht werden müssen. Perfekt. Nehme ich.

Josh setzte ein strahlendes Grinsen auf. Nicht das Oberflächliche, das er immer in der Öffentlichkeit aufsetzte. Sondern eines, das er erst gerade für sich entdeckte. Ein Aufrichtiges. Ein Ehrliches. Für Annika.

»Ich bin dabei. Das wird ein Spaß. Danke dir für deine Mühe.«

Annika lehnte sich vor und griff nach ihrem Smartphone.

»Dank mir nicht dafür. Es kamen so viele Vorschläge. Ich hatte Mühe, die Besten auszuwählen. Free Climbing, Fechten, Mittelalter, also LARP und so etwas. Dann Gärtnern, Imkern oder Töpfern wären auch dabei gewesen. Und Dutzende mehr.«

Josh prustete los.

»Imkern in Downtown Seattle. Das wäre ein Spaß geworden.«

Verträumt blickte er Annika an, griff ihre Hand und schaute ihr tief in die Augen.

»Warum tust du das alles für mich? Ich bin jetzt nicht gerade ein Chippendale und, dass ich so meine Ticks habe, hast du auch schon mitbekommen.«

Annika grinste und drückte seine Hand.

»Ich glaube, weil ich Schmetterlinge im Bauch habe und du der Grund dafür bist, Joshua.«

Mehr Bestätigung brauchte es nicht. Der Eiertanz der beiden, der zugegebenermaßen hauptsächlich von Joshua ausging, endete hier und jetzt. Er empfand dasselbe. Das wusste er seit spätestens heute Nachmittag ganz genau.

Annika war aufgestanden, setzte sich auf seinen Schoß und legte ihre Arme um ihn. Sie küsste Josh leidenschaftlich. Er verabschiedete sich in diesem Moment von jeglicher

Kontrolle, die er so gerne über jeden Augenblick in seinem Leben behielt.

»Kommen wir zum Dessert«, flüsterte sie ihm ins Ohr.

Joshua schwieg und lächelte.

Es vergingen keine zwei Minuten in inniger Zweisamkeit, als Joshs Smartphone klingelte. Er hörte bereits am Klingelton, dass es Rod war.

Viva México trällerte scheppernd aus den kleinen Lautsprechern seines Telefons.

»Da muss ich rangehen. Sorry, Annika.«

Sie nickte verständnisvoll. Hatte sie doch keinen blassen Schimmer, wer am Telefon war und in welcher Verbindung er zu Joshua stand.

»Rod. Der schlechteste Moment überhaupt. Was gibts?«

Der sympathische Mexikaner ließ sich nicht lange bitten.

»Sie haben ihn gefunden. Die Polizei ist schon da. Ich wollte nur, dass du das weißt.«

Josh legte auf. Annika schaute ihn etwas verwirrt an.

»Okay, das war ein kurzes Gespräch.«

Er nickte.

»Ja, ein Assistent von mir. Hat mir nur eine wichtige Info gegeben. Aber nichts, was jetzt wichtig wäre. Wo waren wir noch gleich stehen geblieben?«

KAPITEL 17
PENNY

Tickner saß immer noch zusammengesackt auf seinem Bürostuhl, als Penny eintraf. Brian kam ein paar Minuten später, da just in dem Moment, als sie das Gebäude betreten wollten, sein Smartphone klingelte und er zu ihr meinte, dass er rangehen müsse.

Um den Professor herum hatte man bereits kleine farbige Karten mit diversen Nummern darauf hingestellt. Ein Fotograf der Gerichtsmedizin machte gerade Fotos, allerdings nicht die, die man sich später auf den Kaminsims stellte.

Sie ließ es sich nicht anmerken, aber alles in ihr schrie förmlich danach, nach Hinweisen zu suchen, die auf Professor Stewart hindeuteten.

Ein Zettel mit einer hingekritzelten Nachricht zum Abschied. So offensichtlich.

Der Gerichtsmediziner vor Ort war gerade mit einer ersten Begutachtung der Leiche fertig, als Brian dazustieß. Alles deutete für den Arzt darauf hin, dass der Professor eine Überdosis eines Blutdruckmedikaments genommen hatte und infolgedessen einen Herzinfarkt bekam. Dies war seiner ersten Einschätzung nach auch die Todesursache.

Dass das total unrealistisch war, schien nur Penny aufzufallen. Dick Carter, Brian und die anderen Detectives vor Ort schienen mit der Ersteinschätzung des Gerichtsmediziners vollends zufrieden zu sein.

Sie hielt sich dieses Mal jedoch bedeckt, widersprach nicht und versuchte, sich möglichst unauffällig zu verhalten. Es ging sogar so weit, dass sie in den Singsang der Kollegen mit einstimmte, um bloß nicht aufzufallen. Der Sergeant läutete daher relativ schnell den Abflug seiner Leute ein, denn für ihn gab es – seiner Aussage nach – nichts mehr zu ermitteln.

Penny blieb unter dem Vorwand, noch ein paar eigene Fotos machen zu wollen. Die Fotografen hatten meistens vor Ort nur Augen für die nummerierten Kärtchen und das unmittelbare Drumherum.

Als sie mit dem Gerichtsmediziner alleine war, zückte sie rasch ihr Set für Fingerabdrücke und fing eher wahllos an, nach Fingerabdrücken zu suchen und die Gefundenen über eine Trägerfolie zu sichern. Danach schaltete sie den PC des Professors ein, der zu ihrer Überraschung nicht mit einem Passwort gesichert war.

Das E-Mail-Programm war geöffnet, als der Bildschirm zum Leben erwachte. Penny scannte die angezeigten Nachrichten. Nichts Spannendes.

Sie klickte auf den Postausgang und die zuletzt versendeten Nachrichten wurden angezeigt. Eine E-Mail an *Joshua Stewart* war die oberste Nachricht. Der Betreff lautete *Mit Bitte um Stellungnahme*. Sie klickte sofort auf die E-Mail, um deren Inhalt lesen zu können. Mit dem Klick auf die E-Mail verschwand die Nachricht aus dem Postausgang und das in dem Moment, in dem der Text sichtbar wurde.

Sie stutzte.

Da war doch gerade noch eine E-Mail an Stewart.

War das gerade wirklich passiert? Penny klickte nochmals auf den Posteingang und danach sofort zurück auf den Postausgang. Die E-Mail war verschwunden. Geistesgegenwärtig hechtete sie um den Schreibtisch und suchte den Netzwerkanschluss des PCs. Der kleine Rechner hatte nur drei Anschlüsse und da sie USB und Strom umgehend identifizieren konnte, blieb als Drittes nur das Netzwerk. Mit einem Ruck trennte sie die Verbindung. Ein kleines Stück Plastik flog im hohen Bogen an ihr vorbei.

Sofort eilte sie wieder vor den Bildschirm und klickte alle Ordner des E-Mail-Programms durch. Es war nichts mehr zu finden, das auf Stewart hindeutete.

Schnell öffnete Penny den Webbrowser und durchsuchte den Suchverlauf. Auch hier war nichts Auffälliges zu finden. Ihr letzter Strohhalm war die interne Suchfunktion des PCs, doch auch hier gab es keine Treffer, wenn sie nach Professor Joshua Stewart suchte.

Sackgasse.

Penny schaltete den PC wieder aus und sah sich nochmals in Tickners Büro um. Es gab offensichtlich nichts zu finden.

Das ergibt alles keinen Sinn. Man bewirbt sich doch nicht auf eine Professur, setzt sich womöglich gegen einige andere Professoren durch, nur um sich dann ein paar Wochen später umzubringen. Und was war das jetzt gerade mit der E-Mail?

Leise verabschiedete sie sich und ging raus in den Flur. Keine Kameras. Auch draußen an den Ausgängen keine Kameras. Penny empfand das als etwas inkonsequent.

Das J&J wird kameraüberwacht wie Fort Knox und im Verwaltungsgebäude kann man froh sein, dass Türschlösser eingebaut werden.

Brian wartete draußen auf sie. Carter und die anderen schienen schon gegangen zu sein.

»Na, hast du noch etwas Spannendes gefunden?«

Kurz überlegte Penny, ob sie ihm von der verschwundenen E-Mail erzählen sollte.

»Ich habe seinen PC angemacht. Da war eine E-Mail an Professor Stewart mit dem Betreff *Mit Bitte um Stellungnahme*. Ein paar Augenblicke später verschwand die E-Mail dann einfach. Als hätte sie jemand ferngesteuert gelöscht.«

Brian legte den Kopf schief und schaute sie fragend an.

»Bist du sicher? Das klingt schon sehr merkwürdig.«

Penny nickte, denn natürlich klang es seltsam und irgendwie auch wie aus einem Hollywoodfilm.

»Hat Tickner Familie, die wir benachrichtigen sollten und mit denen wir über das Motiv sprechen könnten?«

»Ja, aber Dick hat gesagt, dass er das persönlich erledigt und wir ruhig Feierabend machen könnten. Gut für uns, so spät ist es noch nicht.«

Er setzte ein charmantes Lächeln auf und hielt ihr seine Hand hin.

»Komm, wir fahren noch mal zum Diner. Da wartet noch eine Jukebox auf uns.«

Sie stockte kurz. Es gefiel ihr ganz und gar nicht, dass Carter scheinbar alleine wichtige Zeugen befragen geht. Brian schien das nicht zu stören und er schien es nicht zu hinterfragen. Sie kam jedoch zu der Erkenntnis, dass sie heute nichts mehr würde erreichen können.

Kurzerhand nahm sie seine Hand. Er hob diese dann sogleich etwas in die Höhe und deutete mit der anderen den Weg zurück zu seinem Auto.

Der restliche Abend war durchaus schön für Penny und sie würde wohl lügen, wenn Brian nicht der ideale Partner für gesellige Abende wäre. Auch wenn sie es gut überspielt bekam, war sie mit ihren Gedanken in den folgenden Stunden mehr bei Tickner und Stewart als bei ihrem Date.

Es war kurz vor 08:00 Uhr am nächstem Morgen, als Penny im Dezernat eintraf.

Dick Carter saß bereits in seinem Büro. Bis auf ihn sah sie nur einen weiteren Detective, der gerade gähnend mit einer Tasse Kaffee zurück an seinen Schreibtisch ging.

Sie nutzte die Gelegenheit und ging direkt zu Carters Büro.

»Guten Morgen, Sergeant. Haben Sie gestern Abend bei der Frau von Tickner noch etwas herausfinden können?«

Carter schaute sie mit einem verdutzten Gesichtsausdruck an.

»Detective Hamilton. Immer neugierig, immer bei der Sache. Die gute Mrs. Tickner war zwar schockiert, aber nicht wirklich überrascht. Sie meinte, ihr Mann sei schon länger etwas labil gewesen. Ich denke, damit können wir die Sache dann abschließen. Es war Selbstmord.«

Ob er das selbst glaubt, was er da sagt?

»Okay. Danke für das Update, Sergeant Carter. Dann mache ich mich mal an den Papierkram.«

Er nickte und widmete sich dann sofort wieder der Fallakte, die er in der Hand hielt.

Penny konnte das nicht wirklich glauben, was sie eben gehört hatte. Wieso suchte man sich erst einen neuen Job, nur, um sich dann umzubringen? Die verschwundene E-Mail an Stewart passte ebenfalls nicht in diesen – ihrer Meinung nach – konstruierten Selbstmord.

An ihrem PC rief sie die Fallakte auf und las das Protokoll von Carter zum Gespräch mit Mrs. Tickner. Viel zu lesen gab es da nicht, denn Carter hatte nicht viel mehr notiert als das, was er ihr auch gesagt hatte.

Rasch notierte sie sich die Adresse und beschloss, Mrs.

Tickner nochmals zu besuchen. Unter Radar. Selbst Brian wollte sie vorerst davon nichts erzählen. Sie nahm sich unauffällig ihre Dienstmarke aus der Schreibtischschublade und verschwand durchs Treppenhaus.

Draußen ging Penny möglichst schnell vom Eingang weg. Es war inzwischen nach 08:00 Uhr und das Letzte, was sie jetzt brauchte, war Brian oder einem anderen Kollegen in die Arme zu laufen.

Mit einem Uber-Taxi fuhr sie zum Haus der Tickners, welches unweit vom Campus lag. Sie ließ den Fahrer ein paar Häuser vorher anhalten. Wie sähe es wohl aus, wenn ein Detective der Mordkommission mit einem Uber-Taxi angefahren käme?

Penny sah die Witwe des Professors bereits von draußen. Sie saß scheinbar im Wohnzimmer auf der Couch und hatte irgendein großes Buch in der Hand. Freundlich winkte sie ihr zu, ging dann direkt zur Haustür und wartete, bis Mrs. Tickner ihr öffnete.

»Penny Hamilton, Mordkommission Seattle. Zunächst einmal möchte ich Ihnen mein aufrichtiges Beileid aussprechen. Hätten Sie vielleicht noch mal ein paar Minuten Zeit für ein paar weitere Fragen?«

Sie hatte ihre Polizeimarke hervorgeholt und hielt sie der älteren Dame gut sichtbar vor die Nase. Und in der Tat, Mrs. Tickner studierte die Marke genau.

»Vielen Dank. Es ist so tragisch. Kommen Sie ruhig herein. Aber noch mehr Fragen? Ich habe den beiden netten Herren gestern Abend doch schon alles erzählt, was ich weiß.«

Beide Herren? Carter sagte, er wäre alleine hier gewesen.

Man konnte sehen, dass das Ehepaar erst vor Kurzem hier eingezogen war. Vereinzelt standen noch extravagante Bilder auf dem Boden. Wahrscheinlich genau an dem Platz, wo sie später aufgehangen werden sollten. Mrs. Tickner bat Penny einen Platz auf dem Sessel an. Sie sah jetzt, welches große Buch sie vorhin in der Hand hielt. Es war ein Buch mit alten Fotos.

»Mrs. Tickner. Damit ich Sie jetzt nicht doppelt mit irgendwelchen Fragen behelligen muss. Erinnern Sie sich noch in etwa, welche Fragen meine Kollegen Ihnen gestern Abend gestellt haben? Bei Ihnen waren ja Sergeant Carter und Detective ... ach, das gibt es doch nicht. Der Kollege ist neu. Ich vergesse immer wieder seinen Namen.«

»Stewart. Detective Stewart. Ein ausgesprochen höflicher und zuvorkommender Mann. Aber was die Fragen angeht. Jetzt, wo Sie es sagen. Ich kann mich gar nicht recht erinnern.«

Stewart? Was zur Hölle?

»Machen Sie sich keinen Kopf, Mrs. Tickner. Es ist eine schwere Zeit für Sie. Da kann so etwas schon mal passieren. Sie meinten, dass Ihr Mann labil gewesen wäre. Darf ich fragen, was ihn dazu bewogen hat, sich um eine Professur an der SeattleU zu bewerben?«

Die ältere Dame mit dem traurigen Lächeln schnupfte immer wieder in ein Taschentuch. Sie wirkte zwar gefasst, aber manchmal rann doch eine einzelne Träne ihre Wange herunter.

»Mein Mann wollte schon lange an die SeattleU. Er war mit so viel Herzblut Künstler und liebte es, junge Leute anzuleiten.«

Penny hob etwas die Augenbrauen.

»Darf ich fragen, warum er dann dennoch labil war? Sie sagten das gestern zu Sergeant Carter.«

Mrs. Tickner schluchzte herzzerreißend. Penny konnte den Schmerz, den sie gerade empfand, buchstäblich spüren.

»Ja, er war labil. Oft hat er darüber gesprochen, dass er müde ist und nicht mehr will.«

Das ist doch komplett gegensätzlich zu ihrer Aussage im Satz davor.

»Mrs. Tickner, war Ihr Mann ein fröhlicher Mensch? Haben Sie viel gelacht? Haben Sie viel unternommen?«

Jetzt bin ich ja mal gespannt.

»Oh ja. Mein Herman war ein sehr humorvoller Mensch. Immer für einen Spaß zu haben. Und erst gestern Morgen beim Frühstück haben wir ausgemacht, dass wir dieses Wochenende auf die Space Needle hinaufwollen. Aber leider wird es ...«

Jetzt brachen bei ihr alle Dämme. Sie hatte das tragische Ableben ihres Mannes noch nicht wirklich realisiert und erst jetzt so langsam kam sie in der Realität an.

Ihre Aussagen sind so etwas von widersprüchlich. Und was zur Hölle hatte Stewart hier zu suchen? Ich muss dringend mit dem Captain sprechen.

Penny drückte Mrs. Tickner geradezu liebevoll zum Abschied und versprach, sich zu melden, sollte es doch noch etwas Neues geben.

Ihre Gedanken kreisten, wie so oft in den letzten Tagen. Es wurde immer mysteriöser, immer verworrener und ja, auch irgendwie immer unheimlicher.

Carter ging mit Professor Stewart zu einer Zeugin und dieser gab sich scheinbar als Detective aus. Die Zeugin widersprach sich mehrfach in ihren Aussagen, je nachdem, wie man die Fragen stellte. Mal bestätigte sie, dass ihr Mann labil war, und stellte man die Frage anders, schilderte sie ihren Mann als lebensfrohen Menschen mit vielen Plänen für die Zukunft.

Als wenn Mrs. Tickner irgendwie manipuliert wurde.

Penny erschrak bei diesem Gedanken. Vielleicht war Stewart ja in der Lage, Menschen zu hypnotisieren? Das [redacted]in, das würde alles erklären. Aber kann [redacted]rk sein?

Sie hatte schon so einiges im Fernsehen über Hypnosen gesehen und auch, dass Hypnotiseure andere Menschen lustige Dinge tun lassen konnten.

Aber das kann ich so nicht dem Captain erzählen. Spätestens dann hält er mich für vollkommen bescheuert!

In diesem Moment kam ihr wieder die Schwester von Professor Stewart in den Sinn. Ob sie mehr weiß?

Damit hatte sie einen neuen Ansatz. Penny konnte noch nicht ahnen, welche Lawine sie damit ins Rollen bringen würde.

KAPITEL 18
DAMALS

Vicky und Joshua waren nach dem Tod ihrer Mom Charlotte zu ihren Großeltern gezogen. Dies war inzwischen ganze drei Jahre her und in dieser Zeit hatte sich das Leben von Josh komplett verändert.

Er hatte gelernt, mit seiner *Überzeugungskraft* – wie er es nannte – umzugehen und sie gezielt für sich zu nutzen.

Als fast sechzehnjähriger Teenager hatte er natürlich keine Lust auf das Lernen oder die Schule generell.

Viel zu langweilig.

Viel zu viele Regeln.

Schnell hatte er bemerkt, dass er sich durch kurze Gespräche mit seinen Lehrern herausragend gute Noten erschwindeln konnte. Zunächst machte er das nur in den Fächern, auf die er keine Lust hatte. Das überschwängliche Lob seiner Lehrer und auch seiner Großeltern trieb ihn jedoch so sehr an, dass er rasch begann, in allen Schulfächern ein wahrer Überflieger zu werden.

Seine Lehrer verwechselten diese Manipulation durch Josh natürlich mit einer Art spät einsetzender Hochbegabung. Als Josh begriff, welche Möglichkeiten sich ihm da eröffneten, zögerte er nicht lange. Als hochbegabt bezeichnet zu werden, schmeichelte ihm.

Blicke voller Neid und Bewunderung von großen Teilen seiner Mitschüler. Hass und Missgunst von einer weitaus kleineren Gruppe. Doch Letztere war ihm egal. Schnell entwickelte er eine Art von Arroganz, mit der er alles Negative weglächelte.

Joshua Stewart hielt sich für etwas Besseres. Besser als alle anderen. Und wer das partout nicht von alleine einsehen wollte, den musste er einfach nur etwas besser kennenlernen, um ihn vom Gegenteil zu überzeugen.

Seiner Schwester war dieser ganze Trubel um ihren Bruder schnell zu viel. Sie machte ihm Gegenüber keinen Hehl daraus, was sie davon hielt. Vicky war aber auch die Einzige, die so mit ihm reden durfte, ohne eine Konsequenz zu erwarten. Deren Kritik er sich anhörte und die ihn zumindest teilweise noch zum Nachdenken brachte.

Joshs Großeltern waren stolz auf ihn und ahnten von dem ganzen faulen Spiel überhaupt nichts. Sie verfielen nur ab und an in eine gewisse Melancholie, weil Joshs und Vickys Eltern das alles nicht mehr miterleben durften.

Eine Weile lang machte ihm diese Rolle als Überflieger Spaß. Doch irgendwann wurde es zur Normalität und eine gewisse Überdrüssigkeit stellte sich ein. Spätestens ab dem Moment, wo er aufhörte, ständig im Mittelpunkt zu stehen.

Durch den anhaltenden Rummel um seine Person hatte sich anfangs sogar ein lokaler TV-Sender für ihn interessiert und mehrere Radiosender rissen sich um Interviews. Die größte Tageszeitung der Stadt gab ihm den Namen das *Wunderkind aus Tacoma*.

Einmal wurde er gefragt, was seine Pläne wären. Ob er nicht die Schule vorzeitig beenden wolle, um möglichst schnell mit dem Studium zu beginnen. Hochbegabten wie ihm stünden ja Tür und Tor offen.

Für Josh kam das anfangs nicht infrage. Es war nichts, worüber er ernsthaft nachdachte. Er gefiel sich in seiner Rolle als *Wunderkind von Tacoma*.

Doch mit der Zeit schweiften seine Gedanken immer wieder in diese Richtung ab. Mit gerade einmal sechszehn Jahren nach Seattle und dort studieren. Wie verlockend das doch klang.

Raus aus Tacoma.

Raus aus dem Trott.

Neue Herausforderungen. Neue Leute, die man beeindrucken konnte. Eintauchen in eine Welt, für die man eigentlich noch zu jung war.

Und für ihn als jungen Mann – inmitten seiner Pubertät – spielte auch die verführerisch große Anzahl an Studentinnen eine nicht zu verachtende Rolle. Sicherlich würden die meisten jungen Frauen ihn zwar wegen seiner Hochbegabung bewundernswert finden, ihn auf der anderen Seite aber noch als Kind ansehen.

Egal. Josh musste ihnen nur einmal die Hand schütteln und ihnen sagen, was sie zu wollen hatten. Und schon war er alles, was sie sich immer erträumt hatten.

Es war ein Freitagmittag.

Die Schule war gerade aus. Auf direktem Weg ging er zum Schuldirektor. Die nette Dame im Vorzimmer des Direktors hielt ihn nicht auf. Wie auch? Beim Direktor setzte er sich auf die durchaus bequeme Ledercouch und legte die Beine übereinandergeschlagen auf den Tisch.

»Direktor Smithers. Ich würde gerne, so schnell es möglich ist, meinen Abschluss machen und an die Uni gehen. Sie wollen mir das doch sicherlich ermöglichen, nicht wahr?«

Smithers machte es möglich. Irgendwann in den Wochen nach diesem Gespräch kam eine kleine Delegation aus dem Schulministerium. Für die Details interessierte Josh sich nicht wirklich.

Das Ergebnis zählte.

Und so kam es, dass er kurze Zeit später seine Abschlussarbeiten schrieb und dafür Bestnoten bekam. Die Uni in der großen Stadt wartete auf ihn.

Dachte er.

Leider hatte Joshua die Rechnung ohne seinen Grandpa Walter gemacht. Seine Grandma Henrieta hatte er mit aufrichtigem Blick und dem Versprechen, am Wochenende nach Hause zu kommen, schnell überzeugen können. Doch Walter blieb bei seiner Meinung. Ein Minderjähriger hatte in Seattle alleine nichts verloren.

Viel zu gefährlich. Viel zu viele zwielichtige Gestalten, die nur seine Hochbegabung ausnutzen wollen würden. Scharlatane und Halsabschneider. Dort würde er seinen Enkel nicht beschützen können.

Auch Vicky war nicht unbedingt von Joshs Plänen begeistert. Sie hatte Joshs seltsame Begabung anscheinend nicht. Und selbst wenn, Victoria war bodenständig durch und durch. Sie wollte die Schule beenden und dann Köchin werden.

Josh kam in einen echten Gewissenskonflikt. So etwas kannte er eigentlich gar nicht. Ohne mit der Wimper zu zucken hatte er erst seinen Dad und dann seine Mom umgebracht. Jetzt ging es nur darum, seinen Grandpa zu manipulieren, und das bereitete ihm echte Bauchschmerzen.

Was sollte er tun?

Er schleppte diese Entscheidung ein paar Tage mit sich herum. Doch was sollte er tun, bis er volljährig war? Er war nun mit der Schule fertig. Walter schlug ihm vor, auf die

Universität in Tacoma zu gehen. Aber die UW Tacoma kam Josh vor, wie der fast schrottreife Chevy, den er fahren müsste, obwohl ihm der Ferrari daneben auch gehörte.

Es war, wie Äpfel mit Birnen vergleichen. Oder Windows mit Mac. Die sicherlich liebenswerte Betty aus dem Debattierclub, die dich mit ihrer Zahnspange angrinste. Oder aber Elaina, die Chefin der Cheerleaderinnen, die mit ganz anderen Argumenten zu überzeugen wusste.

Joshua nutzte die Gelegenheit bei einem BBQ an einem Samstagnachmittag. Walter stand ganz allein am Grill und wendete gerade die Steaks.

»Darf ich dich was fragen, Grandpa?«

Walter lächelte klischeehaft großväterlich und schaute seinen Enkel mit seinen gutmütigen Augen an.

»Du darfst mich alles Fragen, mein lieber Josh.«

Josh lächelte verlegen.

»Grandpa. Du möchtest doch sicher, dass ich immer glücklich bin und das Beste aus meinem Leben mache. Du möchtest mir bitte nicht verbieten, auf die SeattleU zu gehen. Ich will es doch so sehr. Du möchtest dich darauf verlassen, dass ich gut auf mich aufpasse. Du möchtest es für das Beste halten. Ja, du hast deine Meinung geändert und Granny wird sicherlich fragen, warum du das gemacht hast. Aber du wirst es ihr erklären. Hörst du?«

Walter lächelte immer noch großväterlich.

»Aber na klar, Josh. Wenn dir das wichtig ist. Ich will doch nur das Beste für dich und, dass dir nichts passiert.«

Sein Grandpa wiederholte im Grunde die Argumente, die er ihm gerade aufoktroyiert hatte, und damit wusste Josh, dass die Manipulation geklappt hatte.

»Vielen Dank, Grandpa. Ich hab dich lieb.«

Das meinte Josh absolut ehrlich. Seitdem seine Eltern tot waren, gab es im Leben von Vicky und ihm im Grunde kein böses Wort mehr und schon gar keine Gewalt. Walter und Henrieta waren herzensgute Menschen und hatten vielleicht schon die Altersweisheit, die ihrer Tochter noch fehlte. Allerdings hatten sie auch den finanziellen Druck nicht, den Charlotte und Peter hatten. Dass daraus auch schnell Dünnhäutigkeit, Frust und somit irrationale Strenge und Gewalt entstehen konnte, konnte Josh noch nicht verstehen.

Jetzt hatte er aber erst einmal das erreicht, was er erreichen wollte. Er durfte die SeattleU besuchen und dort studieren. Auf dem Campus wohnen und gut betreut von den Jesuiten-Patres der SeattleU seinem Studienalltag nachgehen.

Im Grunde sollte Josh jetzt zufrieden sein, aber in diesem Moment war er einfach nur niedergeschlagen und traurig. Er hatte seinen Grandpa manipuliert und er hatte sich geschworen, das weder bei Grandpa Walter noch bei Granny Henrieta jemals zu tun.

KAPITEL 19
JOSHUA

Nach dem Telefonat mit Rod schaltete Joshua sein Smartphone auf Vibration. Er war zwar immer noch nervös, aber Annika war so unglaublich lieb, dass er das schnell vergaß.

Er war noch nie mit einer Frau zusammen, die *ihn* wirklich wollte. Daher fühlte sich dieses echte Begehren so aufregend und prickelnd an, dass seine Gefühle mit ihm Achterbahn fuhren.

»Ich habe auch Schmetterlinge im Bauch.«

Er hatte es gesagt. Zwar nicht das Klassische *ich liebe dich*, doch Josh hatte einer Frau gesagt, was er für sie empfand. Und das zum ersten Mal in seinem Leben.

Annika gluckste vergnügt.

Die Zeit verlor ihre Bedeutung für Josh. Sie küssten, neckten und liebten sich. Sie kuschelten und flüsterten sich Liebesbekundungen zu. Endlich wusste er, wie es sich anfühlte, von jemandem geliebt zu werden und selbst für jemanden dasselbe zu empfinden.

Ein sonores Brummen riss ihn aus seiner Verträumtheit. Er hatte es erst nicht wirklich wahrgenommen, aber als auch

Annika aufhorchte, weil sie scheinbar das Geräusch nicht kannte, bemerkte Josh, dass es schon wieder sein Smartphone war.

»Entschuldige bitte, aber auch da muss ich rangehen.«

Absichtlich versuchte er, sich etwas von ihr wegzudrehen, als er ranging. Denn Josh ahnte, dass es Probleme gab, als er sah, wer anrief.

»Sergeant Carter. So spät noch? Was kann ich für Sie tun?«

Im Augenwinkel sah er, wie Annika die Augenbrauen hochzog, als er das Wort *Sergeant* sagte.

»Joshua. Bitte entschuldigen Sie die späte Störung. Sie wollten bei einem weiteren Todesfall auf dem Campus angerufen werden. Professor Tickner wurde tot aufgefunden. Selbstmord, wenn Sie mich fragen.«

Joshua stand auf und ging ein paar Schritte in Richtung Fenster, bevor er antwortete. Vergebene Liebesmüh, denn das Apartment war so klein, dass Annika dennoch alles hören konnte.

»Hatte er Angehörige?«

Dick Carter schnaubte, als wenn er gerade eine Treppe hinaufging.

»Ja, Tickner hatte eine Frau. Ich bin gerade auf dem Weg zu ihr.«

Josh drehte sich zu Annika um, die inzwischen sehr verunsichert auf der Couch saß.

»Natürlich werde ich Sie dabei begleiten, wenn Sie das möchten. Möchten Sie mich vielleicht abholen kommen? Ich schicke Ihnen die Adresse.«

Josh legte auf und schaute Annika traurig an.

»Annika. Es tut mir so unglaublich leid, aber ich muss gehen. Du hast es ja sicherlich mitanhören können. Es gab einen Todesfall an der Uni. In solchen Fällen begleite ich den Sergeant der Mordkommission dann auch mal mit zu Angehörigen. Psychologische Unterstützung sozusagen.«

Sie nickte und schien immer noch verunsichert.

»Ich darf dir derzeit leider noch keine Details verraten. Daher sei bitte so lieb und lass uns das für uns behalten. Ich denke, der Sergeant wäre nicht gerade begeistert, wenn morgen die halbe SeattleU wild spekuliert. Ich bin mir sicher, die Dekanin wird sich rasch dazu äußern.«

Jetzt nickte Annika heftig und schien nur zu gut zu verstehen, dass es erst einmal nicht an die große Glocke gehangen werden sollte.

»Natürlich, Josh. Das ist doch selbstverständlich. Holen wir bald nach, wo wir eben aufgehört haben?«

Schelmisch grinste er sie an.

»Wenn du das noch willst?«

Sie nahm lachend ein Kissen, das neben ihr auf der Couch lag und warf es nach ihm.

»Und ob ich das will, du Blödi.«

»Mr. Carter. Sie möchten mich gleich mit Mrs. Tickner sprechen lassen und halten sich zurück bitte.«

Dick Carter nickte nur und fuhr weiter durch die nächtlichen Straßenzüge von Seattle.

Die Fahrt würde noch ein paar Minuten dauern. Josh wollte die Zeit nutzen, um sich nochmals bei Annika für seinen spontanen Abgang zu entschuldigen. Bei dem Gedanken daran, sie womöglich enttäuscht zu haben, tat es ihm leid und versetzte ihm sogar einen kleinen Stich in der Herzgegend.

Bevor er überhaupt dazu kam, ihr eine Nachricht zu schreiben, sah er, dass Brian ihm geschrieben hatte. Er erinnerte sich dunkel, eben bei Annika schon einmal etwas brummen gehört zu haben. Die Nachricht von Brian ließ Joshs Puls kurz beschleunigen.

> Penelope hat auf Professor Tickners PC eine E-Mail an dich gefunden. Sie wurde aber gelöscht, bevor sie sie öffnen konnte. Ist das relevant?

Diese Hamilton kann es aber auch nicht gut sein lassen. Da muss ich mich drum kümmern. Später.

Er schrieb Brian, dass er sich später melden würde und er die Nachricht an ihn löschen sollte. Dann steckte er sein Smartphone weg. Nun hatte er auch keinen Nerv mehr dazu, Annika etwas Liebes zu schreiben. Seine Gedanken wanderten derzeit zu Hamilton und den Widerwillen, sie aus dem Weg schaffen zu wollen. Noch mehr Rummel war das Letzte, was er jetzt gebrauchen konnte.

Josh stieg sofort aus, als sie ankamen, und wartete erst gar nicht auf den Sergeant. Carter bemühte sich, hinterherzukommen. Ein Seelsorger der Polizei war noch bei der Witwe des Professors. Er konnte die beiden bereits durch das große Fenster sehen, als er auf das Haus zuging. Der Seelsorger öffnete die Tür, als er läutete.

Er streckte dem etwas verdutzt dreinschauenden Seelsorger die Hand zum Gruß entgegen und grinste ihn breit an. Als dieser sie ergriff, hatte er erreicht, was er wollte.

»Sie möchten jetzt gehen. Wir übernehmen ab sofort. Vielen Dank.«

Immer noch verdutzt nickte er nur und ging anschließend an Josh und Sergeant Carter vorbei in Richtung Bürgersteig.

Mrs. Tickner war inzwischen auch aus dem

Wohnzimmer bis zur Tür gekommen und schaute die beiden Männer mit verheulten Augen an.

»Wo ist denn der nette Herr hin? Und wer sind Sie?«

Noch immer hatte Josh sein breites Grinsen im Gesicht, was so gar nicht zu dieser Situation passte. Schnell streckte er der alten Dame seine Hand hin.

»Ich grüße Sie, Mrs. Tickner. Mein aufrichtiges Beileid.«

Sie nahm seine Hand nur zögerlich, denn ganz geheuer schien ihr das Ganze nicht zu sein.

»Ich bin Joshua Stewart und das ist mein Kollege Sergeant Carter. Unser Kollege musste leider dringend zu einem anderen Einsatz.«

Ihr Gesichtsausdruck entspannte sich schlagartig, auch wenn keiner der beiden bisher eine Dienstmarke vorgezeigt hatte. Im Fall von Josh wäre das auch etwas schwer geworden.

»Mrs. Tickner, ich erzähle Ihnen jetzt, was geschehen ist, und Sie möchten das Ganze auch genauso jedem erzählen, der Sie ab sofort danach fragt. Nicht wahr?«

Die Witwe nickte langsam.

Joshua erklärte ihr auf seine Weise eine Version zum Ableben ihres Mannes. Diese hatte zwar nichts mit der Realität zu tun, nahm ihn jedoch komplett aus dem Fokus. Mrs. Tickner nickte die ganze Zeit, während er ihr ausschmückte, wie man den Professor gefunden hatte und welche Vermutungen auch der Gerichtsmediziner nach einer ersten Beschau hatte.

Die kurzen Zeilen des Abschieds ihres Mannes waren der Aufhänger, sie in die Richtung zu manipulieren, dass ihr Mann schon länger labil gewesen sei. Josh musste sich bei derartigen Manipulationen immer größte Mühe geben, auch mögliche Eventualitäten zu berücksichtigen.

Da heute seine Gedanken aber trotz der Ernsthaftigkeit

der Sache immer mal wieder in Richtung Annika wanderten, entgingen ihm Kleinigkeiten.

Nach dem Gespräch mit Tickners Witwe war Josh nicht mehr wirklich in der Stimmung, zu Annika zurückzufahren. Detective Hamilton und ihre wirklich akribische Ermittlungsarbeit nervten ihn einfach. Nicht per se die Ermittlungsarbeit, sondern mehr die Kombination aus den Erfolgen, die sie zu verzeichnen hatte und der Tatsache, dass er sie irgendwie nicht manipulieren konnte.

Josh entschied sich also dazu, zurück in sein Apartment zu fahren. Als die Entscheidung getroffen war und er sich ein Uber-Taxi bestellt hatte, traf ein weiterer Stich sein Herz. Heute würde er Annika nicht wiedersehen, obwohl sich jede Zelle seines Körpers nach ihr und ihrer Nähe sehnte.

Wenigstens eine Nachricht wollte er ihr noch schreiben. Das Smartphone in seinen schwitzenden Händen haltend, schrieb er ihr eine Art von Nachricht, die er noch nie in seinem Leben an eine Frau geschrieben hatte.

Annika. Ich wollte dir nur noch mal schreiben, wie schön ich den Abend fand, bevor ich leider viel zu früh gehen musste. Ich meinte es absolut ernst, als ich dir sagte, dass auch ich Schmetterlinge im Bauch habe. Du verdrehst mir den Kopf, wie nie ein Mensch in meinem Leben zuvor. Es hat mir anfangs Angst gemacht, aber jetzt freue ich mich einfach nur noch darauf, herauszufinden, wohin uns das führt. Danke, dass es dich gibt. Danke, dass du mich magst, wie ich bin. Bis morgen.

Das Lächeln in seinem Gesicht verschwand mit Abschicken der Nachricht. Seine Gedanken schweiften wieder in Richtung Penelope Hamilton. Er würde eine Entscheidung treffen müssen und das recht bald.

Joshs Smartphone klingelte und riss ihn aus einem unglaublich schönen Traum von Annika und ihm.

Wie bereits gestern erkannte er sofort, dass Rod etwas von ihm wollte.

Mexikanische Popmusik am Morgen, vertreibt Kummer und Sorgen.

»Rod. Wenn ich für jedes Mal, wenn du mich weckst, eintausend Dollar bekommen würde, dann bräuchte ich mir diesen Scheiß hier nicht mehr geben.«

Der Latino lachte herzhaft und hatte scheinbar nicht im Ansatz verstanden, dass Josh das durchaus ernst meinte.

»Sí, Joshua. Ist aber wichtig. Das arbeitende Volk ist außerdem schon seit zwei Stunden dran. Du solltest wissen, dass Detective Hamilton heute Morgen schon bei der IT angerufen hat. Die Señorita hat gefragt, wie es sein kann, dass vor ihren Augen E-Mails verschwinden können. Ich dachte, das solltest du wissen. Irgendwas muss sie gestern bei Tickner gefunden haben, was sich dann wohl in Luft aufgelöst hat.«

In Bruchteilen von Sekunden war er wach und saß aufrecht im Bett.

Diese verdammte Hamilton.

»Rod. Ich hatte dich vor ein paar Tagen gebeten, dir für sie etwas einfallen zu lassen, wenn es sein muss. Wie schaut es damit aus?«

Rod wurde mit einem Mal ernst.

»Bist du sicher, dass du das machen willst? Beim letzten Mal kam uns Hamilton dazwischen. Wer weiß, wen sie beim nächsten Mal schicken? Gefällt mir gar nicht, Joshua.«

Dieses Mal wurde Joshua etwas energischer.

»Das war nicht meine Frage, Rod. Wenn es dir zu viel wird, dann habe ich kein Problem damit, der Polizei den wahren Täter zu präsentieren. Was denkst du, wem man mehr glaubt?«

»Ist ja schon gut. Ich habe mir gedacht, dass wir sie vielleicht erst mal vom Campus schaffen. Irgendwo in den Nationalpark Richtung Whidbey Island. Viel Natur, wenige Menschen. Bis man sie findet, werden Jahre vergehen. Verstehst du, Joshua?«

Grundsätzlich gefiel Josh der Lösungsansatz. Weit weg vom Campus und erstmal keine Leiche. Aber wie er Rod kannte, haperte es dann an den Details.

»Und wie kriegen wir sie dahin? Tötest du sie hier, bleibt immer irgendwo Blut kleben und das finden sie früher oder später. Da kannst du noch so gründlich putzen. Aber mir kommt da gerade eine Idee. Damit hätte sich die Sache für uns alle erledigt, ohne, dass wir uns die Finger schmutzig machen müssten.«

Rod hatte es mit Sicherheit erwartet, denn er kannte es nicht anders: Josh legte einfach auf.

Joshuas Idee würde ein Bauernopfer fordern, aber das war ihm egal. Die eiskalte Miene wich einem Lächeln, als er die Nachrichten-App öffnete und sah, dass Annika ihm eine lange Antwort geschrieben hatte, die mit vielen roten Herzchen endete.

KAPITEL 20
PENNY

Bevor Penny sich auf Stewarts Schwester konzentrieren konnte, musste sie erst einmal einen wichtigen Anruf erledigen. Sie rief in der Zentrale der SeattleU an und ließ sich mit der IT-Abteilung der Uni verbinden.

Der freundliche und sehr jung wirkende Mitarbeiter beantwortete bereitwillig ihre Fragen. Streng genommen hätte sie jeder sein können. Am Telefon konnte sie sich schließlich nicht ausweisen oder anderweitig verifizieren.

Der junge Mann bestätigte ihr sofort ihre Vermutung, dass sich eine E-Mail nicht einfach von selbst löscht. Wer da aber wann und wie an dem Account von Professor Tickner dran war, konnte er so ad hoc nicht sagen. Penny solle bitte in ein paar Stunden noch mal anrufen, dann würde er sich die Sache angesehen haben.

Nachdem sie aufgelegt hatte, überlegte Penny, wie sie es am unauffälligsten schaffen würde, die Schwester von Stewart zu kontaktieren. Anrufen erschien ihr zu riskant. Wenn Victoria Stewart auch nur im Ansatz so ein Kaliber wie ihr Bruder war, dann würde sie sofort auflegen und eben diesen darüber informieren, dass die Polizei rumschnüffelt.

Bei dem Gedanken daran konnte Penny das Geschrei von Carter schon in ihren Ohren klingeln hören.

Sie kam zu dem Schluss, dass sie nach Tacoma musste. Persönlich konnte sie ganz anders auf Victoria einwirken als am Telefon. Zumal sie langsam wirklich etwas verzweifelt war und man ihr diese Verzweiflung mit Sicherheit auch ansah. Das wiederum konnte sich als Vorteil erweisen. So von Frau zu Frau.

Nach Tacoma waren es ungefähr fünfundvierzig Minuten Fahrt mit dem Auto. Und da war schon das erste Problem.

Ich kann schlecht mit einem Uber-Taxi bis Tacoma fahren. Das kostet mich ein kleines Vermögen. Ein Dienstwagen ist zu auffällig.

Penny entschied sich für die Bahn. Vorher jedoch musste sie zwei Dinge erledigen.

Sie fuhr wieder mit einem Taxi zurück zum Dezernat. Es herrschte geschäftiges Treiben, doch niemand beachtete sie. Dick Carters Bürotür stand auf, aber er war nicht da. Sehr gut.

Unauffällig ging sie zu ihrem Schreibtisch. In diesem Moment wurde ihr dieses Paradoxon bewusst. Wenn man etwas versucht, unauffällig zu tun, dann tut man es umso auffälliger.

»Penny, da bist du ja wieder. Wo warst du denn den halben Morgen?«

Und wieder hievte sich Brian geschmeidig auf ihren Schreibtisch.

»Ich musste etwas Privates erledigen und muss auch gleich wieder weg. Aber ich schreibe dem Sergeant eine Nachricht. Sorry, ich hätte euch kurz Bescheid geben können.«

Penny log bewusst. Warum, wusste sie selbst nicht, denn im Grunde hatte sie angefangen, Brian zu vertrauen.

»Oh. Ich hoffe nichts Ernstes? Kann ich was tun?«

Es wirkte so, als wenn Brian sich wirklich Sorgen machte. Seine Miene war schlagartig ernst geworden und diese leichte Macho-Art, die sie so mochte, wich einer fürsorglichen Hilfsbereitschaft.

»Nein, nein. Meine Eltern sind in der Stadt und haben mir bis heute Morgen nichts davon gesagt. Ich habe dir ja erzählt, dass das Verhältnis zu ihnen nicht das Beste ist, seitdem ich hierher gezogen bin. Ich glaube, sie wollen sich davon überzeugen, dass es mir gut geht. Dass ich genug Essen im Kühlschrank habe und meine Klamotten gewaschen sind. Daher dieser unangekündigte Besuch. Eltern bleiben halt Eltern. Egal, wie alt man ist.«

Brian schmunzelte. Das Argument schien er gut zu verstehen. Seine Miene entspannte sich wieder und das Lächeln kehrte zurück auf sein hübsches Gesicht.

Puh. Ich wusste gar nicht, dass ich so gut lügen kann.

»Ach du Schande. Ich kann das auch nicht ausstehen. Meine Eltern leben hier in der Stadt, aber das hält sie auch nicht ab, hin und wieder einfach vor der Tür zu stehen. Immer mit dem Vorwand, gerade in der Nähe gewesen zu sein. Ich bin Ermittler bei der Mordkommission. Ich durchschaue solche haarsträubenden Ausreden.«

Beide lachten und auch Penny stieg mit ein, dass sie so etwas sofort durchschaut hätte.

»Also denkst du, es ist okay, wenn ich mir einfach so spontan für heute freinehme, auch wenn ich Carter nicht direkt fragen kann?«

»Na klar. Schreibe ihm eine E-Mail und die Sache ist geritzt.«

Brian war zufrieden, wünschte ihr einen schönen Tag

und schwang sein Hinterteil wieder elegant vom Tisch.

Penny schaltete rasch ihren PC ein, suchte dann die Adresse von Victoria Stewart. Die E-Mail an den Sergeant war ein Zweizeiler ohne Begründung. Erklären könnte sie sich später.

Keine fünf Minuten später war sie unterwegs. War es etwas blauäugig, unangekündigt bis Tacoma zu fahren, ohne zu wissen, ob Victoria zu Hause ist oder überhaupt mit ihr sprechen wird? Vielleicht. Aber die Sache war zu wichtig, um dieser Spur nicht nachzugehen.

Victoria Stewart wohnte in einem recht schmucklosen kleinen Häuschen in einer Gegend, die bereits bessere Tage gesehen hatte.

Penny klingelte. Es dauerte ein paar Sekunden, bis sie auf der anderen Seite der Tür Schritte hörte und eine Frau, die vielleicht Mitte Zwanzig war, die Tür öffnete. Ihr Blick war freundlich und offen, weshalb Penny in allerletzter Sekunde ihr Vorgehen änderte.

»Victoria Stewart?«

»Ja, die bin ich. Was kann ich für Sie tun?«

Noch immer lächelte Victoria sie an.

»Mein Name ist Penelope Hamilton. Ich bin von der Mordkommission in Seattle. Hätten Sie vielleicht ein paar Minuten Zeit für mich? Keine Sorge, es ist niemand gestorben.«

Penny hielt ihr ihre Marke gut sichtbar hin, lächelte aber weiterhin freundlich.

Mit einer einladenden Geste bat Victoria sie herein.

Okay, bis hierhin war es einfach.

»Sie sind von der Mordkommission? Ist irgendetwas mit

meinem Bruder?«

Victoria war vorausgegangen, aber scheinbar brannte ihr diese Frage so sehr auf der Zunge, dass sie nicht warten konnte.

»Nein, nein. Ihrem Bruder geht es gut. Ich bin aber in der Tat wegen Ihres Bruders hier.«

Sie schien nicht verwundert zu sein. Zumindest blieb sie nicht überrascht stehen oder schaute Penny ungläubig an.

»Okay. Was hat er ausgefressen? Ich meine, Sie sind von der Mordkommission und nicht von der Steuerfahndung.«

Penny nahm auf dem ihr angebotenen Sessel Platz.

»Das ist nicht so einfach zu erklären, Ms. Stewart. Ich habe das Gefühl, dass Ihr Bruder da in Dinge verwickelt ist, aber mir fehlt irgendwie ein wichtiges Puzzleteil.«

Jetzt stutzte Victoria zum ersten Mal.

»Ein Puzzleteil? Er ist ein Wunderkind und lässt das auch jeden wissen. Hat er jemanden zu Tode beeindruckt?«

Ironie tropfte förmlich aus diesem Satz und Penny musste etwas schmunzeln. Jetzt fing auch Victoria an zu lächeln. Die beiden schienen zumindest zwischenmenschlich auf einer Wellenlänge zu sein.

Sag ich es frei heraus, oder versuche ich es weiter durch die Blume?

»Ms. Stewart. Ich frage einfach mal ganz frei heraus. Hat sich Ihr Bruder – vielleicht in seiner Jugend – mal mit Hypnose beschäftigt? Ich habe den Eindruck, er manipuliert Menschen. Und das leider nicht zum Guten.«

Joshuas Schwester senkte ihren Blick zum Boden und schien mit sich zu ringen.

»Hören Sie, ich verstehe, dass Sie denken, dass ich da vielleicht die beste Anlaufstelle für Sie bin. Aber ich kann Ihnen in dieser Sache leider nicht helfen. Er ist mein Bruder, verstehen Sie?«

Penny verstand nur zu gut und die Reaktion von Victoria war nicht unbedingt überraschend.

»Ich verstehe Ihre Reaktion. Es ist Ihr Bruder und Sie wollen ihn schützen. Aber bitte glauben Sie mir, ich wäre nicht aus Seattle hierher zu Ihnen gekommen, wenn es nicht wirklich dringend wäre.«

Noch immer schaute sie auf den Fußboden. Sie schien mit sich zu kämpfen, das konnte Penny fühlen. Sie setzte nach.

»Es geht um mindestens einen Mord an der SeattleU, bei dem Ihr Bruder zumindest tatverdächtig ist. Wenn ich ehrlich sein darf, damit habe ich Ihnen jetzt mehr gesagt, als ich eigentlich befugt bin. Daher hoffe ich sehr, dass Sie mir helfen.«

Das war weiter aus dem Fenster gelehnt als ein Oligarch, der es sich mit dem Präsidenten eines der größten Staaten der Erde verscherzt hat.

»Ich würde Ihnen gerne helfen, aber ich kann leider nicht. Verstehen Sie mich nicht falsch. Ich kenne meinen Bruder. Ich weiß, was er für ein Mensch ist. Aber er ist mein Bruder. Und jetzt muss ich Sie bitten zu gehen, ich muss gleich zur Arbeit.«

Sie weiß etwas.

»Okay. Das verstehe ich. Wenn ich noch mal ehrlich sein darf. Ich war inoffiziell hier. Kann das Gespräch bitte unter uns bleiben? Wenn Ihr Bruder nichts getan hat, dann werde ich das herausfinden und mich persönlich bei Ihnen für diese Belästigung heute entschuldigen.«

Penny hatte wieder ein Lächeln aufgesetzt. Sie ahnte, dass sie Victoria zumindest teilweise geknackt hatte. Die Zurückhaltung, die sie jetzt an den Tag legte, würde ihre Aussage noch unterstützen.

»Gut, das bleibt unter uns. Aber jetzt muss ich gleich wirklich zur Arbeit.«

Sie nickte, stand auf und machte sich umgehend auf den Weg in Richtung Haustür.

»Dankeschön, Ms. Stewart. Das ist mehr als freundlich.«

»Detective. Ich gebe Ihnen meine Telefonnummer. Bitte rufen Sie mich an, wenn Sie etwas gefunden haben, was Joshua wirklich in Schwierigkeiten bringt. Keine Sorge, ich werde ihn nicht warnen. Aber ich will vorbereitet sein.«

Schnell schrieb Victoria ihre Nummer auf einen Notizzettel und hielt ihn Penny hin. Sie nickte dankbar, verabschiedete sich und ging, ohne sich noch einmal umzudrehen.

Okay. Sie weiß weitaus mehr, als sie sagen will. Stewart ist mein Mann. Ich verstehe nur nicht, warum sie vorbereitet sein will, wenn ich ihn endlich festnehmen könnte.

Sie überlegte, ob sie jetzt genug Informationen hatte, um Captain Jennings ein umfangreiches Update zu geben. Penny hatte nicht genau die Aussagen von Stewarts Schwester, die sie sich insgeheim erhofft hatte. Aber sie hatte doch mehr erreicht, als sie angenommen hatte. Jennings musste das erfahren. Nicht zuletzt, um ihr vielleicht den Weg zu weisen, in welche Richtung sie nun ermitteln sollte.

Sie hatte nicht viel Hoffnung, dass die Spur bei der IT-Abteilung der SeattleU sie unbedingt weiterbringen würde. Damit war sie dann, was Stewart betraf, in einer Sackgasse. Diesen Rodriguez könnte sie sich noch mal vorknöpfen. Sicherlich nicht der Drahtzieher, aber vielleicht ein Mitwisser oder Handlanger. Aber da hatte der Captain hoffentlich einen klugen Ratschlag für sie.

Dazu kam, dass sie Brian auf der einen Seite nicht mehr involvieren wollte, auf der anderen Seite aber schon den Drang verspürte, ihn näher kennenzulernen. Ein wirkliches Dilemma.

KAPITEL 21
JOSHUA

Joshua hatte Annikas Nachricht gebührend beantwortet, was seine Laune in ungeahnte Höhen trieb.

Heute Mittag hatte er die Erste von zwei Vorlesungen an diesem Tag und so langsam sollte er sich fertig machen. So gesehen war es gut, dass Rod ihn geweckt hatte. Ohne Wecker neigte er dazu, schon mal ausufernd lange auszuschlafen.

Er schaute rasch seine E-Mails durch und sah eine E-Mail der Dekanin zum Tod von Professor Tickner. Sie bat darum, dass die Professorinnen und Professoren heute in ihren Vorlesungen eine kurze Minute der Trauer und Erinnerung an den lieben, neuen Kollegen abhalten würden. Sollte es zu Fragen kommen, so dürften sie den Selbstmord bestätigen, mögen dafür aber bitte freundliche Worte finden.

Josh grinste und eine gewisse Erleichterung machte sich in ihm breit. Dieses Mal schien es zumindest keine großen oder ernstzunehmenden Probleme zu geben.

Wäre da nicht Detective Hamilton und ihre Penetranz.

Aber er hatte einen Plan. Einen Plan, wie er sich ein für alle Mal aus der Schusslinie bringen konnte und er keinen weiteren Mord vertuschen musste. Er würde keine Zeit verlieren, diesen zu realisieren.

Auf dem Weg zur Uni rief Josh Theodor Mulligan von der IT-Abteilung der SeattleU an. Er hatte Theodor direkt am ersten Tag an der Uni kennengelernt, als dieser Josh seinen Laptop brachte und die ganzen internen Zugänge erklärte. Es kam hin und wieder vor, dass er den freundlichen Endvierziger um einen Gefallen bitten musste und heute würde dieser *Gefallen* recht groß und aufwendig werden.

»Mr. Mulligan. Ich bräuchte Ihre Hilfe in einer sehr delikaten Sache und ich möchte gerne, dass das unter uns bleibt und Sie sich auch keine Gedanken darum machen, warum ich Ihnen diese Fragen stelle.«

Sein Gesprächspartner brummte zustimmend.

»Können Sie auf den E-Mail-Servern der Uni E-Mails hinterlegen, die gar nicht wirklich verschickt wurden? Also, dass es so aussieht, dass eine Person von außerhalb eine E-Mail an intern geschrieben hat und es danach einen kurzen E-Mail-Wechsel gab, ohne, dass man merken würde, dass die E-Mails gar nicht echt sind?«

Josh sah sich kurz um, damit er sichergehen konnte, dass niemand aus Versehen mithören konnte.

»Ich kann so ziemlich alles fingieren, was auf unseren eigenen Servern ist. Ich kann es also durchaus so aussehen lassen, dass eine E-Mail von extern hereinkam und dann wieder von intern nach extern beantwortet wurde, ohne, dass es tatsächlich stattgefunden hat. Das ist sehr, sehr aufwendig, aber durchaus machbar.«

»Und halten solche E-Mails auch einer Überprüfung stand? Zum Beispiel, wenn die Polizei herumschnüffeln würde?«

Mulligan seufzte hörbar und Josh kam sich so vor, als

hätte er eine dumme Frage gestellt. Er hasste es, so behandelt zu werden. Aber in diesem Moment brauchte er Mulligan und schwieg daher.

»Wenn die Herrschaften von der Polizei nur auf unseren Servern herumschnüffeln, dann hält es jeder Überprüfung stand. Sollte allerdings auch auf den Servern der externen E-Mail-Anbieter eine Überprüfung stattfinden, dann würde es auffallen. Die E-Mails wurden von dort schließlich nie verschickt oder empfangen.«

Hm. Das Risiko muss ich eingehen.

»Okay, Mr. Mulligan. Sie möchten gleich ein paar E-Mails im System hinterlegen und danach wieder löschen. Aber so löschen, dass sie wiederherstellbar sind. Ich werde Ihnen Stichworte zu den Inhalten sagen und die Ausformulierung überlasse ich Ihnen. Schreiben Sie besser mit, es wird etwas umfangreicher.«

Josh hatte sich inzwischen an eine Straßenlaterne gelehnt. Er drehte sich so herum, dass er die vorbeilaufenden Menschen beobachten konnte. Es waren viele Studenten unterwegs und er wollte verhindern, dass auch nur irgendjemand ein Wort mithören konnte.

Er lächelte bis über beide Ohren bei diesem Telefonat, denn immer wieder erkannte er jemanden und nickte dann freundlich zum Gruß. Jemand, der diese Szenerie beobachtete, wäre davon ausgegangen, dass der nette junge Mann mit der modischen Brille dort an der Laterne gerade ein sehr positives und erfreuliches Gespräch führte.

Es dauerte fast zwanzig Minuten, bis Josh Theodor Mulligan alle Details mitgeteilt hatte. Die E-Mail-Absender und -Empfänger, die groben Inhalte und das jeweilige Datum samt ungefährer Uhrzeiten.

Je mehr Josh über seinen eigenen Plan nachdachte, desto

besser gefiel er ihm. Eine gewisse Erleichterung keimte in ihm auf.

In seiner Vorlesung gedachte er, wie von der Dekanin gewünscht, in einer Schweigeminute Professor Tickner. Während der Großteil der Anwesenden den Kopf senkte, schaute er Annika an, die ein paar Reihen weiter hinten saß.

Es fiel ihm ausgesprochen schwer, eine ernste Miene beizubehalten. Seine Gedanken schweiften kurz zu gestern Abend ab. An die kurze Zeit mit ihr, bevor sie gestört wurden.

Josh merkte gar nicht, dass er die Gedenkminute überzog und Annika immer noch anschaute. Er bemerkte erst, dass ihn alle anstarrten, als Annika ihn mit einer Kopfbewegung in Richtung des Auditoriums aus seinen Träumereien holte.

Ein paar kurze Lacher, die er ungewöhnlicherweise mit Humor nahm, waren die Quittung.

Nach der Vorlesung wartete Annika vor dem Hörsaal auf ihn und grinste ihn verschmitzt an.

»Na, wollen wir heute da weitermachen, wo wir gestern aufgehört haben?«

Josh schaute sich kurz um, grinste ebenfalls zufrieden und gab ihr dann einen schnellen Kuss.

»Ich hoffe, das ist für dich Antwort genug? Sagen wir gegen 17:00 Uhr? Bei dir oder bei mir?«

Die Entscheidung fiel heute auf Joshs Apartment. Sie setzte mit einem weiteren unauffälligen Kuss nach und verschwand dann in Richtung Ausgang. Er blieb noch ein paar Augenblicke stehen, bis Annika außer Sichtweite war, kramte dann sein Smartphone aus der Hosentasche und ging zurück in den inzwischen leeren Hörsaal.

Wollen wir doch mal schauen, ob Mulligan fertig ist, damit ich die nächste Phase angehen kann.

»Mr. Mulligan. Haben Sie ein Update für mich?«

Und ob Theodor Mulligan ein Update hatte.

Alles war zu Joshs Zufriedenheit erledigt. Er schob sich die Brille wieder etwas höher auf die Nase und lächelte breit.

»Ich danke Ihnen sehr, Mr. Mulligan. Und jetzt möchten Sie bitte noch Ihre eigenen Spuren verwischen und danach möchten Sie alles vergessen, was diese Sache angeht. Sogar, dass wir telefoniert haben. Nicht wahr, Mr. Mulligan?«

»Ja, natürlich. Joshua. Das ist ...«

Joshua hörte die nächsten Worte schon gar nicht mehr, denn er legte auf und scrollte durch seine letzten Telefonate nach der Nummer von Dick Carter.

»Mr. Carter. Ich habe wichtige neue Hinweise für Sie, die Ihnen in gleich beiden Mordfällen die Augen öffnen werden. Sie möchten doch jetzt sicher alles von mir dazu hören. Nicht wahr?«

Man hörte bei Carter im Hintergrund ein kurzes Stampfen. Eine Tür, die zuflog, wieder stampfen und dann eine etwas außer Atem gehechelte Zustimmung.

»Ausgezeichnet, Mr. Carter. Suchen Sie im J&J nochmals nach Hinweisen am Tatort. Schauen Sie sich alles genau an. Gehen Sie alleine. Schauen Sie auch in den Ecken. Dann gehen Sie in Professor Tickners Büro, schalten seinen Computer ein und suchen in den E-Mails nach verdächtigen Konversationen. Sie werden fündig werden, das kann ich Ihnen versprechen. Sie möchten mich kurz anrufen, wenn Sie auf dem Weg zu Tickners Büro sind, nicht wahr? Es reicht vollkommen aus, wenn Sie nur kurz klingeln lassen.«

Josh konnte Carters verdutzten Gesichtsausdruck vor seinem geistigen Auge sehen.

»Joshua, was soll das denn bringen? Das ist doch bereits alles …«

»Psst, Mr. Carter. Wollen wir Wünsche von mir hinterfragen? Nein, wollen wir nicht. Am besten, Sie machen sich gleich auf den Weg. Wenn ich aufgelegt habe, wollen Sie auch sofort vergessen, dass wir telefoniert haben, löschen wie immer den letzten Anrufer in Ihrem Telefon und freuen sich dann einfach nur darüber, dass Sie eine vielversprechende Eingebung hatten.«

Wie immer beendete er das Gespräch, bevor Carter noch ein Wort sagen konnte.

Hastig rief er seine Favoriten auf und wählte die Nummer von Rod.

Komm schon, Rod. Geh ran.

»Rod. Carter wird gleich zum J&J gehen und sich dort noch mal am Tatort umschauen. Er wird nichts finden, aber er wird auf den Kameras zu sehen sein. Jetzt kommt der wichtige Teil, bei dem du mir helfen möchtest.«

Josh hatte angefangen zu schwitzen. Die Sache war ihm zu wichtig, als dass da etwas schiefgehen durfte. Er bemerkte, wie seine Brille beschlug, und nahm sie kurzerhand ab, bevor er weitersprach.

»Er geht danach in Tickners Büro und durchsucht seinen PC. Du musst dafür sorgen, dass die Tür zu Tickners Büro auf jeden Fall abgeschlossen ist und Carter sich an jemanden wenden muss, der ihm die Tür aufschließt. Soweit klar?«

»Sí, Joshua. Leichteste Übung für mich. Sonst noch etwas?«

Josh legte auf.

Mit einem Wisch wechselte er in die Nachrichten-App und schrieb Brian Gordon eine kurze Nachricht.

Zufrieden grinste Josh in sich hinein.

Jetzt heißt es abwarten.

Er hatte noch eine knappe Stunde bis zu seiner zweiten Vorlesung. Sein Magen knurrte so laut, dass man es hören konnte. Auf dem Weg zum Taco-Stand war er wieder ganz in seinem Element. Mit strahlendem Lächeln hielt er Small Talk, schüttelte Hände. Er genoss es wie immer sichtlich.

Später – die Vorlesung hatte gerade gut begonnen – da vibrierte Joshs Smartphone in seiner Hosentasche. Das Vibrieren hörte nach wenigen Sekunden wieder auf. Er grinste in sich hinein. Die Falle schnappte zu.

Josh stand in seinem Apartment und sah sich um. Seitdem er Annikas Wohnung gesehen hatte, quälte ihn der Gedanke ein wenig, dass sein zu Hause so unpersönlich und steril wirkte. Würde Annika das verstehen? Er hatte ihr bereits erzählt, dass es für ihn im Grunde nur noch seine Schwester gab. Seine Großeltern waren kurz hintereinander vor ein paar Jahren verstorben.

Da war niemand mehr, außer Vicky.

Er beschloss, ein Foto von ihr auszudrucken, einzurahmen und auf das Sideboard zu stellen. In noch mehr Deko sah er keinen Sinn. Annika hatte viele Pflanzen und diese komischen LED-Lampions, die eine gemütliche Stimmung verbreiten sollten. Josh hatte nicht mal mehr einen grünen Daumen. Eine Pflanze wäre in seiner Wohnung dem Untergang geweiht.

Selbst ein verschissener Kaktus würde

Irgendwann.

Josh lachte amüsiert.

Es war ordentlich und sauber. Das müsste für heute reichen. Dennoch wurde er ein klein wenig nervös, als es auf den Abend zuging und Annika vorbeikommen würde. Josh hatte nicht gekocht. Aber er kannte einige exzellente Lieferdienste. Seine Angebetete musste nur auswählen und er würde ihr bestellen, was ihr Herz begehren würde.

Und was immer es auch sei, es wird vom Lieferdienst tausendmal besser schmecken als alles, was Josh hätte kochen können.

Leider übersah er dabei, dass sie sich durchaus gefreut hätte, wenn er es zumindest versucht hätte.

Annika schien es sich aber nicht anmerken zu lassen. Auch nicht, dass sein Apartment jedem sterilen Krankenzimmer Konkurrenz machen konnte.

Heute zählten nur sie beide und Josh hatte dafür gesorgt, dass sie nicht gestört werden würden. Sein Smartphone hatte er kurzerhand ausgeschaltet, als Annika vor der Tür stand.

Die unzähligen Anrufe von Carter, die bis zu diesem Moment bereits auf seinem Smartphone angezeigt wurden, waren ihm schlichtweg egal. Sie zeigten Josh zumindest, dass Carter scheinbar doch nicht der dümmliche Trottel war, für den er ihn gehalten hatte.

Seine volle Konzentration lag jetzt bei Annika.

Josh war verliebt und genau das wollte er jetzt voll auskosten.

KAPITEL 22
PENNY

Pennys Tag begann beim Arzt. Ein Routine-Check wegen ihrer hereditären Neuropathie stand an. Einmal im Jahr war es ihr wichtig, dass die Nervenleitfähigkeit bei ihr gemessen wurde. So konnte der Arzt feststellen, ob es eine Veränderung zum letzten Jahr gab.

Die Wartezeit war wie immer geradezu astronomisch lang. Neben ihr saß ein junger Mann. Schlank, eher schlaksig. Dunkelbraune Haare, die ihm bis über die Schulter reichten. Penny fielen sofort seine markanten Wangenknochen auf.

Sie kam irgendwann mit ihm ins Gespräch.

Er hieß Noah, kam aus der Gegend, war mehr oder weniger ein Tagelöhner, der anfangs auf dem falschen Weg war und sich jetzt – dank Frau und Baby – so langsam seinen Weg in die Mitte der Gesellschaft erkämpfte. Auch er litt an hereditärer Neuropathie, allerdings wurde bei ihm diese Krankheit erst vor Kurzem diagnostiziert.

Es war Penny geradezu ein Bedürfnis, Noah Tipps zu geben, wie man mit dieser Nervenkrankheit doch gut leben konnte, ohne allzu viele Beeinträchtigungen zu haben.

Irgendwie mochte sie diesen Kerl. Sein Werdegang tat ihr leid. Es zeigte Penny aber auch, wie schwer man es ohne Schulabschluss hatte. Dabei war Noah so clever, so smart, so lieb und höflich. Am Ende tauschten sie sogar Telefonnummern aus. Sie wollte schauen, ob sich nicht irgendwo ein besserer Job für ihn auftun würde. Hauptsache weg vom elendigen Anstehen jeden Tag, um einen Tagelöhnerjob zu erhaschen und ein paar Kröten zu verdienen. Das hatten Noah, seine Frau und sein kleiner Sohn nicht verdient.

Kurz nach 11:00 Uhr war Penny endlich fertig. Bevor sie zurück zum Dezernat fuhr, wollte sie unbedingt Captain Jennings anrufen und Bericht erstatten. Sie hatte extra so lange gewartet, bis sie ihm wirklich ein umfassendes Update geben konnte.

Penny war aufgeregt und zögerte kurz, als sie auf Jennings Nummer auf ihrem Smartphone blickte. Es half alles nichts, sie hatte die ganze Sache an ihn eskaliert, also musste sie da jetzt auch durch.

Es klingelte sehr lange, bevor der Captain abhob.

»Captain Jennings, hier ist Penelope Hamilton. Sie meinten, ich solle Ihnen per Telefon ein Update geben. Passt es bei Ihnen gerade?«

Jennings brummte und hielt dann scheinbar den Hörer zu. Penny konnte ihn etwas nuscheln hören und dann folgte ein dumpfes Knallen einer Tür.

»Sprechen Sie, Detective. Jetzt sind wir allein.«

Sie bemühte sich, ihr Update so präzise wie möglich, jedoch so kurz wie nötig zu halten. Penny erzählte ihm, dass Brian Gordon sehr wahrscheinlich doch nichts mit der Sache zu tun hatte. Dass sie klären konnte, warum er die Nummer von Professor Stewart hatte. Dann berichtete sie Jennings davon, dass sie immer noch davon ausging, dass Professor Tickner ermordet wurde, auch wenn Carter den Fall bereits als erledigt ansah. Als Argument führte sie die vor ihren Augen verschwundene E-Mail an Professor Stewart an. Vor allen Dingen aber auch, dass Stewart zusammen mit Carter bei Tickners Witwe war. Das warf zum einen die Frage auf, warum Carter einen Zivilisten mit zu einer Befragung nahm. Warum dieser Zivilist ausgerechnet Pennys Hauptverdächtiger war und, zu guter Letzt, sich auch noch als Detective ausgab.

Ein weiteres Puzzlestück war das gegensätzliche Verhalten von Mrs. Tickner, als Penny sie nochmals besuchte. Auf der einen Seite war ihr Mann wechsellaunig, depressiv und labil. Auf der anderen Seite lebensfroh und voller Tatendrang. Je nachdem, wie man die Fragen stellte.

Nun blieb noch, dem Captain von ihrem Besuch bei Stewarts Schwester zu berichten. Das Gespräch hatte zwar nicht direkt neue Erkenntnisse gebracht, war aber aufschlussreich genug, um Stewart als Hauptverdächtigen zu benennen.

Die für Penny peinlichste und gleichzeitig brisanteste These hatte sie sich für den Schluss aufgehoben. Wenn es sich bisher einfach nur um Ermittlungs- und normale Polizeiarbeit ging, bewegte sich ihre abschließende Vermutung eher in dem Bereich der Esoterik.

»Captain. Eine Sache ist da noch, die vielleicht auf den ersten Blick seltsam klingt, aber lassen Sie es mich bitte erklären.«

Jennings brummte wie immer, wenn er sie bat, fortzufahren.

»Ich halte es für möglich, dass Stewart so etwas wie Hypnose benutzt, um sich Menschen gefügig zu machen.«

Das Grunzen, was nun aus dem Hörer kam, konnte jetzt entweder bedeuten, dass der Captain sich verschluckt hatte, oder aber eingeschlafen war.

»Hypnose? Detective, bisher fand ich Ihr Update schlüssig und herausragend gute Ermittlungsarbeit. Aber Hypnose? Wollen wir nicht lieber bei …«

»Captain. Bitte. Lassen Sie mich das erklären.«

Habe ich gerade wieder den Captain unterbrochen? Großes Tennis, Penny.

Sie rechnete jetzt mit dem Schlimmsten. Einen Vorgesetzten unterbrach man nicht. Das lernte man schon am ersten Tag.

»Sie haben eine Minute, mich zu überzeugen, Detective. Wenn ich es bis dahin nicht bin, wird es Ihnen leidtun, mich unterbrochen zu haben.«

Panik stieg in Penny auf. Sie musste Jennings von etwas überzeugen, das sie selbst kaum glauben konnte. Die Zeit lief.

»Erstens. Stewart hat bei unserem ersten Aufeinandertreffen viel Augenkontakt gesucht und mir ausufernd lang die Hand geschüttelt. Dann hat er mir versucht zu suggerieren, dass ich ihm jetzt Details zur Ermittlung erzählen wolle. Das Gleiche hat er bei unserem zweiten Treffen nochmals probiert. Zweitens. Tickners Witwe erzählte im Grundsatz gegensätzliche Aussagen über ihren Mann, was sein Befinden anging. Mal war er lebenslustig, mal labil und depressiv. Sie antwortete nur auf bestimmte Fragestellungen mit der negativen Variante. Es kam mir vor, wie aufoktroyiert. Wie diktiert. Dazu kommt, dass Stewart mit bei dem Gespräch mit der Witwe war. Drittens. Carter hat Stewart mit zu diesem Gespräch genommen und mir gesagt, er wäre alleine dort gewesen. Wenn Carter von Stewart hypnotisiert wurde, dann weiß er es eventuell gar nicht mehr. Viertens. Ich habe Stewarts Schwester auf das Thema Hypnose angesprochen und sie ist dabei immer ausgewichen.«

Penny atmete schwer. Sie hatte das mit einer Minute Zeit vielleicht etwas zu wörtlich genommen.

Captain Jennings schwieg verdächtig lange. Sie überlegte, ob sie nachfragen sollte, entschied sich schlussendlich jedoch dagegen. Die Nervosität in ihr stieg, Schweiß bildete sich auf ihrer Stirn.

»Hamilton. Das klingt wie aus einem schlechten Film. Und ich meine nicht die Art von schlechten Filmen, die nur nachts gezeigt werden, weil sie keiner sehen will. Ich meine die Art von Filmen, bei denen der Regisseur spätestens am dritten Drehtag Selbstmord begeht, weil er es nicht mehr erträgt.«

Ich bin so am Arsch.

Der Captain schnaubte inzwischen so laut, dass Penny Angst hatte, dass er ein ernstes gesundheitliches Problem hatte.

»Ich kann mir trotzdem keinen anderen Reim darauf machen. Ich bin seit dreißig Jahren im Dienst der Polizei von Seattle. Dreißig Jahre. Ich habe alles gesehen. Ich habe alles gehört. Aber das? Hamilton. Ich kann nicht verstehen, warum ich das sage, aber ich glaube Ihnen. Carter ist seit zehn Jahren mein Sergeant. Zehn Jahre. Ich war bei der Taufe seiner Tochter. Dann bei der Taufe seines Sohns. Ich kenne ihn besser als jeder andere hier. Er ist integer durch und durch. Niemals würde er im Job lügen. Niemals würde er etwas so Wichtiges, wie ein Beweismittel, zerstören. So etwas gibt es bei Carter nicht. Er ist die Gewissenhaftigkeit in Person. Wenn das stimmt, was Sie sagen, dann macht er das nicht freiwillig.«

Das erleichternde Seufzen, das Penny von sich gab, war auch für den Captain gut zu hören.

»Ich werde mit Dick reden. Er vertraut mir. Wenn etwas

nicht stimmen sollte oder er mich anlügt, werde ich es merken.«

Und wieder seufzte Penny, dieses Mal jedoch aus einem anderen Grund.

»Captain. Wenn Sergeant Carter wirklich unter einer Art von Hypnose steht, dann wird er gar nicht wissen, dass er lügt. Für ihn wird das alles schlüssig und normal sein. Darf ich Ihnen den Vorschlag machen, dass ich mir zuerst noch diesen Rodriguez vorknöpfe? Vielleicht ist er ein Handlanger von Professor Stewart. Vielleicht bekomme ich aus ihm etwas heraus, was uns weiterbringt. Wenn diese Spur zu nichts führt, dann reden Sie mit dem Sergeant.«

Jennings räusperte sich.

»Mir gefällt nicht, dass Sie meine nächsten Schritte infrage stellen. Aber mir gefällt Ihre Verbissenheit. Machen Sie es so und dann rufen Sie mich wieder an. Viel Erfolg, Detective Hamilton.«

Erleichtert beendete Penny das Gespräch. Grinsend saß sie auf einer Bank einen Block vom Dezernat entfernt. Sie hatte Jennings überzeugt und jetzt galt es, Rodriguez Garcia zu knacken. Keine leichte Aufgabe, aber sie hatte ab sofort wieder Rückenwind.

Ob Brian heute Abend Zeit hat? Ich würde gerne da weitermachen, wo wir letztes Mal aufgehört haben.

Penny verdammte sich etwas für diesen Gedanken. Private Gefühle – und dann auch noch welche dieser Art – waren gerade wirklich fehl am Platz. Aber Brian hatte es ihr irgendwie angetan, auch wenn sie ihm noch nicht zu einhundert Prozent vertrauen wollte. Sie hatte den Gedanken noch nicht ganz zu Ende gedacht, da klingelte ihr Smartphone.

Oh, das Objekt der Begierde ruft an.

Sie musste schmunzeln. Penny gefiel selten irgendein

Typ Mann, aber wenn, dann so richtig. Brian war zu einhundertfünfzig Prozent ihr Beuteschema.

»Penny, wo bleibst du? Es ist so einsam hier ohne meine Lieblings-Detective.«

Sie bemerkte, wie ihr Puls etwas schneller schlug. Es schien sie jetzt bereits mehr erwischt zu haben, als sie es sich selbst eingestehen wollte.

»Ich bin gleich da. Ich war heute Morgen beim Arzt zu einer Routine-Kontrolle.«

Er scheint sich um mich zu sorgen. Wie süß. Oder wollte er nur kontrollieren, wo ich bin? Ich muss aufhören, so paranoid zu sein.

Es war schon später Nachmittag und im Grunde bereits Zeit für den Feierabend, als Penny mitten aus ihrer Recherche über Rodriguez Garcia gerissen wurde. Wieder war es Brian, der sich in inzwischen altbekannter Manier auf ihren Schreibtisch schwang. Der Unterschied war jedoch, dass er sie dieses Mal mit ernster Miene anschaute.

»Penny, irgendwas ist komisch.«

Sie erkannte sofort, dass er nicht scherzte oder es nur wieder eine komische Art der Flirterei von ihm war.

»Okay. Was genau meinst du?«

»Carter hat eben einen Anruf bekommen. Dann zum Telefonieren seine Tür zugeschmissen und ist direkt nach dem Telefonat rausgestapft. Ich habe ihn gefragt, ob alles in Ordnung ist. Er meinte nur, dass er noch mal zur SeattleU müsste, neuen Spuren nachgehen.«

Penny machte große Augen.

»Ich habe ihn dann gefragt, ob ich ihn begleiten soll. Er meinte nur, dass er das alleine machen will. Finde ich irgendwie seltsam. Er wollte doch letztens schon alleine zur Witwe von Tickner. Das ist eigentlich nicht seine Art.«

Ob Carter mit Stewart telefoniert hat?

»Weißt du, mit wem er telefoniert hat?«

Brian schüttelte den Kopf.

»Nein, das hat er mir nicht gesagt. Aber so Hals über Kopf, wie er aufgebrochen ist, würde ich fast sagen, dass wir hinterherfahren. Am Ende braucht er doch unsere Hilfe. Es ist noch keine fünf Minuten her. Ich bin danach sofort zu dir rübergekommen.«

Das klang für Penny jetzt nicht vollkommen abwegig, aber auch nicht wirklich schlüssig. Der Sergeant war ja schließlich nicht nachts allein unterwegs zu irgendeinem abgelegenen und verlassenen Industriekomplex, sondern am helllichten Tag zur SeattleU.

Dennoch bestand Brian darauf, hinterherzufahren. Da Penny kein wirkliches Argument dagegen hatte, war es nur logisch, ihn zu begleiten.

Am Ende fanden sie Carter in Tickners Büro. Er saß an seinem Schreibtisch und hatte die Hände über dem Kopf zusammengeschlagen. Regungslos saß er da und verharrte auch in dieser Pose, als er hätte eigentlich bemerken können, dass jemand den Raum betrat.

»Sergeant? Alles okay?«

Es war Brian, der Carter ansprach. Penny hielt sich dezent im Hintergrund. Noch immer zeigte der Sergeant keinerlei Regung. Er atmete, so viel war sicher. Aber wieso sagte er keinen Ton? Wieso reagierte er nicht auf die Ansprache seines Detectives?

Die Situation war etwas surreal für Penny und sie bemerkte am Verhalten von Brian, dass auch dieser nicht so wirklich wusste, was er tun sollte.

Beide waren inzwischen um den Schreibtisch herumgegangen und standen neben ihrem Vorgesetzten. Der PC war angeschaltet und das E-Mail-Programm war geöffnet.

Penny war nicht so schnell darin, die Zeilen zu überfliegen und zuzuordnen, wer Absender und wer Empfänger war. Brian schien ihr da um einige Sekunden voraus gewesen zu sein.

Plötzlich versteinerte sich sein Gesichtsausdruck. Sein Blick fiel auf den Captain und instinktiv machte er einen Schritt zurück und griff mit der Hand zu seiner Dienstwaffe.

Sie erschrak heftig, als sie realisierte, was gerade passiert war. Im ersten Moment wusste sie nicht, warum Brian so drastisch reagierte. Rasch las sie weiter.

... habe ich Sie im Treppenhaus gesehen, wie Sie den jungen Mann mit einer Waffe bedroht haben. Ich fordere Sie auf, sich selbst zu stellen oder mir glaubhaft zu erklären, warum ...

Der Absender dieser E-Mail war Herman Tickner. Penny war wie versteinert und zu keiner Reaktion fähig, als sie den Empfänger der E-Mail sah:

Dick Carter.

KAPITEL 23
DAMALS

Es war mitten in der Nacht.

Josh schreckte hoch und war schweißgebadet. Er schaute aus dem Fenster und sah den Campus der SeattleU in einer nächtlichen Verschnaufpause. Alles war menschenleer.

Er war aus einem Albtraum erwacht. Einem Traum, den er hin und wieder genau auf diese Art und Weise träumte. Nie hatte er herausfinden können, ob es vielleicht einfach nur eine Kindheitserinnerung war, die dann und wann durchbrach und ihn davon träumen ließ. Vielleicht war es auch nur seine Fantasie, die mit ihm durchging.

In diesem Traum lagen Vicky und er in einer Art Krankenzimmer. Jeder lag in seinem Bett, angeschlossen an Schläuche und piepsenden Armaturen.

Vicky schlief, als er sie anschaute.

Ihre Stirn war voller Schweißperlen. Sie war unruhig, zuckte unkontrolliert und stöhnte leise auf.

Eine Situation, die Josh schreckliche Angst machte.

Dann wachte er innerhalb seines Traums wieder auf. Um seine Schwester herum standen viele Menschen. Männer in weißen Kitteln, die irgendwas riefen. Irgendwas von *»noch eine Ampulle«* und Sachen wie *»alle zurücktreten«*. Ein Mann drückte Vicky komische Dinger auf die Brust und daraufhin bäumte sie sich auf.

Heute wusste er, dass er davon geträumt hatte, dass Vicky wiederbelebt wurde. Aber in diesem Traum hatte er davon keine Ahnung. Es machte ihm einfach nur eine ungeheure Angst.

In der nächsten Szene waren seine Eltern da. Vicky war wach und seine Mom saß an ihrem Bett und streichelte ihr über das Haar. Sein Dad saß bei ihm, lächelte und sagte etwas von *»Ihr habt es überstanden. Gott sei Dank«*.

Er verstand nicht, wovon sein Dad sprach. Was war überstanden?

Dann waren da wieder diese Männer in den weißen Kitteln. Vicky spielte mit einer Puppe, während ihre Eltern sich mit den Männern unterhielten.

Er verstand Wörter wie *»experimentelle Therapie«* und *»keine Garantie für Langzeitschädigungen«*. Dass es an ein Wunder grenzte, dass *»ihre Kinder überlebt hätten«*.

Als Nächstes war da die Fahrt im Auto. Josh saß mit Vicky auf der Rückbank. Ihre Eltern redeten über irgendwas, was er nur stückweise verstand.

Sätze wie *»wir hatten keine andere Wahl«* und *»sie wären beide gestorben, wenn wir nicht zugestimmt hätten«* fielen.

Seine Mom weinte.

Sein Dad beruhigte sie wieder.

Wieder daheim mussten er und Vicky eine schiere Unmenge an Medikamenten nehmen. Jede Woche kamen die Männer in den weißen Kitteln zu ihnen nach Hause. Schlossen sie beide nacheinander an komische Apparate an. Das tat jedes Mal weh. Es kribbelte, so als wenn man aus Versehen an einen Weidezaun gefasst hatte.

Josh träumte dann immer wieder davon, wie er seine

Eltern darauf ansprach, was dort mit ihnen gemacht worden war. »*Es war nur zu eurem Besten*« und »*ihr wärt sonst heute nicht mehr bei uns*« waren die einzigen Sätze, die er dann zu hören bekam.

Dieser Traum fühlte sich jedes einzelne Mal so real an. Die Schmerzen waren so echt, die Emotionen so greifbar.

Er hatte sich nie getraut, Vicky darauf anzusprechen.

Vielleicht, weil er zu viel Angst davor hatte, dass sie sich ebenfalls daran erinnern würde und, dass alles gar kein Traum war, sondern wirklich passiert war.

Bei dem Gedanken daran bekam Josh eine Gänsehaut. Er hatte Mühe, sich klar zu werden, dass das nur ein Traum war. Aber diese Zweifel fraßen ihn immer wieder auf. Vielleicht war das, was er in diesem Traum erlebte, der Grund dafür, warum er diese Gabe hatte? Diese *Überzeugungskraft*, die ihm immer wieder den Weg ebnete? Sie war schließlich von jetzt auf gleich da.

Er war kein Außerirdischer.

Kein Freak.

Kein Superheld.

Er wusste es nicht und da seine Eltern tot waren, blieb nur Vicky, die vielleicht etwas Licht ins Dunkel bringen konnte. Sie war schließlich zwei Jahre älter und hatte andere Erinnerungen als er. Aber noch war nicht der Zeitpunkt gekommen, sich damit auseinanderzusetzen.

Ein Blick nach rechts holte ihn vollends zurück in das Hier und Jetzt. Da lag sie, die Liebe seines Lebens. Annika schlief tief und fest und hatte nichts von seinem Albtraum mitbekommen.

Ach Annika, wenn du nur wüsstest. Wenn ich dir nur alles erzählen könnte.

KAPITEL 24
JOSHUA

An diesem Samstagmorgen konnte Josh ausschlafen. Keine Vorlesungen, keine nervenden Sprechstunden. Niemand, der etwas von ihm wollte.

Ein Albtraum hatte ihn diese Nacht geplagt. Aber er wusste nur noch, dass er schlecht geträumt hatte, jedoch nicht mehr, worum es ging.

Das Beste war aber definitiv, dass Annika neben ihm lag, als er die Augen öffnete. Eine Weile beobachtete er sie. Wie sie da lag, halb zugedeckt. Eine Hand unter dem Kopf und friedlich schlafend.

Sie sabbert im Schlaf. Irgendwie niedlich.

Josh hätte an ihr im Moment wohl alles niedlich gefunden.

Er versuchte, so leise es ging, aufzustehen. Auf seinem Smartphone erwarteten ihn unzählige unbeantwortete Anrufe und Nachrichten. Die Allermeisten waren von Dick Carter.

Ach, mein lieber Mr. Carter. Zu gerne hätte ich dein Gesicht gesehen, als du realisiert hast, dass du auf einmal vom Ermittler zum Hauptverdächtigen wurdest.

Eine der Nachrichten von gestern Abend war von Brian. Sie bestand nur aus fünf Wörtern.

Problem! Der Captain hat übernommen.

Aus Joshs Gesicht war das etwas debil zufriedene Grinsen verschwunden. Die Freude über die wunderschöne Zeit mit Annika und die vermeintliche Verschnaufpause beim Spießrutenlauf mit der Polizei war Vergangenheit.

Wut keimte in ihm auf. Wut, die er nur schlecht verstecken konnte. Normalerweise hätte er jetzt irgendetwas umhergeschmissen und zerstört. Er hätte geschrien oder jemanden zur Sau gemacht, obwohl derjenige nichts gemacht hatte. Das alles ging aber nicht, denn es hätte Annika geweckt. Und das in einer für sie mehr als verstörenden Art und Weise.

Er verschwand im Bad. Kaltes Wasser ins Gesicht. Die Haare mit Gel etwas zurechtgewurstelt. Schnell ein paar Sachen an und dann nichts wie raus aus dem Apartment.

Josh ging im Treppenhaus bis ganz nach oben. Die Feuertür zum Dach war kaputt. Man konnte sie öffnen, ohne einen Alarm auszulösen. Schon einige Male war er hier oben. Allerdings immer mit irgendwelchen Frauen.

Er ging zur Brüstung und schaute auf die umliegenden Gebäude. Nur ein paar wenige waren höher wie das, in dem sein Apartment lag. Josh mochte hier oben vor allen Dingen die freie Sicht auf seine Umgebung. Er hatte die freie Aussicht immer als beruhigend empfunden. Vielleicht würde ihm genau das jetzt guttun.

Sein Smartphone klingelte genau in dem Moment, als er

seinen Blick über die Umgebung schweifen ließ und dabei langsam ein- und ausatmete.

Es war Brian.

»Brian. Was ist das für eine verdammte Scheiße mit Ihrem Captain? Wieso steckt dieser bonierte Paragraphenreiter auf einmal seine Nase in Dinge, die ihn verdammt noch mal nichts angehen?«

Josh hatte so viel Wut und Aggressivität in diese Sätze gelegt, dass sein Gegenüber erst einmal schwieg.

»Noch da? Oder sind Sie wegen Ihrer kleinen rumschnüffelnden Freundin jetzt auf einmal zum Handtaschenwaldi mutiert?«

Brian konnte nicht wirklich etwas dafür, dass Captain Jennings sich der Sache angenommen hatte, und das wusste Josh nur zu genau. Aber seine Wut musste irgendwo hin und der Detective rief leider genau zur falschen Zeit an.

»Joshua. Das ist nicht fair. Ich bin nicht dafür verantwortlich, dass Jennings die Sache übernommen hat. Ich habe nur das getan, worum Sie mich gebeten haben. Und eigentlich rufe ich auch nur an, weil Sie ein Update wollten, sobald es etwas zu berichten gibt.«

Wenn ich diesen vorlauten James-Dean-Verschnitt nicht noch brauchen würde, würde ich ihm jetzt sagen, dass er sich die Zunge rausschneiden soll. Was bildet der sich ein.

»Brian. Es ist mir herzlich egal, wofür Sie sich verantwortlich fühlen oder nicht. Fakt ist, dass die Einmischung Ihres Captains die Sache komplizierter macht als vorher. Also lassen Sie sich was einfallen.«

Er konnte den Detective laut schnauben hören. Er schien nicht begeistert.

»Joshua, was soll das denn ...«

Josh legte auf. Er wollte und konnte sich damit jetzt nicht befassen. In absehbarer Zeit würde Annika aufwachen und er musste bis dahin seine Wut und noch viel schlimmer, seine Panik unter Kontrolle gebracht haben.

Vicky! Sie kann mir jetzt helfen.

Schnell wählte er ihre Nummer.

»Joshua. Ich bin gerade mitten in den Vorbereitungen für heute. Wir öffnen gleich und ich habe echt noch viel zu tun. Was gibt es?«

Obwohl seine Schwester es nicht sehen konnte, schaute er in diesem Moment etwas schuldbewusst auf den Boden. Er wusste genau, dass sie samstagsvormittags immer im Restaurant für die Vorbereitungen zuständig war. Er hatte es heute nur komplett vergessen.

»Es tut mir leid, Vicky. Ich musste nur einfach deine Stimme hören.«

Sie seufzte gut hörbar.

»Joshi, was hast du ausgefressen? Als wenn du anrufst, um meine Stimme zu hören.«

»Es ist gerade nicht leicht, weißt du? Ich habe mich da in etwas verrannt. Nichts Wildes. Du weißt doch, seitdem Mom und Dad nicht mehr da sind, habe ich nur noch dich. Und wenn es mir nicht gut geht, dann muss ich einfach deine Stimme hören.«

Josh hörte, wie es im Hintergrund bei Vicky schepperte, dann wechselnde Geräusche und anschließend Stille.

»Ach, Josh. So schlimm kann es doch nicht sein? Du wirst doch wohl niemanden umgebracht haben, hm?«

Sein Paranoia-Level erreichte in diesem Moment neue Sphären. Konnte Vicky irgendwas wissen? Wenn ja, woher? Ob die Polizei bei ihr war? Seine Gedanken rotierten und augenblicklich bildeten sich Schweißperlen auf seiner Stirn.

»Victoria. Wie kommst du darauf? War irgendjemand bei dir?«

Stille.

»Wie kommst du darauf? Nein. Nein, niemand war bei mir. Du hast doch niemanden umgebracht? Joshua?«

Er schnaubte.

»Wieso fragst du mich dann, ob ich jemanden umgebracht hätte? So etwas fragt man doch nicht ohne Grund?«

Er vernahm ein leises Lachen von seiner Schwester.

»Mein lieber Joshi. Das war ein Scherz. Einfach nur ein Scherz! Wenn du mich an einem Wochenende anrufst und mir sagst, dass du meine Stimme hören wolltest, obwohl du weißt, dass ich an einem Samstagvormittag mehr zu tun habe, als du in einer ganzen Woche, dann hoffe ich einfach, dass du einen wichtigen Grund hast.«

Josh entspannte sich etwas, auch wenn er sich in diesem Moment total dämlich vorkam. Das kam dabei raus, wenn man ein Doppelleben führte und sein gesamtes Leben nur auf Lügen aufgebaut war.

»Natürlich habe ich niemanden umgebracht.«

Und rein faktisch war das nicht mal mehr gelogen.

»Aber mir wird es langsam alles etwas zu viel hier. Ich überlege, ob ich nicht irgendwo in die Privatwirtschaft wechseln sollte. Ach, und ich habe eine Freundin. Eine richtige Freundin. Sie liebt mich und ich liebe sie.«

Josh klang in diesem Moment wie ein pubertierender Teenager, der vor seiner Mom stand und ihr voller Stolz von seiner ersten Schulliebe berichtete.

»Das freut mich sehr für dich, kleiner Bruder. Versuche doch, mit ihr darüber zu sprechen. Du wirst merken, dass es guttut, wenn man sich jemandem anvertrauen kann, der einem so nahesteht. Wie heißt die Glückliche denn?«

»Annika. Sie heißt Annika. Ich kann mit ihr darüber nicht reden. Zumindest nicht im Moment. Aber du, mir geht es schon besser. Es vor dir auszusprechen, dass ich überlege, in die Privatwirtschaft zu gehen, hat mir schon gezeigt, dass das mein Weg ist. Du weißt, ich grübele an vielen Sachen endlos herum. Aber wenn ich jemandem davon erzählen kann, dann steht die Entscheidung im Grunde. Vielleicht hat mir genau das jetzt gefehlt. Ich danke dir, Schwesterchen.«

Und wieder lachte Vicky. Allerdings nicht auf die herabwürdigende Art. Vielleicht eher so, wie eine Schwester über ihren Bruder lachte, wenn er nur angestupst werden musste, um zu merken, in welche Richtung er laufen soll.

»Gern geschehen, Joshi. Aber versprich mir, nichts zu machen, was dich in Schwierigkeiten bringt, okay?«

»Mach ich, Vicky.«

Josh legte auf.

Wieso hat sie das am Ende noch mal so betont? Sie ist doch sonst nicht so besorgt um mich.

Was immer es am Ende auch war, seine Wut war verflogen. Die Sorge, dass es alles auf ihn zurückfallen könnte, weil er Captain Jennings nicht unter Kontrolle hatte, war aber immer noch da. Josh konnte sich jedoch in diesem Moment damit abfinden, dass er das Problem jetzt gerade nicht lösen konnte und er Brian darum gebeten hatte, sich notfalls mit Gewalt um seinen Vorgesetzten zu kümmern.

Er verließ das Dach und ging schnell zu seiner Lieblingsbäckerei einen Block weiter. Es war bereits nach 10:00 Uhr und Annika hatte für sie beide heute einen Schnupperkurs im Bogenschießen gebucht.

Da war es wieder, das Lächeln in seinem Gesicht, das so ehrlich und aufrichtig war und das nur Annika ihm auf die Lippen zaubern konnte.

KAPITEL 25
PENNY

Die Nacht war lang für Penny und Brian. Sie hatten Carter noch in Tickners Büro verhaftet. Es war gar nicht nötig, groß etwas zu sagen. Ihr Sergeant meinte nur zu beiden, dass sie tun sollten, was sie tun müssten. Er bat nur darum, bitte auf die Handschellen zu verzichten.

Handschellen hatten für die beiden aber gar nicht zur Debatte gestanden, denn ihr Vorgesetzter war ruhig und kooperativ.

Dick Carter wirkte nahezu traumatisiert. Als wenn ihn ein Schlag getroffen hätte und er zu fast keiner Reaktion mehr fähig wäre.

Es hatte noch eine Weile gedauert, bis die beiden alle E-Mails gelesen hatten und im Anschluss einen IT-Mitarbeiter vor Ort hatten, der ihnen alles sicherte und ausdruckte. Sie durften jetzt keinen Fehler in der Beweisaufnahme machen, sonst würde ihnen das Ganze nachher um die Ohren fliegen.

Als endlich alles fertig war, eröffneten sie Carter, dass sie ihn erst einmal in Gewahrsam nehmen müssten. Er zeigte keinerlei Regung und hatte wahrscheinlich schon damit gerechnet.

Das Ganze wollten beide aber möglichst unauffällig gestalten. Es musste nicht jeder mitbekommen, dass ein Polizist verhaftet worden war, schon gar nicht welcher.

Auf der Rückfahrt hatten sie ihr weiteres Vorgehen besprochen und es war das erste Mal, dass Brian feststellen musste, dass er gegen Penny argumentativ absolut keine Chance hatte.

Sie bestand darauf, dass Captain Jennings mit ins Boot geholt werden würde, und versuchte auch sofort, ihn zu erreichen.

»Woher hast denn du Jennings private Handynummer?«

Brian sah Penny mit einem ungewöhnlich ernsten Seitenblick an.

»Die habe ich direkt am Anfang von ihm bekommen. Falls ihr Kerle mir zu nah auf die Pelle rückt.«

Sie lachte dabei und versuchte so, die ernst gemeinte Frage ins Lächerliche zu ziehen. Ihm schien die Antwort fürs Erste auch zu genügen, denn er fragte nicht noch einmal nach.

Der Captain war leider nicht erreichbar. Das Handy war aus und Penny sprach ihm auf die Mailbox. Im Dezernat war er auch nicht mehr, denn seine Dienstnummer leitete auf die Zentrale um.

Sie würden abwarten müssen. Es erschien beiden definitiv zu heikel, den Sergeant alleine in dieser Sache zu verhören.

Als der Papierkram für die vorläufige Festnahme erledigt war, beschlossen Penny und Brian erst einmal, irgendwo etwas essen zu gehen. Pennys Magen knurrte schon seit Stunden und sie würden sowieso warten müssen, bis Jennings sich meldet. Einfach nach Hause fahren war jetzt nicht drin.

Bei Burritos und Tacos versuchte sie das Geschehene

irgendwie einzuordnen. Bisher blieb keine Zeit, darüber groß nachzudenken. Aber jetzt, wo der Hunger gestillt und diese surreale Situation erst einmal überstanden war, fingen Pennys Gedanken an zu kreisen.

Sie verstand die Welt nicht mehr und konnte sich keinen Reim darauf machen. Für Brian schien das irgendwie kein Problem zu sein. Jedenfalls wirkte er sehr entspannt und scherzte schon wieder herum.

Nur ihre ernste Miene ließ ihn schlussendlich aufhorchen. Er nahm vorsichtig ihre Hand und lächelte sie aufmunternd an. Pennys Herz machte einen Sprung und für einen kleinen Moment vergaß sie Carter und diese vollkommen merkwürdige Situation rund um seine Verhaftung.

»Was beschäftigt dich denn gerade so sehr, dass du deinen Burrito nicht genießen kannst?«

Sie war von dieser Frage etwas überrumpelt. Hätte Brian am liebsten gefragt, ob er in den letzten Stunden auch anwesend war. Weil sonst könne man doch wohl kaum so eine selten dämliche Frage stellen. Aber seine Hand auf ihrer und das, was das in ihr auslöste, machte es für Penny in diesem Moment unmöglich.

»Es sind so viele Dinge, die hier nicht zusammenpassen, Brian. Am offensichtlichsten wäre da Carter, der auf einmal im Verdacht steht, zwei Morde begangen zu haben. Wir reden hier von unserem Sergeant! Außerdem habe ich Tickners PC selbst gecheckt. Da waren vorher keine E-Mails von Carter und da bin ich mir zu Einhundertprozent sicher.«

Noch immer hielt er ihre Hand fest und streichelte nun mit seinem Daumen über ihren Handrücken.

»Das ist ein Punkt, den ich auch nicht wirklich glauben kann. Aber für den Moment müssen wir da einfach nach Sachlage entscheiden. Warten wir das Verhör ab, wenn Jennings da ist.«

Penny zuckte zusammen, als ihr eine Erinnerung durch den Kopf schoss. Mit einem Mal ließ sie die Hand von Brian los und schaute ernst.

»Brian. Du meintest, er hätte einen Anruf bekommen und wäre danach zur SeattleU gefahren, um neuen Hinweisen nachzugehen. Wir müssen herausfinden, wer ihn angerufen hat.«

Er nickte langsam, als wenn er sich ihre Worte durch den Kopf gehen lassen musste.

»Und wieso hast du das mitbekommen? Dein Schreibtisch ist nicht in Sichtweite von Carters Büro. Du meintest, du hättest ihn danach angesprochen.«

Penny bemerkte eine winzig kleine Veränderung in seinem Verhalten. Er hatte sie die ganze Zeit angeschaut. Ihr das Gefühl gegeben, er hätte nur Augen für sie. Er antwortete sofort und ohne nachzudenken. Seine Erklärung war denkbar einfach. Er wäre gerade mit einer Tasse Kaffee zurück zu seinem Schreibtisch unterwegs gewesen und hätte es dadurch mitbekommen.

So weit, so einleuchtend.

Aber Brian schaute ihr bei diesen Sätzen nicht in die Augen. Er schaute rechts an ihr vorbei, so als wenn er sich die Worte zurechtlegen müsste.

Penny ließ sich nichts anmerken, bemerkte dieses Verhalten jedoch sofort. Sie wusste, dass eine realistische Chance bestand, dass jemand log, wenn er dir nicht in die Augen sah bei einem Gespräch, sondern rechts an dir vorbeischaute. Jedoch wollte sie Brian nicht sofort etwas unterstellen.

Sie schwiegen den Rest ihres Essens. Dabei wusste sie nicht, ob er bemerkt hatte, dass sie skeptisch wurde. Oder, ob es daran lag, dass ihm das Ganze mit Carter jetzt auch etwas seltsam vorkam.

Als beide zurück im Dezernat waren, hatte sich Captain Jennings immer noch nicht gemeldet. Inzwischen war es kurz vor 23:00 Uhr.

Penny marschierte auf direktem Weg in Carters Büro und drückte auf seinem Bürotelefon ein paar Tasten. Was für Brian etwas wahllos aussah, führte sie jedoch umgehend an ihr Ziel: die Liste der letzten Anrufe.

Keine Anrufe.

Die Liste war geleert worden. So viel stand fest. Durch das Drücken der Tasten hatte sie jetzt wahrscheinlich auch alle Fingerabdrücke unbrauchbar gemacht, wenn es Carter nicht selbst gewesen sein sollte.

»Siehst du, was ich meine? Hier ist doch was faul. Wieso sollte der Sergeant seine eigene Anrufliste löschen? Das ergibt keinen Sinn. Irgendjemand hier aus dem Dezernat muss doch da noch mit drinstecken. Und hinter allem steckt dieser Stewart.«

Der letzte Satz war ihr in ihrer aufkeimenden Wut einfach so herausgerutscht. Er bewirkte aber bei Brian sofort eine Veränderung, denn er versteifte sich sichtbar. Natürlich bemerkte Penny das auf der Stelle und legte den Kopf schief.

»Brian. Ich stelle dir diese Frage nur ein einziges Mal. Hast du etwas mit der Sache zu tun? Meinst du, ich bin doof und bemerke nicht, dass du praktisch zusammenzuckst, sobald ich Stewart erwähne?«

Ihr Kollege und potenzieller Freund stand immer noch da, als wäre er zur Salzsäule erstarrt.

»Brian?«

Er räusperte sich.

»Sorry, Penny. Ich musste nur gerade an etwas denken. Ich habe gezuckt, weil mir in diesem Moment eingefallen ist, dass Carter schon öfter mit diesem Joshua telefoniert hat. Zumindest habe ich es ein paar Mal mitbekommen.«

Joshua also.

Das Misstrauen in Penny gegenüber Brian wuchs wieder. Es versetzte ihr einen Stich ins Herz. Sie erinnerte sich, dass sie vor nur wenigen Tagen zugestimmt hatte, mit ihm essen zu gehen, nur um ihn wegen Stewart auszufragen. Er hatte ihre Bedenken quasi ausgeräumt. Sie hatte dann scheinbar den großen Fehler gemacht, seinem Charme zu erliegen.

Es war nicht so, dass sich Penny Hals über Kopf in Brian verliebt hätte. Aber sie war bis jetzt auf dem besten Weg, Gefühle für ihren Kollegen zu entwickeln.

Sie überging geschickt seine Antwort auf ihre Rückfrage mit einer Gegenfrage.

»Hast du gesehen, ob er mit seinem Smartphone telefoniert hatte heute Nachmittag?«

Brian überlegte kurz und konnte ihre Frage dann leider nicht beantworten. Er meinte, er hätte nicht darauf geachtet.

»Wir müssen Carters Smartphone aus der Asservatenkammer. ...«

Weiter kam sie nicht, denn ihr eigenes Smartphone klingelte. Es war Captain Jennings.

Penny umriss dem Captain kurz, was in den letzten Stunden vorgefallen war und, dass sie Carter in Gewahrsam genommen hatten.

Jennings brüllte so laut »Heilige Scheiße« durchs Telefon, dass selbst Brian es am Ende des Raums hören konnte. Sie hielt ihr Smartphone instinktiv etwas weiter weg von ihrem Ohr. Mehr als ein »Ich bin unterwegs« sagte er jedoch nicht mehr, bevor er auflegte.

Es dauerte keine halbe Stunde, bis der Captain im Dezernat erschien. Er schien im Theater oder in der Oper gewesen zu sein, wenn Penny seine Kleidung richtig interpretierte.

»Es tut mir leid, Sie an einem Freitagabend aus dem Feierabend zu holen, Captain.«

Jennings hob die Augenbrauen.

»Erklären Sie das meiner Frau. Wir haben heute Hochzeitstag. Aber genug davon. Fangen Sie noch mal von vorne an und lassen Sie kein Detail aus, Detectives.«

Es gefiel Brian offenbar nicht, aber Penny leitete damit ein, dass er den Sergeant beim Telefonieren gesehen und ihn danach angesprochen habe. Betreten schaute er währenddessen auf den Fußboden. Erst, als sie in ihrer Erzählung in Tickners Büro angekommen war, stieg auch ihr Kollege mit in das Gespräch ein und ergänzte immer wieder Details, die sie vergessen hatte.

Als sie fertig war und auch Brian nichts mehr zu ergänzen hatte, kehrte Stille ein.

Jennings schüttelte irgendwann den Kopf.

»Das kann doch alles nicht wahr sein. Das macht doch keinen Sinn.«

In diesem Moment wurde Penny ganz heiß.

Panik stieg in ihr auf. Hoffentlich erwähnte der Captain jetzt nicht, dass sie bereits mehrfach bei ihm war, denn das hatte sie Brian natürlich nicht erzählt.

Jennings sagte nichts. Ob absichtlich oder unabsichtlich wusste sie nicht. Aber jetzt gerade war das auch vollkommen egal.

Sie ließen Dick Carter in einen der Verhörräume bringen. Der Captain schaute Brian an, was diesen sichtlich verunsicherte.

»Während Detective Hamilton und ich mit dem Sergeant reden, fangen Sie an, den E-Mail-Verkehr auszuwerten. Klingeln Sie die IT der Uni aus dem Bett. Zur Not fahren Sie selbst hin und ziehen den Herrschaften die Bettdecke weg. Ich will wissen, ob es mehr E-Mails von Carter an irgendwen auf dem Campus gab.«

Schweigend nickte er und warf Penny einen leicht vorwurfsvollen Blick zu. Der Captain hatte sich inzwischen in Bewegung gesetzt und ging in Richtung der Verhörräume. Sie blickte Brian an und zuckte schweigend mit den Schultern. Er schaute zwar immer noch ziemlich bedröppelt, aber legte ein so süßes trauriges Lächeln auf, dass sie Mühe hatte, ihre Skepsis ihm gegenüber aufrecht zu erhalten.

»Dick. Du bist lange genug dabei, um zu wissen, dass Schweigen in so einer Sache wirklich kontraproduktiv ist. Ich kenne dich jetzt so viele Jahre. In was bist du da rein geraten? Rede mit mir, verdammt noch mal.«

Dick schaute den Captain mit großen traurigen Augen an. Mit einem Mal bekam Penny Mitleid mit dem Mann, der sie in den letzten Tagen nicht immer gerade kollegial und fair behandelt hatte. Sie konnte spüren, dass Carter nichts erzählen konnte, weil da nichts zu erzählen war für ihn.

Er verbarg keine Morde.

Keine Motive.

Keine Geheimnisse diese eine Sache betreffend.

Sie nickte Jennings zu, um sich nonverbal die Erlaubnis zu holen, dem Sergeant ebenfalls eine Frage stellen zu dürfen. Kaum merklich nickte er ihr zu.

»Sergeant Carter. Ich habe nur eine Frage an Sie und antworten Sie nur mit Ja oder Nein darauf.«

Captain Jennings hob die Augenbrauen, schwieg jedoch.

»Hat Joshua Stewart Ihnen gesagt, dass Sie zur SeattleU fahren sollen und dort neue Hinweise finden werden?«

Dick Carter verkrampfte sich, als Penny den Namen Joshua Stewart aussprach und sogar Jennings bekam das mit.

Zwar beantwortete er ihre Frage nicht und schwieg weiterhin, aber im Grunde musste er auch nichts sagen. Sie hatte ihre Antwort und der Captain zum ersten Mal eine direkte Bestätigung, dass an Pennys Aussagen irgendetwas dran sein musste.

Sie unternahm einen weiteren Versuch, mittels einer anderen Fragestellung, den Sergeant zu irgendeiner Aussage zu bewegen. Carter sollte mit dem Kopf nicken, wenn sie recht hätte, aber er nichts sagen könnte. Nachdem sie die Frage gestellt hatte, senkte er nur seinen Kopf auf seine Brust. Das war natürlich auch wieder interpretationswürdig. Penny entschied daher, sich nichts darauf einzubilden.

Inzwischen war es kurz nach 01:00 Uhr. Die Müdigkeit zerrte an ihr. So sehr sie auch versuchte, sich das Gähnen zu verkneifen, es passierte immer öfter. Sie schämte sich sehr für dieses unprofessionelle Verhalten, doch Jennings blickte sie nur großväterlich an.

»Gut, Dick. Ich hätte dir wirklich gerne geholfen. Wir beide wissen, dass diese ganze Scheiße hier zum Himmel stinkt und, dass dir da jemand etwas in die Schuhe schieben will. Ich fahre direkt morgen früh zu deiner Frau und rede mit ihr. Sie kommt ja sicher um vor Sorge.«

Captain Jennings blickte Carter noch einmal direkt in die Augen und verließ dann gemeinsam mit Penny den Verhörraum. Statt mit ihr jedoch zurück zum Großraumbüro zu gehen, wo Brian sehr wahrscheinlich auf sie wartete, wies er ihr den Weg in die andere Richtung.

»Hamilton. Ich muss zugeben, dass ich Sie anfangs für nicht ganz dichtgehalten habe, als Sie mir mit Hypnose und so einem Quatsch ankamen. Aber Carter ist nicht er selbst im Moment, da bin ich mir ziemlich sicher.«

Penny huschte ein Lächeln über die Lippen und innerlich fiel ihr ein Stein vom Herzen.

»Ich bin froh, dass ich mit der Ansicht nicht mehr alleine bin, Captain.«

Er deutete ein Nicken an und wurde dann sofort wieder ernst.

»Wie verfahren wir mit Detective Gordon? Sie haben angedeutet, dass Sie sich nicht sicher sind, ob Sie ihm vertrauen können. Daher habe ich eben auch nichts davon erzählt, dass Sie mir bereits vorab berichtet ...«

Jennings stoppte mitten im Satz, denn ein Officer kam in diesem Moment an ihnen vorbei, um den Sergeant zurück in seine Zelle zu bringen. Sie warteten kurz die paar Minuten, bis Carter und der Officer an ihnen vorbeigegangen waren. Er schaute Penny und Jennings mit traurigen Augen an, als er vom Officer an ihnen vorbei geführt wurde. Man hatte auf Handschellen verzichtet, was der Captain wohlwollend zur Kenntnis nahm.

»Haben Sie seinen Blick gesehen? So schaut kein Mann, der zwei Menschen ermordet hat.«

Captain Jennings ballte die Faust.

»Wir müssen ihm helfen, Hamilton. Egal wie!«

Penny nickte verbissen.

»Und das werden wir! Um auf Ihre Frage zurückzukommen. Ich weiß nicht, ob ich Brian trauen kann. Mein Bauchgefühl sagt immer noch nein, auch wenn er sich wirklich Mühe gibt und sehr hilfsbereit und zuvorkommend ist. Aber das kann auch nur Täuschung sein.«

Ihr taten diese Worte in der Seele weh, denn eigentlich entsprachen sie so gar nicht dem, was Penny fühlte. Sie war hin und her gerissen und hasste dieses Gefühl abgrundtief.

»Captain, ich habe Brian in den letzten Tagen näher kennengelernt. Er ist ein sehr integrer und aufrichtiger

Mann. Er hat anständige Werte und Ansichten, ist bodenständig und wirkt ehrlich. Um die Wahrheit zu sagen, ich denke, er steht auch unter dem Einfluss von Stewart. Denn auch bei ihm passt das Verhalten teilweise nicht zu dem Menschen dahinter.«

»Ich sollte mir diesen Stewart zur Brust nehmen. Solche versnobten Bübchen, die sich für etwas Besseres halten, nur weil sie hochintelligent sind, habe ich gefressen.«

Penny schüttelte energisch den Kopf.

»Das halte ich für keine gute Idee, Captain. Wenn Stewart wirklich so etwas wie Hypnose drauf hat, dann wird er auch Sie beeinflussen.«

Jennings schwieg und strich sich mit einer Hand durch den Bart.

»Da ist etwas dran, Hamilton. Was schlagen Sie vor?«

»Wenn ich recht habe, dann wird Stewart Sie unter allen Umständen treffen wollen. Er hat jetzt noch Brian und vermutlich ein paar andere Kollegen, um an Sie ranzukommen. Und ich denke, das wird er versuchen zu nutzen.«

Der Captain nickte zustimmend.

»Wenn Sie einverstanden sind, dann sagen wir Brian, dass Sie sich jetzt in die ganze Sache einarbeiten. Nicht erst ab dem Moment, wo der Sergeant unter Verdacht steht, sondern in alles. Dass Sie alle Beweise sichten wollen und alles noch mal aufrollen werden. Wenn meine Vermutung stimmt, sollte Stewart dann sehr nervös werden, wenn er bemerkt, dass er nicht an Sie herankommt. Wird man nervös, macht man Fehler.«

»Sie beeindrucken mich von Tag zu Tag mehr, Hamilton. So machen wir es.«

Brian saß tatsächlich an seinem Schreibtisch und war in E-Mail-Konversationen vertieft.

»Haben Sie etwas herausfinden können, Detective Gordon?«

Der Captain ließ sofort durchblicken, dass er nicht vorhatte, über das Verhör zu reden.

»Ja, durchaus. Es gab die E-Mails, die wir schon gefunden hatten zwischen Dick und Professor Tickner. Und dann noch ein paar unschöne E-Mails zwischen Dick und dem ersten Mordopfer. Theodor Mulligan, einer der IT-Mitarbeiter der Uni, hat mir die E-Mails besorgt und auch verifiziert. Seiner Meinung nach sind sie authentisch. Ich gebe das aber noch mal an unsere Computer-Forensik.«

Jennings brummte und Penny stand nur mehr oder minder ausdruckslos daneben.

»Detectives. Ich will morgen alle Unterlagen zu beiden Mordfällen auf meinem Schreibtisch. Ich werde beide Fälle noch mal aufrollen und wenn es sein muss, auch noch mal mit den Zeugen sprechen.«

Mit ernstem Blick schaute der Captain jetzt in Richtung Penny und Brian. Sein Gesichtsausdruck ließ keinerlei Zweifel daran, dass er akzeptieren würde, wenn auch nur ein einziges Blatt einer Akte fehlte.

»Und jetzt lassen Sie uns schlafen gehen. Morgen wird ein langer Tag für uns. Ich will Sie beide frisch und munter um 09:00 Uhr hier im Dezernat sehen.«

Okay. Lasset die Spiele beginnen.

KAPITEL 26
JOSHUA

»Super, Josh. Du bist ein echtes Naturtalent.«

Annika fiel Josh um den Hals und gab ihm einen Kuss, als dieser den Bogen sinken ließ und zufrieden auf den Pfeil in der Mitte der Scheibe schaute. Er hatte in den gelben Bereich in der Mitte getroffen und das nach nur wenigen Versuchen.

»Das war Anfängerglück, meine Liebe.«

Er lächelte Annika verliebt an. Seine Probleme schienen gerade ganz weit weg. Waren sie im Grunde auch, denn abermals hatte er sein Smartphone ausgeschaltet. So etwas wäre vor ein paar Wochen noch absolut undenkbar gewesen.

Joshua war ein absoluter Kontrollfanatiker. Wenn er nicht das Gefühl hatte, die absolute Kontrolle über die Situation oder einen Menschen zu haben, dann wurde er nervös. Seine Freundin schaffte es aber, dieses Bedürfnis in den Hintergrund zu drängen.

Wenn er objektiv darüber nachdachte, gefiel ihm das nicht wirklich. Aber wenn es um Annika ging, setzte zumindest derzeit sein gesunder Menschenverstand dezent aus.

Etwas Gutes hatte jedoch dieser Bogenschießen-Schnupperkurs für ihn: diese maximale Konzentration beim Zielen und diese ungeheure Befriedigung, wenn man das Gelb der Scheibe trifft. Dieser Sport könnte etwas für ihn sein, da war er sich zumindest in diesem Moment recht sicher.

Als beide wieder auf dem Weg in Richtung Innenstadt waren, schaltete Josh sein Smartphone wieder ein. Wie heute Morgen bereits, prasselten neue Nachrichten herein.

Brian hatte ihn mehrfach versucht anzurufen.

Was will der Kerl jetzt noch von mir. Ich glaube, ich habe mich klar ausgedrückt.

Die Wut, die in Joshua aufkeimte, lächelte er einfach weg. Annika sollte davon nichts mitbekommen. Auch Rod hatte ein paar Mal versucht, ihn zu erreichen.

So weit, so ungewöhnlich für einen Samstag.

Aber die Nachricht, die er geschrieben hatte, verunsicherte ihn noch mehr.

> Meld dich bitte. Ein alter Sack von der Mordkommission schnüffelt hier herum.

Ein alter Sack. Damit kann er nur diesen Captain meinen, von dem Brian Gordon sprach.

»Annika. Würde es dir etwas ausmachen, wenn ich dich gleich für ein Stündchen alleine lasse? Ein Kollege braucht etwas Unterstützung für die Vorbereitung einer Vorlesung.«

Ein wenig wunderte sich Josh über sich selbst. Er log seine Freundin lieber an, statt ihr nur mit einem Satz zu sagen, dass sie sich ein paar Stunden alleine beschäftigen und keine Fragen stellen solle. Er fand das moralisch absolut falsch in Annikas Fall. Dass diese Lügen eventuell auf demselben Level angesiedelt sein könnte, kam ihm nicht in den Sinn.

Josh beeilte sich, in sein Büro zu kommen. Rods Nachricht hatte ihn dezent beunruhigt. Er hatte die Tür noch nicht ganz hinter sich geschlossen, da hatte er bereits sein Smartphone in der Hand.

»Rod. Ich bin jetzt in meinem Büro. Du möchtest jetzt bitte vorbeikommen.«

Wie immer legte er auf, ohne, dass sein Gesprächspartner auch nur den Hauch einer Chance hatte, zu antworten. Während er wartete, rief er nochmals Theodor Mulligan an. Nur, um sicherzugehen, dass dieser Teil seines Plans funktioniert hatte. Mulligan berichtete, dass er sich extra für den Notdienst einteilen hatte lassen, damit er der Ansprechpartner sein würde. Dass er sonst gar keinen Notdienst mehr machen würde, aber ihm wäre es so wichtig gewesen. Theodor schien sichtlich stolz über seinen vorauseilenden Gehorsam.

Josh verdrehte die Augen.

Geht es noch auffälliger? Durch solche Idioten fliegt das Ganze noch auf.

»Wissen Sie noch, mit wem von der Mordkommission Sie gesprochen haben?«

»Gordon hieß der Detective, soweit ich mich erinnere.«

Er lächelte in sich hinein.

Zu praktisch, wenn man gleich beide an der Angel hat.

Er erklärte dem übereifrigen IT-Spezialisten frei heraus, was er von seinem genialen Schachzug hielt. Da Mulligan aber saubere Arbeit geleistet hatte und sich vor allen Dingen sehr professionell und kooperativ dem netten Herren von der Mordkommission gegenüber verhalten hatte, sagte er nichts weiter dazu. Ein nicht unwichtiges Argument war auch, dass Mulligan mit Brian Gordon gesprochen hatte und damit im Grunde mit jemandem, der Josh keinen Wunsch abschlagen konnte.

Eins stand dennoch fest. Gäbe es Annika nicht in seinem Leben, hätte er Theodor Mulligan verbal sehr wahrscheinlich einen Kopf kürzer gemacht. Josh mochte aber diese neue Entspanntheit an ihm. Er fand es jedoch sehr seltsam, dass die scheinbar aufrichtige Liebe zu einem anderen Menschen ausreichte, nicht mehr alles und jeden zu verteufeln. Immer noch ein neues Gefühl für ihn.

Irgendwann klopfte es an seiner Bürotür und ohne eine weitere Aufforderung zum Eintritt stand auch schon Rodriguez vor ihm.

»Hola, Joshua. Gut, dich zu sehen. Kaum war ich da, rief mich schon Miller von der Verwaltung an. Es wäre ein Captain Jennings von der Seattler Mordkommission da und er würde sich gerne noch einmal den Tatort und Tickners Büro anschauen. Und weißt du was? Er hat Tickners Büro als Tatort bezeichnet! Als Tatort. Du weiß, was das bedeutet? Da sind natürlich alle Alarmglocken bei mir angegangen.«

Er merkte, wie aufgewühlt und hektisch Rod war.

»Beruhig dich erst mal, Rod. Nicht reinsteigern. Was hat der denn gedacht, was er hier noch findet?«

Sein Handlanger atmete durch.

»Nada. Er wollte nichts finden. Das ist es ja. Ich habe ihm alles aufgeschlossen und dann gefragt, ob ich noch etwas für ihn tun könne. Aber er meinte nur, dass ich kurz draußen warten solle, er wollte sich nur einmal umsehen. Macht das für dich Sinn?«

Josh nickte und schob sich die Brille wieder ein Stückchen höher auf die Nase.

»Durchaus, Rod. Ich wusste bereits, dass der Captain der Mordkommission die Fälle übernommen hat, nachdem ich Carter kaltgestellt hatte. Ich bin mir inzwischen recht sicher, dass diese Detective Hamilton und der Captain unter einer Decke stecken. Dieser Typ war nur hier, weil er demonstrieren wollte, dass er jetzt die Zügel in der Hand hält. Er weiß genau, dass Tickner keinen Selbstmord begangen hat und beide Morde von einem Internen verübt wurden.«

Rod schaute ungläubig.

»Meinst du wirklich? Aber dann wird man doch sicherlich früher oder später bei mir landen, weil du mich immer überall hingeschickt hast und ich somit sicherlich ins Visier gerate?«

»Du möchtest dir darum keinerlei Gedanken machen, mein Freund. Ich werde das wie immer für dich regeln. Du bist sicher. Aber eine Sache möchtest du jetzt bitte für mich tun.«

Sein Gegenüber entspannte sich sichtlich und legte sogar wieder seinen freundlichen und herzlichen Gesichtsausdruck auf.

»Ich muss diesen Captain sprechen. Unter allen Umständen. Hörst du? Lass dir irgendwas einfallen! Am besten heute noch. Ich bin später wieder unterwegs, aber ich lasse mein Telefon an. Ruf mich an und ich komme vorbei.«

Rodriguez lächelte Josh an.

»Sí, Joshua. Ich schaue mal, was ich tun kann. Adiós.«

»Joshua. Da bist du ja. Ich habe dich so vermisst.«

Annika hatte kaum die Tür zu ihrem Apartment geöffnet, da stürzte sie sofort auf ihn zu und küsste ihn stürmisch. Die Szene hätte auf einen Außenstehenden wirken können, als hätten sich zwei frisch verliebte Teenager wochenlang nicht gesehen.

»Konntest du deinem Kollegen helfen?«

Josh fuhr ihr durch ihr langes blondes Haar.

»Ja, für den Anfang auf jeden Fall. Es kann sein, dass ich heute noch mal irgendwann für ein Stündchen wegmuss. Er ruft mich an, wenn er noch mal Hilfe braucht.«

Sie zog eine Schnute.

»Meinst du, unser Abendessen beim Asiaten heute Abend klappt zeitlich? Oder sollen wir hierbleiben und uns einfach etwas bestellen?«

Er zuckte mit den Schultern. Es war natürlich irgendwie eine dumme Situation für ihn. Wenn Rod diesen Captain Jennings heute noch zur SeattleU bekam, dann musste er schnell sein. Aber wenn er sich bis 18:00 Uhr nicht gemeldet hat, dann wird es heute sicherlich nicht mehr klappen. Irgendwann hat dieser Typ ja auch mal Feierabend.

»Weißt du was. Lass uns das spontan entscheiden. Wenn sich mein Kollege bis um 18:00 Uhr nicht gemeldet hat, dann ...«

Weiter kam Josh nicht, denn sein Smartphone klingelte. Rodriguez hatte hoffentlich gute Nachrichten. Da Annika direkt neben ihm stand, drückte er das Telefon fest an sein Ohr. Er hatte Sorge, dass Annika irgendwelche Wörter hörte und sich dann einen Reim darauf machte. Auf unangenehme Fragen seiner Angebeteten hatte er nicht wirklich Lust.

Lust hatte er eher auf etwas anderes, aber falscher Zeitpunkt, falscher Ort.

»Professor Sharma. Na, das ging ja schnell. Brauchen Sie noch meine Hilfe heute Nachmittag, oder kommen Sie zurecht?«

Josh hoffte so sehr, dass Rod diesen Wink mit dem Zaunpfahl verstand und jetzt keine dummen Rückfragen stellte.

»No, Josh. Ich brauche deine Hilfe heute nicht mehr. Dein Wunsch ist leider nicht so leicht zu erfüllen. Ich erreiche dort niemanden mehr. Es ist halt Samstag. Sorry.«

Na wundervoll.

»Das freut mich doch zu hören. Dann wünsche ich Ihnen ein schönes Wochenende. Auf Wiederhören.«

Für einen kurzen Moment musste Josh schmunzeln. Er hatte sich gerade wahrscheinlich das erste Mal in seinem Leben bei seinem Handlanger verabschiedet. Er dachte in diesem Moment daran, ob Rod das wohl auch bemerkt hatte.

»Das heißt, der restliche Tag gehört uns?«

Annika hatte das aus Joshs Sätzen geschlossen und quietschte vor Freude.

»Ja, meine Liebe. Was magst du machen, bis wir essen gehen?«

Nachdem sie das Nachmittagsprogramm besprochen hatten, verschwand er kurz im Bad. Er musste unbedingt Brian schreiben, damit er mit Captain Jennings auch notfalls am Sonntag in der Uni vorbeikommen würde. Das Ganze durfte nicht zu lange warten. Jede Stunde, die verging, in der dieser alte Sack ermittelte und dabei wahrscheinlich Detective Hamilton als großartige Unterstützung hatte, konnte Josh in massive Probleme bringen.

Was, wenn Hamilton ihn irgendwie durchschaut hatte, und sie Jennings daher von ihm fernhielt? Wenn man vorbeikommen würde, um ihn zu befragen? Was, wenn ihm niemand die Hand reichen würde, weil man darauf penibel achtete?

Natürlich könnten sie ihm an Ende nichts, denn es gab keine Beweise. Aber wenn Annika das mitbekommen würde, wäre das eine Katastrophe.

Auf einmal hatte Joshua Stewart etwas zu verlieren und keine Kontrolle darüber. Dieses Gefühl nagte an ihm.

> Brian. Der Plan hat sich geändert! Ich muss Captain Jennings kennenlernen. Schaffen Sie ihn am besten direkt morgen hierher. Das hat höchste Priorität.

Er klickte auf Absenden und beeilte sich, zurück zu seiner Freundin zu kommen. Annika hatte inzwischen die Vorhänge etwas zugezogen, ein paar Kerzen angezündet und suchte gerade bei Netflix nach einem Film.

Das ist doch mal ganz nach meinem Geschmack.

»Was wollen wir denn schauen?«

Sie schaute ihn erwartungsvoll an.

»Was brauche ich Netflix, wenn ich dich auf der Couch bei Dämmerlicht und Kerzenschein habe?«

Ihre grünen Augen blitzten auf und sie schaute Josh vergnügt an.

»Na, wenn das so ist.«

Als er ihr gerade zärtlich eine Strähne aus dem Gesicht strich, piepste sein Smartphone schon wieder.

»Sorry, ich habe noch auf eine Antwort gewartet. Ich schau nur schnell.«

Annika nickte verständnisvoll und drehte sich sogar etwas weg, um ihn nicht auf das Display zu schauen.

Das wird nicht klappen. Der Captain meinte, dass es an der SeattleU nichts mehr zu sehen gäbe für ihn. Hab ihm dann gesagt, dass Sie eventuell noch weitere Infos hätten (Sorry, war spontan, brauchte eine Ausrede) und da meinte er nur, dass das bei Hamilton schon nicht funktioniert hätte. Wissen Sie, was er meint? Sorry, dass ich Ihnen damit nicht helfen kann. Sagen Sie, wenn ich noch was tun kann.

Josh entglitten die Gesichtszüge.

Dass das bei Hamilton schon nicht funktioniert hätte? Er weiß es! Scheiße!

KAPITEL 27
PENNY

Es war kurz nach 08:30 Uhr, als Penny im Dezernat ankam. Captain Jennings schien sich in Carters Büro einquartiert zu haben. Er war auch bereits da und saß vor einem Berg von Akten, die er akribisch studierte.

Von Brian war noch nichts zu sehen. Generell schien es, dass an diesem Samstag bisher weniger Kollegen da waren als üblich.

»Guten Morgen, Captain. Ich hoffe, Sie waren nicht die ganze Nacht hier?«

Ihr brummiger Vorgesetzter schaute auf und brachte sogar ein Lächeln in sein mit Würde gealtertes Gesicht, als er Penny anschaute.

»Morgen, Detective. Nein, nein. Ein paar Stunden war ich schon zu Hause. Ich musste mir doch die Schelte meiner Frau abholen – für den versauten Hochzeitstag.«

Jetzt grinste auch Penny und war sich in dem Moment nicht sicher, ob das angemessen war. Sie hatte irgendwie Mitleid mit Jennings, denn schließlich hatte sie ihn in diese Sache mit reingezogen. Ihr war schon irgendwie klar, dass sie nichts dafür konnte und es sogar ihre Pflicht war, das zu tun.

Aber der Captain sollte in seinen letzten Jahren vor der Rente so einen Skandal innerhalb seines Dezernats eigentlich nicht mehr erleben müssen.

»Kommen Sie rein und schließen die Tür. Ich muss Ihnen etwas zeigen.«

Der Captain hatte einige Akten direkt vor sich auf dem Schreibtisch ausgebreitet und mit Textmarker, verschiedene Passagen in den Berichten markiert. Es handelte sich um die Ermittlungsakten der Kollegen, die direkt für die beiden Morde zuständig waren. Auch ihre eigenen Berichte lagen auf dem Tisch, jedoch fiel ihr sofort auf, dass darauf keine Zeilen mit Textmarker unterstrichen waren.

Ist das nun gut oder schlecht?

Eine leichte Panik stieg in ihr auf. Hatte sie am Ende alles falsch eingeschätzt und Jennings war jetzt darauf gekommen?

Schnell versuchte sie, die unterstrichenen Passagen zu lesen und den Inhalt zu erfassen. Doch ihr Vorgesetzter war mit seiner Aufforderung schneller.

»Lesen Sie sich die unterstrichenen Passagen der verschiedenen Detectives durch. Fällt Ihnen etwas auf?«

Pennys Blicke sprangen von Zeile zu Zeile. Ihre Gedanken rasten und sie versuchte zu erfassen und vor allen Dingen zu verarbeiten, was sie da gerade las.

»Die unterstrichenen Zeilen sind quasi alle deckungsgleich. Sie wirken wie ... diktiert.«

Jennings brummte und nickte langsam.

»So ist es, Hamilton. Alle Kollegen, die an den beiden Fällen beteiligt waren, inklusive Carter und Gordon, haben fast deckungsgleiche Berichte geschrieben. Alle sind sich beim ersten Mord einig, dass der Täter von extern kam und ein Profi war. Alle sind sich einig, dass es sich bei der zweiten Tat nicht um einem Mord, sondern um Selbsttötung handelt.

Die vorhandenen Beweisstücke waren entweder aus Versehen verloren gegangen oder anderweitig kontaminiert und für unbrauchbar erklärt.«

Penny stand mit offenem Mund da, schüttelte den Kopf und wusste nicht, was sie sagen sollte. Sie hatte natürlich bisher die Akten der Kollegen zu den Fällen nicht gesehen.

»Und jetzt schauen Sie sich Ihre Berichte an. Teilweise gegensätzliche Beobachtungen und konträre Schlussfolgerungen. Carter hätte spätestens hier hellhörig werden müssen und ich bin mir sicher, dass Sie das nicht nur in Ihre Berichte geschrieben haben, sondern auch bei Besprechungen mit den Kollegen so vertreten haben, richtig?«

Sie nickte.

»Ja, nicht nur das. Ich habe mich für diese Ansichten verteidigen müssen. Sie wissen, dass Carter mich erst vor Kurzem sogar von dem Fall abgezogen hat, weil ich selbstständig ermittelt hatte und neue Erkenntnisse gewinnen konnte.«

»Detective. Ich gebe es nur ungern zu, aber bei der Hypnosesache gebe ich Ihnen recht. Ich habe noch nie in den vielen Jahrzehnten bei der Polizei solche gleichgeschalteten Berichte gelesen. Noch nie!«

In diesem Moment fiel Penny ein richtig fetter Stein vom Herzen.

Der Captain merkte an, dass Brian definitiv in dieser Sache mit drinstecken musste. Auch sie selbst hatte nach der Durchsicht seiner Akten und der Ähnlichkeit zu denen ihrer Kollegen keinen Zweifel mehr.

Es versetzte ihr einen ganz schönen Stich in diesem Moment und sie realisierte, dass sie scheinbar doch schon mehr Gefühle in ihren Kollegen investiert hatte, als sie sich selbst eingestehen wollte.

Dennoch wollte Jennings die Fassade aufrechterhalten

und Brian offiziell in die Ermittlungen involviert lassen. Er schien die Verbindung zum eigentlichen Täter zu sein und ihn jetzt auszuschließen würde bedeuten, den Täter aufzuschrecken und wachsam werden zu lassen. Die beiden würden also ab sofort eine Art Schatten-Ermittlung führen, von der Brian nichts mitbekommen sollte. Ihn würden sie strategisch dazu nutzen, falsche Informationen an den Täter zu übermitteln.

Bei wem es sich um den Täter handelte, bekam Penny vom Captain ebenfalls ein wenig Rückendeckung. Auch Jennings fand das Verhalten von diesem Professor Stewart sehr auffällig für einen vollkommen unbeteiligten Dritten.

So beschlossen die beiden, dass der Captain jetzt gleich sofort zur SeattleU fahren würde, um einfach nur Präsenz zu zeigen. Sich beide Tatorte nochmals anzuschauen und auch keinen Hehl daraus zu machen, dass es sich bei Tickners Büro um einen Tatort handelte. Penny hatte von der Webseite der Uni ein Foto von Joshua Stewart herausgesucht und zeigte es Jennings. Er wusste so, dass er diesem Mann nicht die Hand schütteln und ihm schon gar nicht in die Augen schauen würde.

Sie würde in der Zwischenzeit ihre Recherchen zu Rodrigucz Garcia beenden und ihn dann offiziell über die Verwaltung der Uni für Montag zum Verhör vorladen. Sollten ruhig alle mitbekommen, dass die Sache nicht abgeschlossen war. Brian würde heute den Auftrag bekommen, ebenfalls alles zu Garcia zu recherchieren. Auf der einen Seite wäre es so etwas wie eine Beschäftigungstherapie für ihn, sodass er nicht in anderen Sachen herumschnüffeln konnte. Auf der anderen Seite konnte man so genau herausfinden, ob er ebenfalls so akribisch wie Penny recherchieren würde.

Dass dieser Rodriguez auch irgendwie mit in diese Sache

verwickelt war, war nur ein Gefühl von Penny. Es sprach rein faktisch nichts dafür. Es war nur diese Situation im Video-Überwachungsraum, wo er auf einmal anfing zu schwitzen. Das passte für sie so gar nicht und dem wollte sie auf den Grund gehen.

Gegen 14:00 Uhr war Captain Jennings wieder zurück im Dezernat. Er hatte für Penny, Brian und die wenigen anderen anwesenden Kollegen kistenweise Donuts mit [illegible]ee ging in diesem Moment nicht mehr, als [illegible]fünfziger mit den Donuts um die Ecke [illegible]eute zusammen und alle stürzten sich auf die Backwaren.

Penny konnte normalerweise mit Donuts nichts anfangen, aber sie wollte Brian heute nicht aus den Augen lassen. Außerdem knurrte ihr heftig der Magen und so verspachtelte sie binnen weniger Minuten gleich zwei der glasierten Kalorienbomben.

Brian stand neben ihr und versuchte sich derweil erst in Small Talk, bevor er schließlich etwas herumdruckste und sie kurzerhand für den Abend in die Sportsbar einlud. Heute spielte irgendeine Football-Mannschaft deren Namen Penny in dem Moment vergessen hatte, in dem er ihn ausgesprochen hatte. Die Atmosphäre wäre immer so toll und die leckeren Burger und überhaupt.

Die Seite in ihr, die irgendwie Gefühle für diesen Kerl entwickelt hatte, kämpfte sehr kurz mit der Vernunft, die meinte, auch mitreden zu müssen. Letztere hatte leider heute recht schlechte Karten, denn am Ende konnte sie sich das alles damit schönreden, dass sie dadurch vielleicht mehr herausfinden konnte.

»Na klar bin ich dabei. Holst du mich wieder ab? Du weißt, ich kann dich nicht leiden, aber ich stehe voll auf dein Auto.«

Brian lachte herzhaft, was den beiden einen Blick von Jennings einbrachte.

Nachdem sich die Runde um die Donuts langsam auflöste, fragte Brian Captain Jennings, ob dieser für ein paar Minuten Zeit hätte. Bei Penny schrillten in diesem Moment alle Alarmglocken. Aber sie hatte keinerlei Möglichkeit, sich mit in dieses Gespräch zu drängen. Es gab schlichtweg keinen Grund dazu.

Quälende Minuten vergingen, in denen sie von ihrem Schreibtisch aus immer wieder zu Carters Büro schielte, in dem Brian gefühlt immer heftiger anfing, mit dem Captain zu diskutieren.

Keine Minute später war der Spuk vorbei und er verließ das Büro. Eine wirklich schlecht gelaunte Miene machte Brian dabei allerdings nicht. So schlimm, wie es aussah, konnte es also nicht gewesen sein. Penny überlegte fieberhaft, wie sie jetzt herausfinden konnte, was er vom Captain gewollt haben könnte. Doch bevor sie weiter darüber nachdenken konnte, klingelte ihr Smartphone.

Der Captain rief sie an. Eine etwas surreale Situation.

»Sie hören mir jetzt einfach nur zu und sagen am Ende nur, dass Sie sich das mit der Zahnzusatzversicherung durch den Kopf gehen lassen und sich bei Bedarf noch mal melden würden. Also. Detective Gordon wollte, dass ich jetzt auf der Stelle noch mal zur SeattleU gehe und mich mit Stewart treffen solle. Er hätte weitere Informationen den Fall betreffend für mich. Ich habe ihm gesagt, dass ich mir alles bereits angeschaut hätte, und dann dachte ich mir spontan, dass ich die Bombe platzen lasse. Habe fallen lassen, dass das bei Ihnen schon nicht funktioniert hätte mit Stewart und dann mit mir erst recht nicht funktionieren wird. Gordon ist dann recht schnell verdattert von dannen gezogen. So. Und wollen Sie die Zahnzusatzversicherung jetzt abschließen?«

Penny wusste in diesem Moment nicht, ob sie über die Cleverness des Captains erstaunt sein oder über seinen Humor lachen sollte.

»Hören Sie, ich lasse mir das mit der Zahnzusatzversicherung noch mal durch den Kopf gehen. Sie brauchen nicht mehr anrufen. Wenn ich Bedarf habe, melde ich mich wieder bei Ihnen.«

Es bestand nicht wirklich die Gefahr, dass das jemand mitbekommen hatte, aber man wusste nie.

Später kam Brian zu ihr, schwang sich wieder auf den Schreibtisch und fragte, ob sie vielleicht langsam mal Feierabend machen sollten. Die beiden waren die letzten Detectives, die noch im Dezernat waren. Penny verneinte jedoch, denn sie wollte unbedingt noch einmal alleine mit dem Captain sprechen, um noch mal mit ihm über Carter zu reden. Sie erfand also irgendeinen Vorwand, den Brian kommentarlos schluckte.

»Ich komme dich um 18:00 Uhr abholen. Habe schon für 18:30 Uhr einen Tisch bestellt. Das wird super, du wirst sehen.«

Keine fünf Minuten später war er auch schon ins Wochenende verschwunden und Penny konnte unbeobachtet zum Captain gehen.

»Captain, mir kam der Gedanke, dass wir vielleicht noch mal mit Carter sprechen sollten. Er hatte jetzt eine Nacht Zeit nachzudenken und vielleicht ist er heute etwas kooperativer?«

Jennings lächelte wieder einmal großväterlich.

»Detective Hamilton. Auch wenn wir den Sergeant kennen und so leid er uns auch tun mag. Merken Sie sich eine Sache. Man bereut nicht wirklich etwas nach nur vierundzwanzig Stunden. Wir reden Montag mit ihm. Er darf ruhig denken, dass wir ihn vergessen haben. Und glauben Sie mir, das fällt mir nicht leicht. Aber am Ende ist Dick auch nur ein ganz normaler Tatverdächtiger.«

Sie überlegte kurz, ob sie ihm erzählen sollte, dass sie heute Abend mit Brian verabredet war. Jedoch entschied sich Penny dagegen. Was hätte er auch sagen sollen, außer, dass sie auf sich aufpassen solle. Ihre aufkeimenden Gefühle für Detective Gordon wollte sie ihm jetzt nicht gerade unter die Nase reiben.

»Machen Sie Feierabend für heute, Hamilton. Das war saubere Ermittlungsarbeit, die Sie hier geleistet haben. Bleiben Sie dran, aus Ihnen wird noch mal was. Und glauben Sie mir, solange ich hier etwas zu sagen habe, werde ich dafür sorgen, dass aus Ihnen etwas wird.«

Sie war sichtlich gerührt über das, was Captain Jennings gerade gesagt hatte. So hatte sie das Ganze nie empfunden. Penny war nur ihren Instinkten gefolgt, hatte sich nur auf ihr Gespür verlassen. Im Grunde also das, was jeder guter Detective tun sollte. Dass sie natürlich gleich in ein solches Chaos geraten würde, konnte niemand ahnen.

»Danke, Captain. Das bedeutet mir sehr viel. Ich bin Ihnen unendlich für Ihr Vertrauen und Ihre Unterstützung dankbar. Aber gehen Sie bitte auch bald zu Ihrer Frau nach Hause, bevor der Haussegen komplett schief hängt.«

Ups. War das zu übergriffig?

Jennings lachte herzhaft.

»Hamilton. Wenn Sie mal so lange verheiratet sind, wie ich es bin, dann sind ein versauter Hochzeitstag und ein Samstag, den man im Dezernat verbringt, nichts. Wegen so etwas hängt im Hause Jennings seit Jahrzehnten nichts mehr schief. Meine Frau kennt es nicht anders.«

Sie lächelte etwas verlegen und wusste nicht recht, was sie darauf erwidern sollte. Musste sie aber auch gar nicht.

»Und jetzt raus hier. Amüsieren Sie sich. Erleben Sie was. Vergessen Sie die Arbeit bis Montag. So jung wie heute werden Sie nie wieder sein.«

Die Sportsbar war recht gut besucht, als die beiden ankamen. Brian hatte Penny kurzerhand an die Hand genommen, um sie in dem Gedrängel nicht zu verlieren.

Wieso musst du da nur mit drinstecken. Es könnte doch einfach nur perfekt sein.

Ihr fuhr ein Stich durchs Herz bei dem Gedanken daran. Brian war in ihren Augen der perfekte Partner für sie. Er hatte scheinbar in allem den richtigen moralischen Kompass. Er war höflich und zuvorkommend, hatte dieselben Vorstellungen von der Zukunft, wie sie selbst. Natürlich war auch nicht zu vernachlässigen, dass er verdammt gut aussah. Wobei Penny darauf noch nie wirklich etwas gegeben hatte. Und doch stand er irgendwie unter dem Einfluss von diesem Stewart. Irgendwie musste das doch zu durchbrechen sein?

Vielleicht müsste sie doch noch mal mit Stewarts Schwester sprechen und sie überzeugen, ihr zu helfen. Doch was musste noch alles passieren, damit sie einlenken würde? Penny wusste es nicht und das machte ihr Sorgen.

Doch heute Abend wollte sie einfach keine Gedanken daran verschwenden. Das Hier und Jetzt zählte und sie wollte es genießen.

Sie schob diese Gedanken von sich weg.

Inzwischen waren sie am reservierten Platz angekommen. Von hier aus hatte man einen wunderbaren Blick auf die großen Fernseher, was Brian sichtlich zu gefallen schien.

Wie beim letzten Mal bestellten sie Burger und Bier. Penny vergaß die Zeit.

Zeitweise war es immer mal wieder zu laut, um sich zu unterhalten. Aber das machte nichts. Sie beobachtete Brian dabei, wie er mit seiner Football-Mannschaft mitfieberte. Wie er aufsprang, wenn sie punkteten. Wie er bei jedem Foul laut schimpfte. Penny liebte alles daran.

Ein paar Mal wurden die Fernseher während des Spiels leiser gemacht, was zunächst ein Pfeifkonzert nach sich zog. Einer der Barkeeper verkündete dann jedoch, dass irgend so ein Typ namens Jeremy Lokalrunden gab. Damit war die kurze Unterbrechung genehmigt und der Typ wurde mit einem ohrenbetäubenden Gejohle und Applaus gefeiert.

Sie nutzten die Lokalrunden für mehrere Pitcher Bier und waren damit erst einmal versorgt. Das betraf in Pennys Fall allerdings nicht nur die Menge an Flüssigkeit, sondern auch den Pegel an Alkohol, der gut für sie war.

Am Ende des Abends war sie ziemlich angetrunken. Nicht betrunken, denn darauf achtete sie sehr. Sie wollte niemals die Kontrolle verlieren und das tat sie auch heute nicht. Das Bier schaffte es allerdings, dass sie für ein paar Stunden vergaß, was für ein Damoklesschwert über Brian hing.

Die beiden schlenderten durch die Nacht in Downtown Seattle und alberten herum. Penny wollte nicht, dass der Abend schon endete. Sie genoss zu sehr seine Gesellschaft. Auch jetzt, wo Brian wusste, dass sie etwas getrunken hatte, wurde er nicht aufdringlich oder anzüglich. Er blieb der Gentleman, der er nun mal war.

Es lag an ihr, das zu ändern.

Heute Abend wollte sie mehr.

Sie blieb stehen, nahm seine Hand und zog ihn zu sich. Ein langer Blick in seine eisblauen Augen, dem er erst grinsend, dann erwartungsvoll standhielt. Sie ging auf die Zehenspitzen und küsste ihn kurz. Wieder schaute sie ihm in die Augen. Dieser liebe Blick und dieses wundervolle Lächeln zeigten Penny, dass er es genauso wollte, wie sie. Dieses Mal war es Brian, der sie zärtlich küsste.

Sie sprachen danach kein Wort, sondern nahmen sich nur an die Hand und schlenderten weiter durch die Straßen.

Die ganzen Probleme können bis Montag warten.

KAPITEL 28
JOSHUA

»Ein Prozess ist eine förmliche Untersuchung zu dem Zweck, den makellosen Charakter von Richtern, Advokaten und Geschworenen zu beweisen und aktenkundig zu machen. Dazu ist eine Kontrastperson in Form eines sogenannten Angeklagten, Gefangenen oder Beschuldigten erforderlich.«

Joshua ließ seinen Blick durch das Auditorium schweifen. Kurz ruhte dieser auf Annika und die Erinnerungen an das Wochenende mit ihr wurden präsent. Er begann zu grinsen, obwohl es gerade nicht wirklich passend war.

»Diese Aussage ist nicht etwa von mir. Ambrose Gwinnett Bierce hat dies einmal gesagt. Und ich bin der Meinung, dass in diesen Worten viel Wahrheit steckt. Ich sage es Ihnen aber klar und deutlich, dass ich es als meine Aufgabe ansehe, aus Ihnen eben nicht jene Advokaten zu machen, auf die sich Bierce hier bezieht.«

Gelächter zog sich durch die Reihen und Josh hatte erreicht, was er erreichen wollte.

Im Augenwinkel bemerkte er, dass sein Smartphone

scheinbar klingelte. Es lag auf dem Tisch hinter ihm und von seiner Position aus konnte er nicht sehen, wer gerade anrief.

In den ersten Minuten nach dem Anruf machte er sich wenig Gedanken darüber. Aber Josh merkte, wie sich ein ungutes Gefühl in seiner Magengegend breitmachte. Es war Montagvormittag und die Gerichte arbeiteten wieder regulär. Was, wenn dieser Jennings, mit Hamilton im Schlepptau, ihm doch auf die Schliche gekommen war? Was, wenn sie bereits heute Morgen bei Gericht einen Haftbefehl haben ausstellen lassen?

Joshs Fantasie ging ein wenig mit ihm durch und er musste sich etwas einbremsen. Hätten sie tatsächlich konkrete Beweise – die sie de facto nicht haben konnten – dann hätten sie auch sonntags einen Haftrichter aus dem wohlverdienten Wochenende geholt, um einen Haftbefehl ausstellen zu lassen. Er mahnte sich daher zur Ruhe.

Sofort, als er die Vorlesung beendet hatte, hielt er es aber nicht mehr aus. Er nahm sein Telefon zur Hand und schaute nach, wer angerufen hatte.

Es war Rod. Nur ein Anruf und eine Nachricht auf der Mailbox. Sofort öffnete er das Mailbox-Menü und hörte die Nachricht ab.

»Joshua. Irgendetwas ist faul hier. Die Verwaltung hat mich gerade angerufen, dass ich bitte rüberkommen soll, weil jemand von der Mordkommission da wäre, um mit mir zu sprechen. Scheiße, Joshua. Was mache ich denn jetzt? Melde dich bitte sofort! Gracias.«

Sein Lächeln gefror augenblicklich und wich einer ernsten Miene. Genau in diesem Moment stand Annika vor ihm und grinste ihn an.

»Hey, Professor. Bekomme ich heute wieder Privatunterricht von Ihnen?«

Josh bekam seine Miene nicht unter Kontrolle und seine Freundin merkte das selbstverständlich sofort.

»Alles okay, Josh?«

Langsam erwachte er aus seiner Schockstarre und seine Miene entspannte sich etwas.

»Sorry, natürlich. Ich muss nur gleich sofort zur Verwaltung. Scheinbar hat die Polizei neue Hinweise zu einem der Morde. Ich darf da leider nicht ins Detail gehen. Du verstehst?«

Und wieder muss ich Annika anlügen. Ich hasse es.

Sie verstand nur zu gut und bohrte nicht weiter nach. Beide verabredeten sich für heute Abend. Nach nur so wenigen Tagen war es irgendwie für sie beide schon wie selbstverständlich, dass sie sich jeden Tag sahen. Es wurde nur noch besprochen, bei wem man sich traf. Joshua gefiel das sehr.

Annika entwickelte sich sehr schnell zu einer Konstante in seinem Leben.

Er liebte Konstanten.

Menschen, die immer da waren und auf die man sich verlassen konnte. Bei dem Gedanken daran huschte ihm wieder ein Lächeln über die Lippen.

Seine Freundin drehte sich um, um zu schauen, ob der Hörsaal inzwischen leer war. Dann ging sie einen weiteren Schritt auf ihn zu, legte ihre Arme um ihn und ging ein klein wenig auf die Zehenspitzen, um ihn zu küssen.

»Dann bis heute Abend. Ich liebe dich, Josh.«

Er verkrampfte sich. Hatte sie gerade wirklich diese drei Worte gesagt? Joshua spürte, wie er etwas rot wurde und ihm ein wohliger kalter Schauer über den Rücken lief.

»Ich liebe dich auch, Annika.«

Er hatte es gesagt.

Zum ersten Mal in seinem Leben hatte er einer Frau seine Liebe gestanden und es war ein unglaublich gutes Gefühl.

Für einen Moment war ihm die Welt egal.

Rodriguez. Jennings. Hamilton. Sie konnten ihn gerade alle kreuzweise, denn diesen magischen Moment zwischen Annika und ihm wollte er sich von niemandem kaputt machen lassen.

Die beiden standen noch eine kurze Weile da und schauten sich gegenseitig tief in die Augen. Dann gab er ihr einen kurzen Kuss zum Abschied. Er musste jetzt erst die Sache mit Rodriguez klären und herausfinden, was die Mordkommission von ihm wollte. Sonst würde er keine Ruhe finden.

Josh versuchte Rod anzurufen, doch sein Telefon war ausgeschaltet. Es war ausgeschaltet und das an einem Montag, wo er eigentlich Dienst hatte. Für eine Befragung würde er wohl kaum sein Telefon ausschalten. Hier stimmte etwas ganz gewaltig nicht.

Er entschied sich, zur Verwaltung zu laufen und nachzufragen. Das *Administration Building* lag etwas mehr als einen Block entfernt, aber er brauchte jetzt frische Luft.

»Die Dame von der Mordkommission hat Mr. Garcia zur Befragung mitgenommen. Also ich meine, er ist nicht verhaftet worden oder so. Und man hat mir auch versichert, dass es nur für ein Gespräch wäre. Ob er was damit zu tun hat? Befremdlich war es natürlich dennoch. Ich meine, wenn das jemand mitbekommt. Was hat das für eine ...«

Die redselige Dame aus der Verwaltung kam nicht weiter.

»Sie wollen jetzt einfach Ihre Klappe halten, die ganze Sache vergessen und einfach mit dem Kram weitermachen, den Sie hier zu tun haben.«

Josh ließ die Frau, die nun brav nickte, einfach stehen und ging.

Verdammter Mist! Wenn er direkt bei Hamilton ist und die ihn in die Mangel nehmen, verplappert er sich am Ende noch. War ich wirklich immer gründlich mit meinen Anweisungen? Die letzten Tage war ich eher unkonzentriert wegen Annika. Vielleicht weiß Brian mehr.

Es klingelte eine gefühlte Ewigkeit, bis Brian an sein Telefon ging.

»Schlechter Zeitpunkt, Dad? Ist es wichtig? Oh, natürlich. Ich rufe dich gleich zurück, okay?«

Brian legte auf und Josh musste schmunzeln. Irgendwie waren doch alle gleich, wenn es darum ging, sich etwas Privatsphäre beim Telefonieren zu erheucheln.

Keine fünf Minuten später rief er wieder an.

»Sorry, Joshua. Aber der Captain und Penny saßen direkt neben mir. Was gibt es?«

»Ihr habt heute Morgen Rodriguez Garcia zu einem Gespräch abgeholt. Sie möchten mir bitte erzählen, warum Ihr das gemacht habt und was dabei raus kam.«

Kurzes Schweigen, bevor sein Gesprächspartner leise, aber hörbar seufzte.

»Penny hat sich wohl etwas auf diesen Garcia eingeschossen. Er scheint recht häufig vor Ort gewesen zu sein und sie meinte, dass er in einer Situation nervös gewirkt hatte. Daher hatten der Captain und sie ihn bis eben in der Mangel. Ich war leider bei dem Gespräch nicht anwesend. Die beiden waren gerade dabei, mir ein Update zu geben. Soll ich Sie vielleicht später noch mal anrufen, wenn ich mehr weiß?«

Joshua schnaubte missbilligend.

»Was glauben die wohl, was sie bei ihm finden werden? Er ist nur ein Hausmeister. Wird er festgehalten oder darf er wieder gehen?«

»Er wurde nicht verhaftet, sondern nur befragt. Er müsste in diesen Minuten wieder hier raus sein.«

»Brian. Sie hören mir jetzt gut zu. Nach diesem Telefonat wollen Sie alle unsere Nachrichten löschen. Sie löschen alle unsere Anrufe aus Ihrer Liste und Sie vergessen danach alles, was wir jemals besprochen haben. Wir haben uns nur einmal im Zuge der Ermittlungen zum ersten Mord gesehen. Mehr jedoch nicht. Lassen Sie meine Nummer gespeichert.«

Stille.

Er legte auf. Brian konnte ihm nichts mehr sagen, was Rod gleich nicht besser und aus erster Hand berichten konnte.

Das mit Brian wird zu gefährlich. Hamilton braucht nur einmal an sein Smartphone kommen und ich bin geliefert.

Kaum hatte Josh den Gedanken zu Ende gedacht, klingelte sein Smartphone.

»Joshua. Was zur Hölle war das für eine Scheiße? Wusstest du davon? Jetzt denkt die halbe Uni, dass ich die Typen ermordet hätte. Die Señorita hat das ja recht werbewirksam inszeniert. Ich hätte ihr am liebsten den Hals umgedreht.«

»Beruhige dich, Rod. Ich habe mich drum gekümmert, dass keiner an der SeattleU dumme Fragen stellt. Du möchtest mir jetzt jedes Detail erzählen, was wichtig ist. Und lass nichts aus.«

Es gab nichts, was der Latino in diesem Moment lieber getan hätte. Die Nervosität hörte man aus jedem seiner Sätze heraus. Anfangs hatten sie ihm ganz allgemeine Fragen zu seiner Arbeit an der Uni gestellt. Danach interessierten sie sich für den ersten Mord. Rod hatte die Leiche gefunden und die Polizei gerufen. Captain Jennings wollte im Detail wissen, ob er am Tatort etwas angefasst oder verändert hätte. Seine Rückfrage, ob er verdächtigt würde, hätte man unbeantwortet gelassen.

Dann wollten sie wissen, ob er Professor Tickner kannte und ob er schon einmal in seinem Büro gewesen wäre vor dem Mord. Ja, sie hatten es Mord genannt und das hatte Rod nervös gemacht.

»Ehrlich, Joshua. Ich habe es mir nicht
Aber in diesem Moment ging mir der Arsc

Josh fluchte.

»Nicht gut, Rod. Gar nicht gut.«

Nochmals versicherte er Josh, dass er nichts gesagt habe. Nichts, was auch nur im Entferntesten darauf hindeuten würde, dass er damit etwas zu tun hätte. Immer wieder hätte er betont, dass er nur ein kleiner Mitarbeiter im Facilitymanagement sei.

»Haben sie sonst noch etwas gefragt oder gesagt, das wichtig sein könnte?«

Dass Rodriguez nervös wurde, konnte Josh hören. Er druckste herum. Suchte die richtigen Worte.

»Amigo. Das ... das wird dir nicht gefallen. Aber die haben mich gefragt, in welchem Verhältnis ich zu dir stehe. Ob wir befreundet sind. Das hat mich total überrumpelt. Hätten sie gefragt, ob ich dich kenne, hätte ich ja einfach nur sagen müssen, dass ich dich kenne, aber mehr nicht. Aber diese Frage hat mich echt fertig gemacht. Joshua. Ich habe denen nur gesagt, dass wir ab und an gesprochen haben, wenn wir uns zufällig gesehen haben. Weil du so ein freundlicher Hombre bist und sogar mit so kleinen Angestellten wie mir redest, und nett zu uns bist.«

So eine Scheiße. Die ahnen wirklich was, sonst hätten sie

nicht solche Fragen gestellt. Ich muss etwas unternehmen, sonst bin ich der Nächste, den sie abholen.

Joshua überlegte kurz, während Rod weiter damit beschäftigt war, sich zu entschuldigen. Natürlich wusste er, dass der freundliche Latino nichts dafür konnte. Aber er kam zu dem Schluss, dass es an der Zeit war, seinen Handlanger ziehen zu lassen. Es schmerzte ihn beinahe körperlich. Nicht, dass ihm Rodriguez Garcia als Mensch viel bedeutete. Nein. Er betrauerte die viele Zeit, die er in ihn investiert hatte. Die vielen Stunden an verbaler Beeinflussung, in denen er ihn gefügig gemacht hatte. Formulierungen, die er erst finden musste, damit er Rod nicht jedes Mal eine halbe Litanei an Sätzen sagen musste, damit dieser seine Anweisungen nicht dauernd hinterfragte.

Je mehr er darüber nachdachte, kam ihm immer mehr in den Sinn, dass er ihn in gewisser Weise doch lieb gewonnen hatte.

Seine überdrehte freundliche Art. Diese ewige gute Laune, die ihn so oft nervte. Und nicht zu vergessen diese spanische Popmusik, die unentwegt aus seinen Kopfhörern dudelte.

Etwas melancholisch gab er Rod daher eine letzte Anweisung und endete mit einem Satz, von dem er niemals geglaubt hätte, dass er ihn einmal sagen würde.

»Mach dir keine Gedanken darum irgendetwas vertuschen zu müssen. Du bist in Sicherheit, mein Freund. Wenn ich aufgelegt habe, möchtest du alles, was wir je besprochen oder zusammen durchgestanden haben, vergessen. Lösche meine Nachrichten und meine Rufnummer. Leb wohl, Rod.«

Josh legte auf und bemerkte erst jetzt, dass er ganz feuchte Augen bekommen hatte. Er hatte Abschied von einem Wegbegleiter nehmen müssen und das fiel ihm schwerer, als er gedacht hatte.

KAPITEL 29
PENNY

Vollkommen apathisch blickte Penny auf die Leiche, die vor ihr lag. Sie sah klar und deutlich, wer dort lag, aber ihr Kopf war noch nicht in der Lage, diese Information zu verarbeiten. Sie fühlte eine unendliche Trauer für einen Mann, den sie in den letzten Tagen massiv hatte schätzen gelernt. Sie fühlte Wut über die kaltblütige Tat und hatte Angst.

Angst war das falsche Wort.

Penny hatte Panik.

Unendlich große Panik.

Es war Larry Jennings, der da in seinem eigenen Blut vor ihr lag. Captain Larry Jennings. Der Mann, der ihr geglaubt hatte, wo sie selbst langsam an sich zu zweifeln begann. Der Mann, der ohne zu Zögern vorangeschritten war, um eine Serie von Morden aufzuklären. Morde, die Mitarbeiter aus seinem eigenen Dezernat zu vertuschen versucht hatten.

Der Captain war Pennys einziger Vertrauter gewesen, ihr einziger Rückhalt in dieser Sache. Natürlich gab es da noch Brian. Nach dem Wochenende, das gerade hinter ihr lag, waren die beiden so etwas wie ein Paar. Aber Brian steckte in dieser Sache mit drin und das scheinbar, ohne, dass er etwas davon wusste. Er war also im Moment kein Vertrauter und auch kein Rückhalt für sie.

Noch schlimmer war, dass sie die Nächste sein könnte, denn sie wusste genauso viel, wie Jennings gewusst hatte.

Die Panik in Penny stieg von Minute zu Minute und sie bemerkte, dass es ihr immer schwerer fiel, sich auf die Sache zu konzentrieren.

Was soll ich jetzt machen? Ich bin sicher die Nächste. Ich muss es Brian sagen. Aber wird er mir glauben? Ich könnte ihm sagen, dass es aus ist, wenn er noch ein einziges Mal mit Stewart Kontakt hat? Vielleicht blockiere ich heimlich auf seinem Smartphone Stewarts Nummer? Verdammt, ich habe Angst.

»Penny? Ich bin so schnell gekommen, wie ich konnte. Was zur Hölle ist hier passiert?«

Aus ihren Gedanken gerissen, drehte sie sich herum und schaute direkt in die groß aufgerissenen Augen von Brian. Er blickte auf die Leiche des Captains, ging in die Hocke und raufte sich die Haare. Entsetzen stand ihm ins Gesicht geschrieben. Und dieses Entsetzen war echt. Penny war sich zu einhundert Prozent sicher, dass niemand so etwas spielen konnte.

Brian hatte die Leiche des Captains gerade zweifelsohne zum ersten Mal gesehen. Seine Emotionen waren absolut authentisch.

Vielleicht kann ich ihm doch trauen? Er war das hier definitiv nicht.

Es war ihr in diesem Moment vollkommen egal, ob die Forensik danebenstand. Oder andere Detectives, die sie beide kannten und die gerade mit der Beweisaufnahme beschäftigt waren. Sie fiel dem gerade wieder aus der Hocke hochgekommenen Brian um den Hals. Penny schluchzte kaum merklich und bemerkte in diesem Moment, wie sehr sie zitterte.

Ihr Kollege und Freund tat in diesem Moment das einzig Richtige.

»Komm, Penny. Wir gehen mal einen Kaffee trinken. Wir können hier im Moment nichts tun und die Kollegen sind schon dran.«

Sie schwieg, ließ sich von ihm an die Hand nehmen und vom Tatort wegführen.

»Wie soll es jetzt weitergehen? Carter sitzt in U-Haft und der Captain ist tot. Das darf doch alles nicht wahr sein.«

Penny schwieg noch immer. Sie war in diesem Moment nicht fähig, etwas zu erwidern. Noch immer hielt sie seine Hand. Sie hatten sich auf eine Bank unweit des Dezernats gesetzt. Jennings war in der Tiefgarage in unmittelbarer Nähe zum Eingang ermordet worden. Er schien an diesem Dienstagmorgen bereits besonders früh hergekommen zu sein. Der Täter muss dort auf ihn gewartet haben und auch gewusst haben, dass der Captain wohl früher kommen würde.

Brian nahm sanft ihr Kinn und drehte es so zu sich, dass er ihr in die Augen schauen konnte.

»Penny. Ich kann mir vorstellen, dass dich das gerade lähmt. Aber ich bin für dich da, hörst du? Lass uns den Mistkerl finden, der dem Captain das angetan hat.«

Traurig schaute sie ihm in seine wunderschönen eisblauen Augen.

Er wirkt so aufrichtig. Er kann mit dieser Sache nichts zu tun haben. Ausgeschlossen.

»Danke dir, Brian. Und du hast recht. Ich muss mich zusammenreißen. Es tut mir leid, dass ich kurz die Fassung verloren habe. Aber ich habe Captain Jennings in den letzten Tagen wirklich schätzen gelernt und das hat mir kurz den

Boden unter den Füßen weggerissen. Lass uns zurückgehen und schauen, ob sie schon etwas gefunden haben.«

Man hatte in der Tat ein paar Fingerabdrücke gefunden, die nicht zu Jennings gehörten. Die konnten aber auch irgendwo aus seinem Umfeld stammen. Unter zwei seiner Fingernägel hatte man jedoch Spuren von Hautpartikeln und etwas Blut gefunden.

Die Position seiner Hand deutete darauf hin, dass der Captain in seinem Todeskampf versucht hatte, diese möglichst weit vom Körper wegzuhalten, damit sie nicht mit dem Blut vermischt wurde, das er selbst verlor.

Jemand hatte ihm mehrfach mit einem großen Messer in den Bauchraum gestochen. Ein großes Messer bedeutete, dass der Täter durchaus etwas Kraft gehabt haben musste. Ein großes Messer dringt tiefer in den Körper ein und kann so mehr Schaden anrichten, ist dafür dann aber auch schwerer wieder herauszuziehen.

Wenn man dann noch bedachte, dass sich das Opfer selbstverständlich wehren würde, musste man davon ausgehen, dass der Captain nicht mit einem Angriff gerechnet hatte. Vielleicht kannte er den Täter oder der Täter kannte ihn.

Brian hatte dafür gesorgt, dass sie heute noch eine DNA-Sequenzierung bekommen würden. Auch die Fingerabdrücke hatte man zur Digitalisierung geschickt. Sie wollten sich an jeden Strohhalm klammern, der sich ihnen bot.

Ich muss ihn auf Stewart ansprechen. Entweder jetzt oder nie. Ich muss Gewissheit haben, dass er auf meiner Seite ist. Und das nach dem Wochenende. Warum kann nicht mal irgendwas einfach sein?

Beide standen gerade alleine in der Kaffeeküche und Penny nutzte die Gelegenheit.

»Brian. Versteh mich nicht falsch, aber ich muss mir einfach sicher sein, dass ich dir vertrauen kann.«

Offensichtlich etwas überrumpelt, schaute er seine neue Freundin an.

»Mir vertrauen können? Was genau meinst du? Wieso solltest du mir nicht vertrauen können?«

»Es geht um Joshua Stewart. Ich weiß, dass du hin und wieder Kontakt zu ihm hattest oder hast. Der Captain und ich waren uns sicher, dass Stewart dich irgendwie beeinflusst und du da sehr wahrscheinlich gar nichts von mitbekommst.«

Brian schüttelte energisch mit dem Kopf.

»Penny. Was redest du da? Ich habe einmal mit einem Professor gesprochen, der so hieß. Das war im Rahmen der Tatortermittlungen nach dem ersten Mord. Ich hatte nie Kontakt zu ihm, wie kommst du denn darauf?«

Sie seufzte, denn irgendwie hatte sie damit gerechnet. Penny konnte an seiner Empörung und Aufgebrachtheit sehen, dass er das nicht spielte. Sie kannte Brian jetzt lang genug, um recht gut lesen zu können, wann er etwas lieber nicht im Detail erzählen wollte. In diesem Moment war er aufrichtig.

»Du, ich weiß, wie verrückt das klingt. Aber bitte glaube mir. Joshua Stewart hat dich seit dem ersten Mord immer wieder dazu benutzt, an Informationen zu gelangen. Da bin ich mir inzwischen recht sicher und der Captain war mit mir einer Meinung. Wir hatten keine Ahnung, wie genau er das macht, aber ich denke, es ist eine Art Hypnose oder so etwas. Er hat das bei mir auch versucht, aber es scheint bei mir aus irgendeinem Grund nicht zu funktionieren.«

»Penny, was redest du da bitte?«

Sie nahm seine Hand und drückte sie.

»Brian, ich bitte dich inständig, mir jetzt einfach zu vertrauen, okay? Ich bin in Gefahr. Den Captain zu töten war eine Warnung. Eine Warnung in meine Richtung. Da bin ich mir absolut sicher. Denkst du, du kannst mir vertrauen?«

Brian schaute Penny immer noch ungläubig an, nickte aber langsam.

»Ich liebe dich, Penny. Es ist vielleicht der falsche Moment, dir das zu sagen. Aber natürlich vertraue ich dir. Auch wenn ich keine Ahnung habe, wovon du eigentlich redest.«

Sie gab ihm einen schnellen Kuss.

»Ich liebe dich auch, du komischer Kauz. Und jetzt gib mir dein Telefon.«

Er zückte sein Smartphone, entsperrte es und hielt es Penny hin. Sie scrollte sofort durch die Nachrichten, danach durch die letzten Anrufe. Wie zu erwarten, war in beiden Listen keine Verbindung zu Stewart zu finden. Sie rief sein Telefonbuch auf. Bingo. Die Nummer des Professors war gespeichert.

»Und wenn du nur einmal mit ihm gesprochen hast, wieso hast du seine Nummer gespeichert?«

Brian sah sie verwirrt an und gestikulierte wild mit seinen Händen.

»Ich habe das da nicht eingespeichert. Ich schwöre es dir, Penny.«

»Beruhige dich. Ich greife dich nicht an. Du hast das abgespeichert, aber Stewart muss dir befohlen haben, das alles zu vergessen. Du hattest sogar mal einen Notizzettel mit seiner Telefonnummer auf dem Schreibtisch. Das hast du sicherlich auch vergessen, oder?«

Wie ein kleiner Junge, der etwas angestellt hatte, stand Brian nun da und schaute sie fassungslos an.

»Ich hatte was?«

»Ja. Tatsache. Aber das ist jetzt nicht mehr wichtig. Brian. Ich blockiere jetzt die Nummer von Stewart in deinem Telefon. Er kann dich so nicht mehr anrufen. Ich bin mir recht sicher, dass er dich wieder beeinflussen könnte, wenn du seine Stimme hörst. Spätestens jedoch, wenn er dich noch mal berührt. Das müssen wir um jeden Preis vermeiden.«

Brian verstand es immer noch nicht wirklich, wie man an seinem anhaltenden Kopfschütteln sehen konnte. Aber scheinbar vertraute er Penny wirklich, denn er stellte nicht infrage, was sie gesagt hatte. Im Gegenteil, er schien sich jetzt die Schuld dafür zu geben.

Sie hörten eine laute Frauenstimme aus dem Großraumbüro schallen, die dazu aufforderte, sich zu versammeln. Die Leiterin der Polizeibehörde von Seattle, Abigail Crusher, war scheinbar in der Zwischenzeit im Dezernat angekommen, und hatte ihnen allen etwas zu sagen.

Penny war sich sicher, dass sie jetzt gleich eine neue Interims-Leitung der Mordkommission bekannt geben würde. Es stand außer Frage, dass eine so wichtige Abteilung keinen einzigen Tag ohne eine kommissarische Führung auskommen konnte. Erst recht nicht, wenn zur gleichen Zeit auch noch der Sergeant ihres Dezernats in Untersuchungshaft saß.

»Kolleginnen, Kollegen. Was heute passiert ist, hat die Polizeibehörden im Bundesstaat Washington bis ins Mark erschüttert.«

Penny ließ ihren Blick über die Anwesenden schweifen. Sie erkannte die Trauer und Fassungslosigkeit in jedem einzelnen Gesicht.

»Ich will, dass die allerhöchste Priorität auf der Aufklärung dieses Mords liegt. Es ist mir egal, wie viele

Überstunden Sie alle dafür machen müssen. Schlafen Sie hier. Duschen Sie hier. Essen Sie hier. Es geht niemand nach Hause, bis nicht wirklich alle Spuren ausgewertet sind und allen Hinweisen nachgegangen wurde.«

Es kamen keine Widerworte.

Kein Raunen ging durch den Raum.

Nur ein kollektives Nicken war zu sehen.

»Ich werde die nächsten Tage die meiste Zeit selbst hier sein und die Ermittlungen leiten. Wenn ich das schon von Ihnen erwarte, dann will ich verdammt sein, wenn ich das Gleiche nicht auch von mir verlange. Ich kannte Larry viele Jahrzehnte. Viel haben wir gemeinsam durchgestanden. Ich bin ihm das verdammt noch mal schuldig!«

Kurz schwieg sie und schaute in die Runde.

»Wer von Ihnen ist Penelope Hamilton?«

Nervös hob Penny die Hand.

»Ah, gut. Soweit ich mitbekommen habe, sind Sie am tiefsten in der Materie drin, an der Captain Jennings ermittelt hatte. Zumindest taucht neben seinem Namen ausschließlich Ihrer in den Akten auf. Sie sind jetzt bis auf Weiteres meine rechte Hand in dieser Sache. Wir setzen uns gleich zusammen und Sie bringen mich auf einen aktuellen Stand. Aber jetzt lassen Sie uns die Häupter senken und in einer stillen Minute Captain Jennings gedenken.«

Stille kehrte ein.

Jedoch hielt diese nicht lange, denn das Smartphone eines Detectives klingelte.

»Das ist das Labor. Da muss ich rangehen. Sorry.«

Er hätte sich nicht entschuldigen müssen, denn auf diesen Anruf warteten alle. Gebannt schauten sie auf ihren Kollegen, der die meiste Zeit schwieg und seinen Gesprächspartner berichten ließ. Als er aufgelegt hatte, konnte Penny in seinem Gesicht weder Freude noch Niedergeschlagenheit lesen.

»Die gute Nachricht ist, dass eine komplette DNA-Sequenz isoliert werden konnte. Ebenso haben wir zwei komplette Fingerabdrücke, die nicht vom Captain oder seinem Umfeld stammen. Die schlechte Nachricht ist, dass nichts von alledem zu irgendeinem Eintrag in unseren Datenbanken passt.«

Das waren in der Tat keine guten Nachrichten, doch Penny hatte ein Ass im Ärmel und jetzt war vielleicht der Moment, es auszuspielen.

»Ms. Crusher. Ich habe da etwas, das uns einen Schritt weiterbringen könnte. Vielleicht sollten wir sofort mit dem Briefing loslegen, dann erzähle ich es Ihnen.«

»Nachdem Rodriguez Garcia gegangen war, habe ich von dem Glas, aus dem er getrunken hatte, die Fingerabdrücke genommen. Ich konnte einige vollständige Abdrücke sichern. Nennen Sie es ein Bauchgefühl, Ms. Crusher, aber wir sollten schauen, ob die zu den Abdrücken beim Captain passen.«

Abigail Crusher schaute Penny an, als hätte sie ihr gerade erzählt, dass sie einen Elefanten in der Kaffeeküche gesehen hätte.

»Und woraus schließen Sie das, Detective?«

Und wieder einmal wusste Penny, dass sie genau diese eine Chance hatte, jemanden von ihrer These zu überzeugen. Dieses Mal war es sogar noch drastischer als bei Captain Jennings. Denn dieses Mal ging es um die Aufklärung des Mords an eben jenem.

»Ich bin der Meinung, dass Mr. Garcia eine Art

Handlanger oder rechte Hand von Joshua Stewart ist. Egal, wo ich an der SeattleU ermittelt habe, er war immer in der Nähe, hatte gefühlt immer ein Auge auf das, was ich tat. Da beim ersten Mal kurz darauf auch Stewart selbst bei mir auftauchte, lag es für mich auf der Hand, dass Garcia ihn informiert hatte.«

Crusher schien im Ansatz überzeugt, aber ganz reichte es ihr noch nicht.

»Und was kam beim Verhör heraus?«

»Er war recht nervös. Das war sowohl mein Eindruck als auch der von Captain Jennings. Da ich bereits bei Professor Tickners Witwe den Eindruck hatte, dass sie je nach Fragestellung unterschiedliche Antworten gab, habe ich dasselbe bei Mr. Garcia probiert. Ich hatte Ihnen ja eben von unserer Theorie bezüglich der Hypnose berichtet. Auch Garcia antwortete je nach Frage unterschiedlich. Jedoch sagte er nichts, was ihn oder Stewart belastet hätte.«

Ihre Gesprächspartnerin nickte. Ein gutes Zeichen.

»Okay. Nehmen wir an, dass da etwas dran ist. Sie haben diese Fingerabdrücke illegal beschafft. Die können wir nicht verwenden.«

Jetzt war es Penny, die nickte und grinste.

»Das ist mir durchaus bewusst. Ich würde vorschlagen, dass wir die Fingerabdrücke, die ich genommen habe, mit denen an der Leiche vom Captain vergleichen. Sollten es Garcias Fingerabdrücke sein, dann holen wir ihn nochmals zum Verhör ab und konfrontieren ihn mit den Fotos der Leiche des Captains. Ich bin mir recht sicher, dass er dann einknickt.«

»Wie kommen Sie denn darauf? Wer kaltblütig einen Mord begeht, der wird sicherlich bei einem Foto nicht gestehen. Ich glaube, Sie haben zu viele Polizeiserien geschaut, meine liebe Detective.«

Beschwichtigend hob Penny die Hand.

»Das ist mir durchaus bewusst, Ms. Crusher. Aber eine Sache ist an diesem Mord anders und daher bin ich mir recht sicher, dass Stewart den armen Mr. Garcia hat über die Klinge springen lassen. Der Mord heute war schlampig. Fingerabdrücke und auch Hautspuren unter den Fingernägeln. Das passt nicht in das Muster. Bei beiden anderen Morden haben wir geradezu klinisch reine Tatorte vorgefunden und genau so waren auch die Leichen.«

Crusher verstand scheinbar, worauf Penny hinauswollte und willigte schließlich ein. Sie machte ihr jedoch nochmals klar, dass sie im Grunde stark an diesem Hypnose-Quatsch zweifelte. Aber da selbst Larry Jennings absolut davon überzeugt gewesen zu sein schien, hatte sie keine andere Wahl, als Pennys These zumindest in Erwägung zu ziehen.

Das ganze Briefing hatte über eine Stunde gedauert. Die Leiterin der Polizeibehörde hatte eine Menge Fragen und las auch immer wieder parallel in Jennings Akten-Notizen.

Als Penny fertig war, blieb nur noch ein wichtiges Anliegen.

»Ms. Crusher, es besteht die Möglichkeit, dass Stewart auf noch weitere Kollegen hier im Dezernat Zugriff hat. Detective Gordon kann ich inzwischen ausschließen. Aber leider nur ihn. Ich würde daher vorschlagen, dass wir die Ermittlungsergebnisse erst einmal unter Verschluss halten. Stewart soll ruhig noch im Dunkeln tappen und nicht wissen, ob sein Schachzug Erfolg hatte.«

Der Abgleich der Fingerabdrücke dauerte noch einmal geschlagene zwei Stunden. Das lag allerdings nur daran, dass die von ihr genommenen Abdrücke erst digitalisiert werden mussten. Der Kollege, der dafür zuständig war, musste erst einmal wieder aus dem Feierabend geholt werden.

»Er ist es. Ja, Ms. Crusher, es besteht kein Zweifel.«

Penny legte auf und sah Brian mit einem Blick an, den man wohl am ehesten mit Genugtuung beschreiben konnte. Jetzt mussten sie ihn nur noch dazu bekommen, zu gestehen. Oder aber einen Grund finden, ihn erkennungsdienstlich behandeln zu können.

Sie gähnte.

Kein Wunder, es war inzwischen nach 23:00 Uhr.

Morgen Früh direkt um 08:00 Uhr würden sie Rodriguez Garcia an der SeattleU zum Gespräch abholen. Bis dahin hatten sich beide eine Mütze Schlaf verdient.

KAPITEL 30
JOSHUA

Obwohl der gestrige Abend mit Annika wunderbar war, hatte Josh sich nicht wirklich auf seine Freundin einlassen können. Er war stiller und in sich gekehrter, als sie ihn bisher erlebt hatte. Natürlich hatte sie das sofort gemerkt und sich geradezu rührend um ihn gekümmert.

Er hatte sie schon wieder anlügen müssen, denn, dass er wegen Rod traurig war, hätte er ihr wohl kaum sagen können. Ein guter Bekannter von früher sei unerwartet gestorben. Diese Ausrede war die Erste, die ihm eingefallen war. Zugegebenermaßen ein wenig drastisch, aber so hinterfragte Annika zumindest sein Verhalten nicht. Und wenn er es genau betrachtete, hatte er wirklich so etwas wie einen guten Bekannten aufgeben müssen. Einen Vertrauten, mit dem er vieles geteilt hatte, ob dieser es wollte, oder nicht.

Ob sie ihn schon verhaftet haben?

Joshua hatte tatsächlich ein schlechtes Gewissen. Anfangs war es nur dieses bedrückende Gefühl, aber dieses wich jetzt langsam etwas, das er nicht kannte. Selbst als er seinen Dad fallen sah und seiner Mom in die Augen blickte, als sie eine Tablette nach der anderen nahm. Ein schlechtes

Gewissen hatte er dabei nicht. Im Gegenteil, es fühlte sich befreiend an. Bei Rod war es nicht so.

Er musste jetzt dringend alles abschütteln, was ihn herunterzog. Annika würde niemandem etwas erzählen, aber außer ihr sollte niemand etwas mitbekommen.

Also setzte er wieder sein strahlend weißes Lächeln auf, als er an der SeattleU ankam.

Gut, dass er an diesem Morgen keine Vorlesungen hatte. Zum Mittagessen war er wieder mit Annika verabredet und bis dahin hätte er eigentlich Facharbeiten korrigieren müssen. Als er aber wieder alleine in seinem Büro saß, kreisten seine Gedanken um etwas ganz anderes.

Es manifestierte sich in Josh der Wunsch, die Uni zu verlassen und es wirklich bei einem der großen Konzerne in Seattle zu versuchen. Er hatte die letzten Jahre das Rampenlicht als Wunderkind genossen. Und nicht nur das. Vielmehr noch die endlosen kurzen Affären mit unzähligen Studentinnen, die er schamlos für die Befriedigung seiner Bedürfnisse manipuliert hatte.

Aber jetzt wurde es Zeit, richtig Geld zu verdienen und bei den Erwachsenen mitzuspielen. Marketing oder Pressearbeit schwebten ihm vor. Kommunikation fiel ihm schon immer leicht, zumal er im Grunde nach jedem Händedruck einen Freifahrtschein hatte. Und genau auf diese Art würde er sich seinen Platz bei einem großen Konzern ergattern.

Lieber Kaffee oder Software, Hardware und Clouddienste? Ich liebe Starbucks und ich mag deren Auftreten in der Öffentlichkeit. Außerdem bin ich ein Mac und kein PC. Microsoft. Mit uns wird das leider nichts.

Er grinste kurz und es war das erste Mal an diesem Tag, dass er das tat.

Über eine Suchmaschine suchte er sich rasch die Adresse des Hauptquartiers von Starbucks heraus. Er würde dort heute Nachmittag nach der Vorlesung einfach vorbeifahren und ein paar Leuten, die das Gebäude verließen, freundlich die Hände schütteln. Vielleicht ist ja jemand aus der richtigen Abteilung dabei und er hätte einen ersten Fuß in der Tür.

Josh schloss seinen Laptop und kramte die erste Facharbeit heraus.

Was für ein langweiliger Mist.

Wieder kam ihm Rod in den Sinn. Kurzerhand griff er zum Hörer und rief im Facilitymanagement an.

»Professor Stewart hier. Bei mir im Büro schließt ein Fenster nicht mehr richtig. Ich habe keine Ahnung, woran das liegt. Wären Sie so nett und schicken jemanden vorbei? Am liebsten wäre mir dieser freundliche Latino. Wie war noch gleich sein Name ... Garcia, Rodriguez Garcia.«

»Gerne, Professor Stewart. Mr. Garcia ist heute nur leider verhindert. Ich kann Ihnen aber heute noch einen Kollegen vorbeischicken.«

Josh seufzte.

»Nein. Vielen Dank. Ich warte dann lieber auf Mr. Garcia. Es eilt ja auch nicht so sehr.«

Er legte auf, nahm seine Brille von der Nase und rieb sich die Augen.

Sie haben ihn.

»Wie war dein Vormittag, Josh?«

Annika umarmte ihn stürmisch und gab ihm dann einen Kuss zur Begrüßung. Die quirlige Studentin schaffte es auch dieses Mal, ihm sofort ein aufrichtiges Lächeln ins Gesicht zu zaubern.

Lachend nahm er seine Brille ab und holte ein Putztuch aus der Tasche.

»Seitdem ich dich kenne, putze ich andauernd meine Brille. Und was meinen Vormittag angeht, frag nicht. Langweiliges Korrigieren von noch langweiligeren Facharbeiten.«

Sie tat so, als müsste sie gähnen.

»Ach, du armer Hase.«

»Hase? Ist das jetzt mein offizieller Kosename, mein Söckchen?«

Annika prustete los.

»Söckchen? Das ist ja mal der bescheuertste Kosename, der je zu mir gesagt wurde.«

Ein kurzer Anflug von Eifersucht durchfuhr Josh, er ließ sich jedoch nichts anmerken. Logisch, dass sie vor ihm andere Freunde hatte und logisch, dass diese ihr Kosenamen gaben. Er kannte nur dieses Gefühl bisher nicht und erschrak daher vor seiner eigenen Reaktion.

»Na gut. Dann bist du halt kein Söckchen. Du, Annika. Ich möchte mit dir über etwas reden und deine Meinung dazu hören.«

Er wurde bei diesem Satz etwas ernster und sie schien sofort zu verstehen, dass die Zeit der Herumalberei jetzt erst einmal vorbei war.

»Na klar, schieß los. Das klingt so ernst.«

Josh lächelte sie bewusst an, um ihr klarzumachen, dass es nichts Dramatisches war.

»Ich überlege gerade, die Uni zum Ende des Semesters zu verlassen. Mir macht das Dozieren in letzter Zeit keinen Spaß mehr. Eine gewisse Zeit war es wirklich amüsant und hat mir auch etwas gegeben. Aber das ist leider nicht mehr so. Ich bin noch jung und ich mag mich beruflich verändern. Daher möchte ich gerne in die Privatwirtschaft gehen.

Irgendwas mit Marketing oder Pressearbeit könnte mir Spaß machen.«

Annika lehnte sich zurück und verschränkte die Arme vor der Brust.

»Wirst … wirst du Seattle dafür verlassen?«

Er schüttelte grinsend den Kopf.

»Und mein Söckchen dann nicht mehr sehen können? Niemals! Ich möchte es bei Starbucks versuchen. Die sind nur zehn Minuten vom Campus weg. Ich könnte vielleicht sogar in meinem Apartment wohnen bleiben.«

Sie wirkte augenblicklich sehr erleichtert und atmete hörbar aus.

»Jetzt habe ich ganz kurz gedacht, dass das hier eines dieser creepy Trennungsgespräche wird.«

Josh lachte.

»Darauf kannst du lange warten, Söckchen.«

»Nenn mich weiter Söckchen und ich führe ein solches Gespräch mit dir. Aber zurück zum Thema. Wenn dich das glücklich macht, dann finde ich das super. Ich werde deine Vorlesungen zwar vermissen, aber du hast ja dann die Abende Zeit, mich weiter mit deinen Kosenamen aus der Hölle zu quälen.«

Wenn alles so herrlich unkompliziert wäre, bräuchte ich niemanden zu manipulieren.

Die Fahrt zum *Starbucks Center* in der 2401 Utah Avenue Süd dauerte mit einem Uber-Taxi wirklich gerade einmal zehn Minuten und das trotz des langsam einsetzenden Feierabendverkehrs.

Das Hauptquartier des Kaffee-Giganten sah ein klein wenig unheimlich aus. Ein großer Turm in der Mitte des

Gebäudes, an dem oben eine große alte Uhr installiert war und darüber thronte ein riesiges halbes Markenlogo.

Josh stellte sich mitten vor den Haupteingang und schaute auf die Menschen, die das Gebäude verließen. Er versuchte einzuordnen, welchen Abteilungen diese wohl angehören würden. Es war vergebene Liebesmüh. Viele waren leger gekleidet und hätten rein vom Äußeren her überall im Unternehmen arbeiten können.

Planänderung.

Schnell zückte er sein Smartphone und suchte bei einem Karrierenetzwerk nach *Starbucks* und *Human Ressources*. Eine Liste von Frauen und Männern wurde ihm angezeigt. Zu viele und viel zu kleine Fotos, um sich alle Gesichter einzuprägen. Er zoomte so an die Konterfeis heran, dass genau vier auf dem Display Platz hatten.

Vielleicht habe ich ja Glück.

Josh hatte Glück. Wie so oft.

Die Dame auf dem dritten Foto verließ knapp zwanzig Minuten später das Gebäude. Laut Webseite war sie *Senior Human Resources Leader* und damit seine Eintrittskarte.

»Oh, Ms. Hogan. Professor Joshua Stewart von der SeattleU. Hätten Sie einem Moment für mich?«

Er hielt ihr die Hand zum Gruß hin. Sie zögerte kurz und musterte Josh von oben bis unten. Dann stahl sich ein Lächeln auf ihr Gesicht und sie erwiderte den Händedruck.

»Professor Joshua Stewart. Sie kenne ich doch aus den Medien. Das Wunderkind aus Tacoma. Schön, Sie kennenzulernen. Was kann ich für Sie tun?«

Ich liebe es, wenn ein Plan funktioniert.

KAPITEL 31
PENNY

Sie hatte kurzerhand bei Brian übernachtet, was zwangsläufig bedeutete, dass beide nur wenig Schlaf bekommen hatten. Dennoch war sie hellwach und fokussiert. Heute war ein extrem wichtiger Tag, an dem nichts schieflaufen durfte.

Brian hingegen wirkte müde und ausgelaugt. Sie redeten nicht viel auf dem Weg zum Dezernat, sodass Penny Zeit zum Nachdenken hatte.

Plötzlich durchfuhr sie ein Gedankenblitz und sie schnippte mit den Fingern. Brian erschrak heftig und schaute sie fragend an.

»Ich habe eine Idee. Ich muss kurz telefonieren. Erkläre dir alles später.«

Sie kramte ihr Smartphone hervor und suchte die Telefonnummer des jungen Mannes heraus, den sie neulich im Wartezimmer ihres Arztes kennengelernt hatte. Fieberhaft versuchte sie, sich an seinen Namen zu erinnern. Im Stress der letzten Tage war er ihr vollkommen entfallen.

Noah. Sein Name war Noah Hill.

Als sie den Namen in ihrem Telefonbuch las, fiel er ihr sofort wieder ein. Ohne zu zögern, rief Penny ihn an.

»Hey, Noah. Hier ist Penelope Hamilton. Wir hatten uns neulich beim Arzt im Wartezimmer unterhalten und Nummern getauscht. Erinnerst du dich an mich?«

»Guten Morgen, Penelope. Aber klar erinnere ich mich an dich. Was verschafft mir die Ehre?«

Erleichtert atmete sie aus.

»Immer noch auf Jobsuche? Eventuell hätte ich da etwas für dich.«

»Aber klar doch. Ich mache alles, um von den Tagelöhner-Jobs wegzukommen. Was ist es?«

Jetzt rächte es sich, wenn man spontane Ideen hatte, die man noch nicht zu Ende gedacht hatte. Penny musste improvisieren.

»Ein Job als Hausmeister. Aber den Rest würde ich gerne persönlich mit dir besprechen, denn ich müsste dich dafür um einen großen Gefallen bitten. Ich melde mich zeitnah wieder bei dir. Dann könnten wir vielleicht irgendwo einen Kaffee trinken und ich erkläre dir alles. Okay?«

Brian warf ihr in der Zwischenzeit immer mehr fragende Blicke zu.

»Oh. Absolut kein Thema. Melde dich einfach. Für einen richtigen Job mache ich beinahe alles, Penelope. Danke, dass du an mich gedacht hast.«

Wenn du wüsstest, warum du der ideale Mann für diesen Job bist, hättest du das wahrscheinlich nicht gesagt.

Als sie aufgelegt hatte, konnte Brian sich nicht mehr halten.

»Okay? Du suchst also einen Hausmeister? Klär mich mal auf, Penny.«

Penny lachte.

»Nein, nein. Nicht ich, Brian. Aber ich weiß, wo wahrscheinlich bald eine Stelle frei wird. Ich erkläre es dir später, okay? Hoffen wir jetzt erstmal, dass Rodriguez Garcia gesteht. Vorher ist das alles nur eine Schnapsidee.«

Er grummelte, aber gab sich mit der Erklärung erst einmal zufrieden.

Pennys Gedanken rotierten den Rest der Fahrt. Fieberhaft überlegte sie, wie sie es anstellen könnte, Noah bei der SeattleU als Hausmeister unterzubringen. Das Ganze natürlich, ohne selbst in Erscheinung zu treten und so einen Verdacht zu erregen. Sie ahnte bereits, dass sie dafür wieder ihr ganzes nicht vorhandenes Schauspieltalent würde auffahren müssen.

Wenn das mit Noah in trockenen Tüchern sein würde, wartete danach aber noch eine viel größere Herausforderung auf sie. Aber alles zu seiner Zeit.

Penny und Brian tauschten im Dezernat im Grunde nur den Impala gegen einen Dienstwagen und fuhren dann direkt weiter zur SeattleU.

Garcia war gerade im Lager dabei, die neu gelieferten Reinigungsmittel auszupacken und in den Regalen zu verstauen. Er schien in keiner Weise überrascht, als er die beiden sah. Im Gegenteil, es wirkte, als hätte er geradezu auf sie gewartet.

Ich wette, er gesteht gleich nicht nur den Mord am Captain, sondern auch noch direkt die beiden anderen Morde. Wenn das so ist, muss Stewart dahinterstecken.

»Ah, Señorita Hamilton. Heute mit Verstärkung.«

Garcia schwieg von diesem Moment an und sagte auch während der Fahrt zum Dezernat keinen Ton. Brian führte ihn in einen der Verhörräume, während Penny im Nachbarraum die Kamera und ein Mikrofon für den Mitschnitt vorbereitete.

Als Brian danach zu ihr kam, platzten ihre Gedanken aus ihr raus. Sie musste das einfach mit ihm teilen und darauf hoffen, dass Stewart wirklich keine Gelegenheit mehr hatte, Brian zu erreichen und zu manipulieren. Denn ab dem Moment hätte er gewusst, dass sein scheinbar genialer Plan nicht aufgehen würde.

»Brian. Ich weiß nicht, wie du das siehst, aber das ist alles zu einfach. Ich wette mit dir, dass Garcia gleich auch ohne schwere Geschütze den Mord an Captain Jennings gestehen wird.«

Er runzelte die Stirn in einer Art und Weise, die Penny deutlich zeigte, dass er ihr nicht folgen konnte.

»Ja, vielleicht glaubst du das nicht. Aber du wirst sehen. Und ich lege noch einen obendrauf. Er wird danach auch ohne Umschweife die anderen beiden Morde gestehen.«

Jetzt hob Brian beschwichtigend die Hände.

»Ich glaube, du steigerst dich da langsam etwas rein, Penny.«

Sie hatte mit so einer Art von Antwort gerechnet. Aber sie nahm es ihm nicht übel. Er war in die Ermittlungen, die sie mit Jennings geführt hatte, absichtlich nur am Rande involviert worden. Auch danach, als Crusher übernommen hatte, hatte Brian nie den gesamten Einblick erhalten. Das lag aber hauptsächlich daran, dass so gut wie keine Zeit war, ihn richtig zu briefen.

Penny hatte immer während der Autofahrten ein paar Sachen erzählt, damit er wenigstens grob einen Überblick hatte. Witzigerweise schien er auch Dinge vergessen zu haben, die die anfänglichen Ermittlungen rund um den ersten Mord betrafen. Das ging sogar so weit, dass er sich an seine eigenen Sätze aus seinen eigenen Akten nicht mehr erinnerte.

Penny vermutete, dass er von Stewart irgendwie eine Art Gehirnwäsche erhalten hatte und alles vergessen sollte. Das hatte sie ihm aber natürlich nie gesagt.

Entsprechend milde fiel daher auch ihre Reaktion auf seine Worte aus, dass sie sich in etwas reinsteigern würde.

»Hör mal, Brian. Ich verstehe, dass du das denkst. Aber vertrau mir einfach. Hinter alledem steckt Stewart und am Ende werden wir das beweisen und ihn zur Strecke bringen. Stewart wurde die ganze Sache zu heiß und ich verwette meinen Arsch darauf, dass Rodriguez Garcia sein Bauernopfer war, um den Hals aus der Schlinge zu ziehen.«

Brian entspannte sich sichtlich und schien Pennys Aussagen zumindest nicht mehr infrage zu stellen.

»Okay, aber ich liebe deinen Hintern. Du darfst ihn nicht verwetten. Nein, im Ernst. Schauen wir, was gleich passiert.«

Sie umarmten sich kurz und Brian gab ihr einen Kuss auf die Stirn.

Und jetzt lasset die Spiele beginnen.

Das Verhör mit Garcia verlief exakt so, wie Penny es prophezeit hatte. Sie hatten ihm direkt zu Beginn ein Foto von Captain Jennings vorgelegt. Darauf lag er in seinem eigenen Blut, eine Hand auf der Wunde, die andere weit von sich gestreckt. Seine gebrochenen Augen standen offen und starrten ins Leere.

Rodriguez Garcia zuckte nicht mal mehr mit der Wimper. Das konnte man jetzt so oder so deuten. Entweder war er einfach nur sehr abgebrüht, was natürlich nichts heißen musste, oder er kannte diesen Anblick bereits, weil er selbst der Mörder war. Penny ließ das Foto ein paar Minuten liegen und saß gemeinsam mit Brian einfach nur schweigend da.

Dann holte sie ein anderes Foto aus der vorbereiteten Mappe, welches bei Garcia eine sofortige Reaktion hervorrief. Er verkrampfte sich kurz. Kaum merklich, aber dennoch für beide wahrnehmbar. Das Foto zeigte eine Nahaufnahme von Captain Jennings Hand. Es war sehr deutlich und klar zu sehen, dass sich unter den Fingernägeln Hautpartikel, etwas Blut und ein kurzes Haar befanden.

Auch dieses Foto ließ sie etwas wirken. Sogar ein paar Minuten länger. Ein guter Beobachter konnte genau sehen, dass er immer nervöser wurde. Es war ein kleines Zucken an einem Finger. Ein schweres Einatmen. Ein leichtes Wippen mit den Füßen.

Penny musste ihn danach nur noch fragen, ob es irgendwo an seinem Körper eine Stelle gäbe, zu denen diese Hautpartikel auf dem Foto passen würden. Irgendeine frische Kratzspur. Es war gar nicht erst nötig, Druck aufzubauen oder ihm gut zuzureden.

Garcia sang wie ein Kanarienvogel.

Erst gestand er den Mord am Captain und gab als Motiv an, dass er Angst gehabt hätte, dass man ihm auf die Schliche kommen würde. Auf die Gegenfrage von Penny, warum er sie dann nicht auch ermordet hätte, obwohl er genau wusste, dass sie viel mehr in die Ermittlungen involviert war, schwieg er.

Dann gestand er den ersten Mord an der SeattleU. Als Motiv gab er Habgier an. Habgier setzte aber in der Regel voraus, dass man einer Sache habhaft werden wollte und dafür mitunter zu doch recht terminalen Aktionen wie einem Mord griff. Wem oder was Garcia habhaft werden wollte, konnte er ebenfalls nicht benennen.

Blieb der Mord an Tickner, den er auch unaufgefordert gestand. Und zwar, bevor Penny oder Brian etwas sagen konnten. Hier gab er als Motiv niedere Beweggründe an. Er hätte den Eindruck gewonnen, von Professor Tickner immer wieder abschätzig angeschaut worden zu sein. Bei einem Aufeinandertreffen der beiden hätte dieser ihm offen gesagt, dass er Latinos verabscheue. Daher hätte er sich rächen wollen und es wie Selbstmord aussehen lassen.

Nach diesen Geständnissen schwieg Garcia und antwortete auf keine Rückfragen mehr.

Brian beendete das Verhör schließlich, verhaftete ihn und ließ ihn zur erkennungsdienstlichen Behandlung abführen.

»Den Rest sollen die Kollegen erledigen. Gut, dass wir das Schwein haben. Hut ab, Penny. Du hattest tatsächlich recht.«

Penny schaute zerknirscht. Wieder einmal rasten ihre Gedanken. Es war wirklich so eingetreten, wie sie es vermutet hatte. Sie schloss daraus, dass sie recht haben musste, was Stewart betraf. Eine vage Angst schlich sich in ihr Unterbewusstsein, dass sie vielleicht immer noch die Nächste sein könnte.

»Brian. Garcia kann zumindest mit dem Mord an Professor Tickner nichts zu tun haben, außer, Stewart hat ihm auch das Gedächtnis gelöscht. Die E-Mails von Carter an Tickner sind gesichert und verifiziert. Carter ist zum jetzigen Zeitpunkt der Hauptverdächtige, so abstrus das auch erscheint. Wir haben handfeste Beweise gegen ihn. Wir haben keinen einzigen Beweis, der Garcias Geständnis stützt.«

Ihr Freund und Kollege runzelte die Stirn und schien erst jetzt wirklich zu verstehen, worauf Penny hinauswollte.

»Du hast recht, das habe ich komplett ausgeblendet. Ich war so happy, dass wir den Mörder des Captains haben, dass ich daran nicht gedacht habe. Wir haben quasi zwei Mörder für ein Opfer und nur einer von beiden kann es gewesen sein.«

Sie nickte heftig.

»Du bist so nah dran, es zu verstehen, Brian. Ich bin mir so sicher, dass Tickner Joshua Stewart irgendwie gefährlich wurde, also musste er ihn aus dem Weg schaffen. Mich konnte Stewart nicht beeinflussen und mich umzubringen war wohl zu auffällig. Also hat er Carter als erstes Bauernopfer installiert. Es würde mich nicht wundern, wenn er die halbe IT-Abteilung der SeattleU in der Tasche hat und die alle E-Mails für ihn gefälscht haben. Er hat aber nicht damit gerechnet, dass Captain Jennings übernimmt, die Ungereimtheiten in den Akten findet und alles noch mal aufrollt. Er muss Panik bekommen haben und dann Garcia als zweites Bauernopfer hergenommen haben, um seinen Kopf aus der Schlinge zu ziehen. Überleg mal. Geständnisse für alle Morde. Er ist fein raus.«

»Das wäre mehr als clever. Aber er ist ja auch ein Wunderkind.«

Sie prustete auffälliger, als sie wollte, was Brian wieder einen verständnislosen Blick ins Gesicht zauberte.

»Da wäre ich mir nicht so sicher. Es würde mich nicht mehr wundern, wenn er sich das in den letzten Jahren alles einfach nur zurechtmanipuliert hat.«

Kurz kehrte Stille ein, bevor sie weitersprach.

»Wir müssen dafür sorgen, dass Stewarts Plan nicht aufgeht. Wenn Crusher von den Geständnissen hört, dann wird sie die Sache ad acta legen, einen neuen Captain und

Sergeant ernennen und uns überlassen, wie wir mit Carter weiter verfahren. Das darf nicht passieren, dann kommt Stewart wirklich mit allem davon.«

Brian hatte augenscheinlich verstanden und er verstand jetzt wohl auch endlich, warum Penny sich immer mehr in Rage geredet hatte und nun mit Tränen in den Augen vor ihm stand. Diese unglaubliche Ungerechtigkeit nahm sie so dermaßen mit, dass sie ihre Tränen nicht halten konnte.

Er nahm sie liebevoll in den Arm und hielt sie einfach nur fest. Scheinbar schien er zu wissen, dass es in diesem Moment besser war, zu schweigen.

»Versprich mir, dass wir Stewart das Handwerk legen.«

»Das werden wir.«

Als sie sich wieder gefangen hatte, rief Penny die Leiterin der Polizeibehörde Abigail Crusher an. Sie umriss kurz den vermeintlichen Erfolg, was die Aufklärung der Morde anging. Dabei unterstrich sie, dass sie sehr sicher sei, dass Garcia wirklich der Mörder von Captain Jennings sei.

Dass es aber berechtigte Zweifel gäbe, was die restlichen zwei Geständnisse anginge und, dass man in diese Richtung weiter prüfen und ermitteln müsse. Sie bat offen um das Vertrauen von Crusher.

Penny bekam das Vertrauen ihrer Chefin. Als sie aufgelegt hatte, seufzte sie vor Erleichterung.

Es war also noch nicht vorbei. Es bestand noch eine Chance, Stewart zu erwischen. Brian, der die ganze Zeit neben ihr saß, blickte sie gespannt an.

»Wir können weitermachen! Du rufst jetzt bitte bei der Verwaltung der SeattleU an und sagst, dass Rodriguez Garcia in Haft ist und so schnell nicht wiederkommen wird.

Sag einfach, dass du nur Bescheid sagen wolltest, damit man sich keine Sorgen machen soll.«

»Okay? Ist das jetzt neuer Polizei-Standard, oder verfolgst du wieder einen Plan, von dem ich noch nichts weiß?«

Penny grinste verschmitzt.

»Ein Plan natürlich. Vertrau mir einfach.«

Nun stand ihr ein letzter, dafür aber sehr schwerer Anruf bevor. Ein Anruf, der am Ende über das Gelingen des ganzen Plans entscheiden würde. Sie scrollte durch die Telefonbuch-Einträge in ihrem Smartphone, bis sie den richtigen Eintrag gefunden hatte.

Victoria Stewart. Da bist du ja.

Nervös biss sie sich auf die Unterlippe und klickte auf Wählen.

KAPITEL 32
JOSHUA

Josh hatte Annika noch gestern Abend erzählt, dass er recht spontan zu Starbucks gefahren war und dort auch direkt mit einer netten Dame aus der Personalabteilung sprechen konnte. Natürlich war es Zufall, dass die Dame Zeit für ihn hatte. So stellte er es zumindest dar. Seine Bekanntheit als das *Wunderkind aus Tacoma* hätte ihm geholfen.

Das war zumindest die halbe Wahrheit.

Sie versprach ihm, sich heute oder spätestens morgen bei ihm zu melden. Bis dahin wollte sie in den entsprechenden Abteilungen abklopfen, was an Stellen frei wäre. Ein formelles Vorstellungsgespräch würde sie aber dennoch ansetzen. Er hatte sofort bemerkt, dass Ms. Hogan daran interessiert war, Josh für Starbucks zu gewinnen. Logisch, viele kannten seine Fähigkeit, sich binnen Tagen in neue Themenfelder einzuarbeiten.

Hogan konnte nicht ahnen, dass das alles nur Show war. Joshs großer Vorteil war, dass sie und auch alle anderen Beteiligten es auch nie erfahren würden.

»Kriegst du dann überall bei Starbucks kostenlosen Kaffee?«

Er konnte das Blitzen in ihren Augen sehen.

Sie meinte das durchaus ernst. Josh hatte in seinem ganzen Leben noch nie jemanden kennengelernt, der so verrückt nach Kaffee war, wie seine Freundin.

Die erste Vorlesung an diesem Vormittag ging rasch vorbei. Seine Gedanken schweiften heute schon weniger in Richtung Rod ab und er war froh darüber. Es gab wichtige Dinge, um die er sich heute kümmern müsste. Direkt heute Morgen war er im Büro von Dekanin Higgens vorbeigegangen, um einen Termin für den frühen Nachmittag zu bekommen. Für jeden anderen ein Ding der Unmöglichkeit. Für Josh jedoch nach einem Händedruck und ein paar auffordernden Worten überhaupt kein Problem.

Das Gespräch mit der Dekanin war dann schon eher eine ungewohnte Herausforderung für ihn. Sie hatte seit der Covid-Pandemie eine strikte Regel, an die sie sich akribisch hielt: niemandem die Hand zu reichen.

Jedoch stand sie ihm ausgesprochen wohlwollend gegenüber, denn es war Josh, der seinerzeit nach dem Tod des alten Dekans vorgeschlagen hatte, Higgens schnellstmöglich im Amt zu bestätigen.

Für ihn war es also heute nicht damit getan, ihr einfach kurz zu *diktieren*, wie er sich den Ablauf und sein Ausscheiden als Professor an der SeattleU vorstellte. Da es aber absolut keinen Sinn machte, um den heißen Brei herumzureden, fiel Josh auch gleich mit der Tür ins Haus.

Die Dekanin war natürlich wenig begeistert. Zum einen, weil man sich als Uni natürlich durchaus gerne damit rühmte, ein Wunderkind als Professor im Kollegium zu haben. Zum anderen aber auch, weil qualifizierte

Professoren für Rechtswissenschaften nicht gerade an Bäumen wuchsen. Etwas reumütig entschuldigte er sich daher sogar.

In solchen Momenten merkte man ihm sein Alter doch noch etwas an. Ein gestandener Professor hätte sich nicht entschuldigt, dass er eine neue Herausforderung suchte. Aber bei Menschen, die Josh nicht in der Hand hatte, fehlte es ihm am sonst so überdurchschnittlich viel vorhandenen Selbstbewusstsein.

Higgens hatte ab einem gewissen Punkt Mitleid mit ihrem jungen Kollegen und hörte daher auf, weiter bohrende Fragen zu stellen. Er hatte ihr zwar versucht darzulegen, was er nach seiner Professur machen wollte, jedoch haperte es etwas an den Beweggründen. Josh ging schnell in die Verteidigungsposition und die Dekanin hatte etwas Mühe, ihm klarzumachen, dass er sich nicht verteidigen müsse. Sie hatte aus reiner Neugier gefragt, wie sie ihm gestand.

Wie meine Mom. Ich hasse Menschen, die so mit mir reden. Was bildet die sich überhaupt ein.

Leider verkannte er total, dass es die Dekanin allem Anschein nach nur lieb gemeint hatte.

Die beiden einigten sich darauf, dass Josh am Ende des Semesters im Kollegium und auch in seinen Kursen seinen Weggang von der SeattleU bekannt geben würde. Er wollte kein Tamtam, keine förmliche Verabschiedung oder sonst irgendetwas, was Aufmerksamkeit erregte. Die Presse sollte erst recht keinen Wind davon bekommen. Auch wenn es inzwischen eher ruhig um ihn geworden war, was seine mediale Präsenz anging, so wollte er auf keinen Fall schlafende Hunde wecken.

Aufmerksamkeit barg immer die Gefahr, dass Menschen neugierig wurden, zu tiefbohrten und dann aus Versehen über Balkonbrüstungen flogen. Und Letzteres war nun wirklich nicht nötig.

Josh war gerade wieder dabei, Facharbeiten zu korrigieren, als sein Smartphone klingelte und eine ihm unbekannte Nummer anrief.

Zu seiner Überraschung war es die Sekretärin von Elisabeth Hogan. Eben jener Dame, die ein ziemlich hohes Tier in der Personalabteilung bei Starbucks war. Die junge Frau wollte mit ihm einen Termin für ein Vorstellungsgespräch ausmachen und bot ihm direkt für morgen Nachmittag einen Termin an. Selbstredend, dass Josh diesen annahm.

Nach dem Gespräch kam tatsächlich etwas wie Nervosität in ihm auf. Nicht, weil er Sorge hatte, dass er dort nicht gut ankommen würde. Nein, er war schlichtweg noch nie bei einem echten Vorstellungsgespräch.

Da ihm als Wunderkind bisher an der Uni alle Türen offenstanden, waren es immer nur reine Formsache und ein freundliches Händeschütteln. Niemand hätte jemals seine Kompetenz oder Eignung infrage gestellt.

In einem Großkonzern sah das jedoch anders aus und Josh wusste, dass es mit einem einfachen Händedruck und ein paar gemurmelten Anweisungen seinerseits nicht getan war. Der Job wäre ihm dann zwar sicher, aber viel Ahnung von Marketing oder Pressearbeit hatte er nicht. Es würde Zeit brauchen, sich ein Netzwerk aus Kollegen aufzubauen, die er für seine Zwecke heranziehen könnte. Noch viel mehr Zeit würde es brauchen, bis er die Mitarbeiter der Kaffeehauskette in so großer Menge unter seiner Kontrolle hatte, dass auch niemand mehr dumme Fragen stellen würde. Sein ursprünglicher Gedanke, der Form halber vorab in Harvard zu studieren, war wegen Annika auch nicht so leicht umsetzbar.

Das war in der Tat ein Problem, das ihm leider erst in diesem Moment in vollem Umfang bewusst wurde.

Bis morgen sollte ich mir die Basics in Sachen Marketing Bullshit-Bingo zu Gemüte geführt haben.

Trotz dieser Probleme war die Freude natürlich groß und diese Freude wollte er sofort mit Annika teilen. Sie würde gleich aus einer Vorlesung kommen und Josh beschloss kurzerhand, sie zu überraschen.

Professor Kolbury überzog mal wieder gnadenlos. Wie immer hasste Josh es, warten zu müssen.

Als die Vorlesung dann endlich vorbei war, stürmten die Ersten direkt aus dem Hörsaal. Seine Freundin ließ weiter auf sich warten. Der Strom an Menschen lichtete sich und er wagte einen Blick in den Raum. Zuerst sah er Kolbury, wie dieser gerade mit einem Studenten angeregt diskutierte.

Sehr gut, dann kann der jetzt wenigstens nicht nerven.

Er schaute sich weiter um auf der Suche nach Annika und fand sie schließlich in den hinteren Reihen. Sie war mit einem jungen Mann in ein Gespräch vertieft. Er kannte den Kerl aus seinen Vorlesungen, erinnerte sich spontan aber nicht mehr an seinen Namen.

Josh war zu weit weg, als dass er auch nur ein Wort hätte verstehen können. Sie wirkte ernst und nicht so quirlig, wie er es gewohnt war.

Nichts an der Situation zwischen den beiden sah nach einem Flirt aus, was er im Grunde auch ganz genau wusste. Dennoch kickte in diesem Moment seine Eifersucht so richtig rein. Adrenalin schoss durch Joshs Adern und er hatte

Mühe, sich unter Kontrolle zu halten. Am liebsten wäre er sofort zu diesem Kerl gegangen und hätte ihm befohlen, lachend vor den nächsten Bus zu laufen.

Es waren wirre Gedanken, die er in diesen Augenblicken hatte. Er versuchte verzweifelt, diese in den Griff zu bekommen.

Ein paar Momente später sah Annika ihn endlich, strahlte und winkte ihm zu. Sie ließ den Kerl kurzerhand stehen und lief auf Josh zu.

»Du kommst genau im richtigen Moment. Der Typ wollte mich auf einen Kaffee einladen und war irgendwie nicht begeistert davon, dass ich abgelehnt habe.«

Ich glaube, ich muss mich später mal mit dem Typen unterhalten.

»Wenn er dich noch mal nervt, sag einfach Bescheid. Dann kam auf wundersame Weise seine nächste Facharbeit nicht bei mir an und er kriegt seinen Schein nicht.«

Josh lachte absichtlich übertrieben gehässig, damit Annika davon ausgehen musste, dass er es ironisch meinte. Wenn sie in diesem Moment nur geahnt hätte, wie ernst es ihm damit war. Diese und einige weitere Fantasien, was er mit dem Kerl alles anstellen könnte, schwirrten durch seinen Kopf.

Plötzlich kam ihm ein Gedanke. Etwas, an das er gar nicht gedacht hatte, als er Rod seinen letzten Auftrag gab. Wer würde ab jetzt seine Drecksarbeit erledigen, solange er noch an der SeattleU wäre? Das Semester dauerte leider noch zu lange, als dass er ohne eine rechte Hand auskommen würde. Ein Problem, mit dem er sich recht bald befassen müsste.

KAPITEL 33
PENNY

An diesem Morgen war Penny bereits früh wach. Heute musste sie fit sein, denn heute hatte sie – sofern alles nach Plan lief – gleich zwei Gespräche, bei denen es um alles ging.

Doch bevor das erste Gespräch mit Noah überhaupt stattfinden konnte, hatte sie ein Telefonat vor sich, das eine gewisse Gefahr bot, als Fake aufzufliegen. Sie wollte es direkt morgens hinter sich bringen, noch bevor sie zum Dezernat fuhr.

»Guten Morgen, hier ist Josefine Smith vom Seattle Worksource. Bitte entschuldigen Sie die vielleicht ungewöhnliche Frage, aber haben Sie derzeit vielleicht Arbeitsstellen als Hausmeister vakant? Wir hätten da ein paar wirklich gute Arbeitssuchende, die wir gerne vermitteln würden.«

Während Penny diesen vorher einstudierten Satz herunterrasselte, fing sie an zu schwitzen. Sie war extrem nervös, dass diese Lüge aufflog. Dass man ihr nicht glaubte, oder auch ganz banal, dass derzeit gar keine Stelle frei war, weil man vielleicht doch noch auf die Rückkehr von Rodriguez Garcia hoffte.

Die Dame am Telefon war erst einmal hörbar überfordert mit der Anfrage und bat Penny beziehungsweise Josefine Smith darum, am Telefon zu bleiben. Sie hörte, wie sie scheinbar weiterverbunden wurde. Das war zumindest nicht das schlechteste Zeichen.

Es dauerte nicht lange, bis sie einen älteren Herren mit einem fürchterlichen Südstaaten-Akzent an der Strippe hatte. Erneut spulte Penny ihren einstudierten Gesprächseinstieg ab und dieses Mal schien sie beim richtigen Ansprechpartner.

Es stellte sich heraus, dass die SeattleU gleich zwei Hausmeister suchte und sie beide Kandidaten einfach vorbeischicken solle.

Sie jauchzte vor Freude, als sie aufgelegt hatte. Der ältere Herr mit der Kartoffel im Mund hatte nicht mal mehr irgendwelche Rückfragen gestellt. Er schien einfach nur verzückt zu sein, dass sich sein Personalmangel eventuell bald erledigt hatte.

Penny zögerte nicht lange und rief Noah an. Sie wollte ihn sofort treffen. Am besten irgendwo in der Stadt, wo sie niemand erkannte und man keine Verbindung herstellen konnte. Noah wartete gerade auf einen der unterbezahlten Tagelöhner-Jobs, als Penny anrief.

Die beiden verabredeten sich am Fishermen‘s Memorial. Für Penny durchaus ein Umweg auf dem Weg zum Dezernat, aber Noah war derzeit dort in der Nähe und daher war es selbstverständlich für sie, den Weg auf sich zu nehmen.

»Noah. Schön, dich zu sehen. Ich weiß gar nicht, wie ich dir danken soll, dass du deinen Platz in der Reihe aufgegeben hast, um dich mit mir zu treffen.«

Auch wenn das vielleicht etwas dick aufgetragen klang, Penny meinte das genau so, wie sie es sagte. Noah hätte heute vielleicht fünfzig oder sogar einhundert Dollar verdienen können und damit seine Familie ein oder zwei weitere Tage über Wasser halten können. Das hatte er aufgegeben und würde es seiner Freundin heute Abend irgendwie erklären müssen.

»Relax, Penelope. Es ist eine Chance und ich möchte mir keine einzige Chance entgehen lassen.«

Das beruhigte ihr Gewissen nicht unbedingt, aber es klang zumindest sehr überzeugend.

»Okay. Es tut mir dennoch leid. Aber wenn das alles so klappt, wie ich es mir erhoffe, hast du bald einen sicheren Job an der SeattleU. Aber wie so oft, hat das leider einen gewaltigen Haken. Genau deshalb wollte ich das auch persönlich mit dir besprechen.«

Noah hob die Augenbrauen. Nicht wertend, eher verwundert. Allein daran merkte Penny, dass er in seinem bisherigen Leben schon so einiges getan hatte, um ein paar Dollar zu verdienen.

Bevor sie überhaupt anfing zu erzählen, schwor sie Noah darauf ein, dass das, was er jetzt gleich hören würde, Details einer laufenden Ermittlung sein würden. Dass sie sofort ihren Job verlieren würde, wenn irgendjemand von dieser ganzen Sache Wind bekäme.

In den darauffolgenden zwanzig Minuten war es nur ihre Stimme, die man hörte. Sie ließ kein Detail aus. Vor allen Dingen schenkte sie Noah reinen Wein ein. Dass sie hier gerade mit ihm saß, weil auch er an hereditärer Neuropathie erkrankt war, genau wie sie. Dass sie der Meinung war, dass diese eher seltene Erkrankung der Grund dafür sein könnte, dass der Hauptverdächtige in dieser Sache keinen Einfluss auf sie nehmen konnte.

Sie war sich anfangs nicht sicher, was Noah von alledem hielt, was sie ihm gerade erzählt hatte. Es war vollkommen klar, dass ein gewisses Risiko bestand, dass Stewart ihn durchschaute, oder, dass er anfangs vielleicht auch Dinge für ihn tun musste, die er nicht tun wollte.

Noah verstand sofort die Mission hinter alledem.

Und er war mehr als bereit, einem skrupellosen Mörder und Manipulator das Handwerk zu legen. Penny war überrascht, wie abgebrüht Noah an die Sache heranging. Der feste Job war ihm fast egal, nachdem sie ihm alles erzählt hatte. Stewart zu entlarven, rückte für ihn in den Fokus.

Das läuft ja besser, als ich je gedacht hätte.

Er versprach ihr, sich sofort nach dem Gespräch bei der SeattleU zu melden. Von heute an würden sie mindestens einmal am Tag Kontakt halten, damit Noah ihr berichten konnte.

Penny hatte sich nicht in ihm getäuscht.

Er war ein wirklich intelligenter und aufrichtiger junger Mann, der einfach nur auf den falschen Weg geraten war. Auch wenn es ihr in diesem Moment mehr nützte als ihm, vielleicht wäre das Ganze hier für ihn eine echte Perspektive.

Nachdem die beiden sich verabschiedet hatten, hetzte Penny zum Dezernat. Sie musste unbedingt noch mit Brian sprechen, bevor sie sich gegen Mittag auf den Weg nach Tacoma machen würde. Ihr Gespräch mit Stewarts Schwester gestern verlief besser, als sie es erwartet hatte. Victoria Stewart war bereit, sich gleich heute mit ihr zu treffen.

Im Dezernat angekommen, zog sie ihren Freund und Kollegen in den Besprechungsraum und schloss die Tür. Inzwischen wusste das ganze Dezernat, dass die beiden ein Paar waren.

Offensichtlich interpretierten einige in diesem Moment zu viel hinein, als sie mit Brian im Besprechungsraum verschwand und die Tür schloss. Lautes Gejohle war zu hören.

Penny war es herzlich egal, was die Kollegen dachten. *Sollen die sich ruhig das Maul zerreißen und sonst was denken.*

Brian hingegen war gerade sehr schwer von Begriff. Entweder verstand er nicht, was die Kollegen denken könnten, oder er überspielte es gekonnt.

»Wie lief es? Ich habe schon gedacht, du kommst gar nicht mehr.«

Sie hatten sich einander gegenübergesetzt und Brian streichelte liebevoll ihre Hand.

»Es lief wunderbar. Noah ist an Bord und ist in diesem Moment auf dem Weg zur SeattleU, um sich vorzustellen. Er meldet sich, sobald er dort fertig ist. Bestenfalls mit einem Job in der Tasche.«

Sie grinste über beide Ohren und war sichtlich stolz über das Erreichte.

»Und er weiß wirklich alles? Also auch, dass wir alles leugnen müssen, wenn das irgendwie rauskommen sollte? Ich mein, das kann ihn ordentlich in Schwierigkeiten bringen. Und wenn Stewart es rausbekommt, wird es heikel.«

»Ja, er weiß alles. Ich habe ihm komplett reinen Wein eingeschenkt. Er fand es aufregend und meinte, dass ein Job und einem Verbrecher das Handwerk zu legen, eine ganz wunderbare Kombination wäre. Er ist ein cleverer Bursche. Ich denke, er wird das gut machen.«

Brian schien mit ihrer Antwort zufrieden zu sein.

»Und hast du auch etwas rausbekommen können?«

Sie sah ihn mit ernster Miene an, als sie diese Frage stellte.

»Nein, es ist komplett ruhig. Jeder scheint mit anderen Aufgaben betraut zu sein. Derzeit ermittelt zumindest offen niemand mehr an den Fällen. Auch, was Carter angeht, ist es still geworden. Ich denke, jeder hat inzwischen kapiert, dass die Chefin sich darum kümmern wird, wenn es an der Zeit ist. Tut mir nur leid für den Sergeant.«

So groß ihre Meinungsverschiedenheiten mit Dick Carter auch waren, leid tat er ihr inzwischen auch.

Sie wusste, dass ihm etwas in die Schuhe geschoben worden war, und sie wusste genau, wer dahintersteckte. Allerdings war ihr auch klar, dass Carter sich gedulden müsste, bis Stewart überführt war. Erst dann bestand die Chance, ihn endgültig zu entlasten.

Eine Frage brannte Penny noch unter den Nägeln und sie wusste, dass die Chance bestand, Brian damit zu verletzen. Aber sie hatte keine Wahl.

»Eine Sache habe ich noch, die mir wichtig ist und die du mir hoffentlich nicht übel nimmst.«

Brian zog die Augenbrauen zusammen.

»Gib mir dein Smartphone bitte und entsperre es.«

»Okay, ich verstehe. Das ist kein Problem, Penny. Du kannst mir wirklich vertrauen. Ich habe keinerlei Kontakt mehr zu Stewart gehabt.«

Während er diese Worte sprach, nahm er sein Smartphone, entsperrte es und reichte es Penny.

Es missfiel ihr massiv, so dermaßen in seine Privatsphäre einzudringen, aber sie musste sicher sein. Sie strich auf dem Display nach oben und öffnete damit die Liste der zuletzt geöffneten Apps. Nichts, was in irgendeiner Weise verdächtig wäre. In den Messenger-Apps war nichts zu sehen und auch nicht in den Anruflisten.

Sie nickte zufrieden und gab ihm sein Telefon zurück.

»Es tut mir so unendlich leid, dass ich diesbezüglich so paranoid bin. Aber ich muss einfach sicher sein.«

Ihr Freund nickte verstehend, beugte sich vor und gab ihr einen Kuss auf die Stirn.

»Das ist okay. Wirklich. Ich an deiner Stelle würde mir auch noch nicht trauen. Aber bitte glaube mir, ich werde dich nicht enttäuschen.«

Penny bedeutete dieser Satz so unglaublich viel. Innerlich hatte sie Angst vor den nächsten Tagen. Es ging nicht nur darum, einen sehr geschickten und gefährlichen Mann zu überführen. Wenn es schiefgehen würde, war mehr als nur ihre Karriere in Gefahr. Stewart würde nicht zögern, ihr Leben zu beenden. Es verstand sich von selbst, dass sie darauf gut verzichten konnte.

Penny war spät dran. Sie hatte wieder den Zug nach Tacoma genommen und sich keinen Dienstwagen geben lassen. Auch wenn gerade offensichtlich niemand im Dezernat die Augen und Ohren für Professor Stewart offenhielt, musste man es nicht heraufbeschwören.

Victoria Stewart und sie waren in einem Café verabredet. Stewarts Schwester war offensichtlich nicht überrascht, dass sie sich so schnell zurückmeldete. Umso gespannter war Penny natürlich, ob sie ihr helfen würde. Dieses Mal konnte sie jedenfalls weitaus konkreter werden und hatte auch bereits einen ausgearbeiteten Plan in der Tasche.

»Hallo, Ms. Stewart. Danke, dass Sie sich die Zeit nehmen.«

»Hallo, Detective. Nenne mich einfach Vicky, das klingt nicht so geschäftlich.«

Penny war von dieser Begrüßung mehr als überrascht.

Mit so viel aufrichtiger Freundlichkeit hatte sie beim besten Willen nicht gerechnet.

»Gerne. Ich bin Penny. Ich hoffe, dass ich dich nach unserem Gespräch immer noch beim Vornamen nennen darf.«

Victoria lächelte verschmitzt, als Penny das sagte.

»Ich glaube zu wissen, worum du mich bitten möchtest, Penny. Und glaub mir, ich wusste, dass so ein Tag früher oder später kommen würde.«

Okay, also weiß sie genau, wozu ihr Bruder in der Lage ist.

Penny entschied sich, spontan mit der Tür ins Haus zu fallen. Die Flucht nach vorne erschien nach so einem Gesprächseinstieg das einzig Richtige.

»Also weißt du doch, wozu dein Bruder in der Lage ist? Und so, wie du redest, scheinst du nicht gutzuheißen, was er tut?«

Vicky lehnte sich zurück und trank einen Schluck Cappuccino, den ein Kellner gerade den beiden auf den Tisch gestellt hatte.

»Joshua hat schon früh damit angefangen, mit seinen Fähigkeiten herumzuexperimentieren. Als ich das erste Mal bewusst davon mitbekam, war unser Dad mal wieder der Meinung, mir eine Abreibung geben zu müssen. Irgendein Teil daheim war damals kaputtgegangen. Als er dann von der Arbeit aus der Fabrik heimkam, sollte ich dafür bestraft werden. Joshi hatte es ihm dann aber einfach verboten. Er sagte ihm, dass er mich nicht schlagen solle. Dad schaute ihn daraufhin nur an und ging dann wieder. Josh perfektionierte das Spielchen im Verlauf der Jahre. Wir haben viel darüber geredet. Ich habe ihn immer wieder gewarnt, es damit nicht auf die Spitze zu treiben.«

Penny hatte große Augen bekommen, als Vicky das erzählte.

»Aber er hat es weiter auf die Spitze getrieben?«

Sie lächelte traurig.

»Unser Dad starb wenige Wochen später. Angeblich Selbstmord im Einkaufszentrum. Vor den Augen von Joshi. Ich habe ihn natürlich sofort gefragt, ob er damit zu tun habe, aber er schwor mir, das nicht gewesen zu sein. Unsere Mom kam mit der ganzen Sache nicht klar und wurde mit der Zeit depressiv. Sie gab immer öfter Joshi die Schuld für Dads Tod, obwohl sie keine Ahnung von seinen Fähigkeiten hatte. Und irgendwann dann starb auch sie. Eine Überdosis Tabletten. Wieder fragte ich ihn, ob er dahinterstecken würde, und wieder schwor er mir, dass er damit nichts zu tun hätte.«

Vicky schaute zu Boden. Vielleicht schämte sie sich. Vielleicht hatte sie aber auch einen Gedanken, den sie nicht auszusprechen wagte.

»Aber du glaubst ihm das nicht, nicht wahr?«

»Ich würde es ihm gerne glauben. Aber es fällt mir schwer. Er hatte mir geschworen, das bei mir nicht zu machen. Ich hatte aber ehrlich gesagt Angst, dass er es doch macht.«

Das verstand Penny nur zu gut.

»Und weiß man, wie es zu dieser Fähigkeit kam? So etwas trainiert man sich ja nicht einfach selbst an.«

Sie schüttelte den Kopf.

»Nein, nicht wirklich. Ich konnte ja mit niemandem darüber sprechen. Im Kindergarten und der Elementary School war das noch nicht. Im letzten Jahr der Schule hatten wir den Unfall. Danach waren wir fast ein Jahr nicht in der Schule. Aber auch danach ist mir nichts aufgefallen.«

»Unfall? Darf ich fragen, was das für ein Unfall war?«

Vicky nickte.

»Natürlich. Das war damals groß in den Zeitungen. Wir

hatten nach der Schule an den Gleisen gespielt, wie wir es oft taten. Dann kam – wie jeden Tag – einer dieser Güterzüge. An diesem Tag entgleiste der Zug und kippte um. Chemikalien liefen aus und wir kamen damit in Kontakt. Wir kamen einfach nicht schnell genug weg. Ich weiß dann nur noch, wie ich im Krankenhaus aufwachte. Viele Wochen lang. Immer und immer wieder. Mom und Dad waren oft da. Man sagte mir nur, dass wir eine Vergiftung hätten. Es dauerte sehr lange, bis Joshi und ich wieder okay waren. Mehr hatte man uns nie erzählt.«

Penny schaute Victoria mitfühlend an.

»Das klingt wirklich heftig. Es tut mir leid, dass du so etwas durchmachen musstest.«

»Ich lebe und das ist doch das Wichtigste.«

Sie nickte zustimmend.

»Und wie kam es zu dieser Sache mit dem Wunderkind? Ich werde das Gefühl nicht los, dass hinter alledem auch nur Joshuas Fähigkeit steckt und er in Wirklichkeit ein ganz normaler Mann ist. Ein ausgesprochen Cleverer zwar, aber eben kein hochintelligentes Wunderkind.«

Langsam nickte Vicky und hatte damit im Grunde alles gesagt.

»Lass uns aufhören, von der Vergangenheit zu reden. Mein Bruder hat richtigen Mist gebaut, wie du sagst. Ich bin inzwischen zu dem Schluss gekommen, dass es an der Zeit ist, dass er sich dem stellt. Wie kann ich dir helfen, Penny?«

Penny erzählte Joshuas Schwester ihren Plan und ließ dabei kein Detail aus. Es war natürlich ein Risiko, denn sie konnte Vicky nur vor den Kopf schauen. Niemand wusste, ob sie nicht direkt nach diesem Gespräch zum Telefon griff und ihrem Bruder alles brühwarm erzählte.

Sie konnte sich nur auf ihre Menschenkenntnis und auf ihr Bauchgefühl verlassen und beides gab ihr heute grünes

Licht. Penny musste alles auf eine Karte setzen und hoffen, dass sich am Ende alles zusammenfügte.

Victoria hatte viele Rückfragen. Nicht, weil sie es nicht verstand. Nein, sie wollte nur alle Eventualitäten durchdenken. Davon war Penny sichtlich beeindruckt, denn sie hatte damit noch Probleme entdeckt, die sie noch gar nicht auf dem Schirm hatte.

Als alles besprochen war, schwiegen die beiden für ein paar Minuten. Penny wurde langsam nervös, denn sie wusste nicht, ob das ein gutes oder ein schlechtes Zeichen war.

Schlussendlich fixierte Vicky sie mit ihren Augen und wurde ernst.

»Penny, ziehen wir es durch.«

KAPITEL 34
JOSHUA

An diesem Morgen war Josh nervös. Sogar unangenehm nervös, wie er befand. Heute war das Vorstellungsgespräch bei Starbucks und damit die ultimative Chance auf einen eleganten Exit von der SeattleU.

Nie wieder Vorlesungen.

Nie wieder Facharbeiten korrigieren.

Nie wieder nervige Studierende, die neunmalklug alles besser wussten. Okay, Letzteres kam selten vor, aber wenn, dann trieb es ihn zur Weißglut.

Josh hatte eine Vorlesung um 12:00 Uhr und würde bis dahin hoffentlich den Rest der Facharbeiten korrigiert bekommen. Vorausgesetzt, ihn störte niemand und er könnte sich konzentrieren. Mit Annika würde er sich nach der Vorlesung zum Lunch treffen und dann am Abend wieder bei ihr sein. Sie hatte sich schon wieder irgendetwas Exotisches zum Kochen ausgesucht.

Außerdem setzte sie ihm immer noch mehrmals die Woche irgendwelche abstrusen Sachen vor, die sie Hobby nannte. Gestern hatte sie ihm zum Beispiel ein Origami-Set geschenkt und darauf bestanden, dass er es sofort ausprobierte. Er musste jedes Mal lachen, wenn sie ihn bat, dass er kurz die Augen zumachen sollte. Josh wusste inzwischen genau, was dann auf ihn zukam.

Aber er nahm es mit Humor, denn er war im Begriff, zu lernen, dass so etwas auch zu einer Beziehung dazugehörte. Dass man Ticks des Partners akzeptierte und lieben lernte. Und wenn Annika nun mal den Tick hatte, ihm andauernd kleine Geschenke zu machen, oder sich in den Kopf gesetzt hatte, für ihn ein Hobby zu finden, dann sollte das so sein.

Der Vormittag zog sich wie Kaugummi.

Er wusste irgendwann nicht mehr, an der wievielten Facharbeit er jetzt eigentlich korrigierte. Die Zeilen verschwammen nur noch vor seinen Augen und am Ende überflog er sie nur noch.

In der Zeit als Professor an der SeattleU hatte er sich durchaus viel Wissen angeeignet. Bei den allermeisten Rechtsthemen konnte er inzwischen ad hoc Fragen beantworten, ohne sein Gegenüber manipulieren zu müssen. Und so war es auch bei diesen Facharbeiten. Er wusste genau, ob die Studentin oder der Student absoluten Müll schrieben oder, ob man sich mit der Materie beschäftigt hatte.

Das hatte einen großen Vorteil. Wenn er einen Kurs an eine Kollegin oder einen Kollegen abgab und Arbeiten nochmal angeschaut wurden, dann musste er mit keinen weiteren Problemen rechnen. Bei dem Gedanken daran, musste Josh seufzen.

Die Jahre hier an der SeattleU waren wirklich anstrengend für ihn gewesen. Er musste unglaublich viele Menschen manipulieren, um das Konstrukt des Wunderkinds aufrechtzuhalten. Und wenn es gar nicht mehr ging oder jemand zu penetrant nachbohrte, dann musste er auch ab und an zum äußersten Mittel greifen.

Wobei er es sich schönredete, dass er niemals selbst Hand angelegt hatte. Er hatte stets Handlanger, wenn es darum ging, eine unliebsame Person zum Schweigen zu bringen.

Er dachte an Rod. Wie es ihm wohl ergangen war? Es war auf gewisse Art und Weise seltsam für ihn, gar nicht zu wissen, wie es mit Rodriguez Garcia weitergegangen war.

Fest stand nur, dass es gerade zu heikel war, seine noch bestehenden Quellen in der Mordkommission zu kontaktieren. Er konnte den Einflussbereich von dieser Penelope Hamilton nicht wirklich einschätzen. Das Letzte, was er in Erfahrung bringen konnte, war, dass jetzt die Chefin der gesamten Polizeibehörde kommissarisch übernommen hatte.

Sollte es nun noch weitere Probleme geben, würde Hamilton leider das Zeitliche segnen müssen. Bei diesem Gedanken fiel ihm wieder siedendheiß ein, dass er einen neuen Handlanger brauchte.

Er griff kurzerhand zum Telefon und rief nochmals im Facilitymanagement an.

»Professor Stewart hier. Ich hatte die Tage schon mal wegen der Fenster in meinem Büro angerufen. Ich wollte dann aber auf diesen netten Latino warten. Aber das dauert jetzt leider doch zu lange. Hätten Sie vielleicht gerade jemanden frei, der sich das vielleicht kurz anschaut?«

»Ah, Professor Stewart. Ich erinnere mich. Da hatten wir beide miteinander telefoniert. Wenn es sehr eilt, könnte ich Ihnen jetzt höchstens einen ganz neuen Mitarbeiter schicken, der heute zur Probe arbeitet. Er könnte sich erst mal anschauen, was gebraucht wird. Wir würden das dann im Laufe des Tages reparieren. Wenn das für Sie okay ist?«

Josh grinste in sich hinein.

»Oh. Ist das ein Ersatz für den freundlichen Latino? Der ist wohl nicht mehr da?«

»Das ist richtig. Mr. Garcia arbeitet nicht mehr für die SeattleU.«

Damit ist es dann wohl amtlich.

Es war jedoch keine Zeit für Trauer, denn gleich würde ein potenzieller Ersatz für Rod an seine Tür klopfen. Er war sichtlich gespannt darauf, den Herren oder vielleicht sogar die Dame kennenzulernen. Durch diese Ablenkung vergaß Josh wenigstens für ein paar Minuten seine Nervosität wegen des Vorstellungsgesprächs.

Eine halbe Stunde später klopfte es endlich an der Bürotür.

»Ja, bitte.«

Die Tür öffnete sich zögerlich und vor ihm stand ein junger Mann im typischen schwarzen Arbeitsanzug mit dem unverkennbaren Logo der SeattleU. Schulterlanges dunkles Haar, markante Wangenknochen und vor allen Dingen einen guten halben Kopf größer als er selbst.

Josh hatte sein übliches Lächeln aufgesetzt, stand auf und hielt seinem Gegenüber die Hand zum Gruß hin.

»Professor Joshua Stewart. Einen wunderschönen guten Tag.«

Der junge Mann hatte einen kräftigen Händedruck. Etwas, das ihm sofort auffiel und gefiel.

»Noah Hill. Guten Tag, Professor Stewart. Ich soll mir hier Ihre Fenster anschauen.«

Josh fackelte nicht lange, denn in absehbarer Zeit begann schon seine Vorlesung.

»Nimm Platz, Noah. Du möchtest mich duzen. Ich werde dich auch duzen. Das macht vieles einfacher. Wir beide werden uns in den nächsten Monaten häufiger sehen, denn du möchtest ab sofort immer gerne zur Stelle sein, wenn ich deine Hilfe brauche.«

Sein Lächeln war immer noch makellos. Er genoss solche Situationen. Diese Macht, die er über einen anderen Menschen in solch einem Moment ausüben konnte.

»Natürlich. Wenn du das möchtest, mache ich das. Soll ich dann jetzt nach dem Fenster schauen?«

Josh lachte lauthals und Noah warf ihm einen etwas verwirrten Blick zu.

»Aber nein, Noah. Vergiss die Fenster. Du möchtest der Disponentin sagen, dass du dir alles angeschaut hast und alles in Ordnung war. Ich habe die Fenster nicht richtig zugemacht, daher hatte es reingeregnet. Sie wird das nicht hinterfragen, vertrau mir. Erzähl mir über dich. Wie alt bist du? Was hast du vorher gemacht? Wo lebst du?«

Der junge Mann tat exakt das, worum Joshua ihn gebeten hatte. Er erzählte ihm von seiner Frau und dem Baby. Dass er bisher Tagelöhner war und jetzt über das Seattle Worksource hier an die Universität vermittelt werden soll, um endlich einen richtigen Job zu bekommen. Ein geregeltes Einkommen und sogar Sozialleistungen.

»Ja, ja, so genau will ich das gar nicht wissen.«

Josh hatte schon genug gehört. Eine bisher gescheiterte Existenz sollte eine zweite Chance bekommen.

Die Uni spielt mal wieder den barmherzigen Samariter. Mir soll es recht sein.

»Noah. Ich werde dir das jetzt nur einmal sagen und du möchtest dir das gut einprägen. Wenn dich jemand fragen sollte, dann haben wir beide keinen Kontakt miteinander. Du kennst mich von heute. Du warst wegen des Fensters hier und bist dann wieder gegangen. Wenn ich dich anrufe und dir einen Auftrag erteile, dann möchtest du den ausführen. Komme, was wolle. Auch davon wirst du niemals einer Menschenseele erzählen. Du möchtest auch nie, nie, nie einen meiner Wünsche hinterfragen oder ablehnen. Haben wir uns da verstanden?«

Noah nickte langsam und saß ansonsten einfach nur regungslos da.

»Wunderbar, Noah. Und jetzt möchte ich deine Loyalität zu mir auf eine erste Probe stellen.«

Er stand auf und griff auf seinem Schreibtisch nach einem Bleistift.

»Du möchtest jetzt diesen Bleistift nehmen und ihn dir langsam unter den Fingernagel schieben, bis es blutet.«

Josh reichte ihm das Schreibgerät und blickte jetzt verheißungsvoll auf Noahs Hand.

Dieser nahm den Stift. Ohne auch nur mit einer Wimper zu zucken, rammte er sich ihn unter den Nagel des Zeigefingers seiner linken Hand.

Ein kurzer Schmerzensschrei hallte durch das Büro. Es bildete sich ein Blutstropfen an der Stelle, wo die Spitze des Bleistifts eingedrungen war. Josh war inzwischen erneut aufgestanden, hatte ein Taschentuch geholt und reichte es Noah.

»Hier. Bevor du mir den Teppich voll blutest. Das hast du ganz wunderbar gemacht, Noah. Wenn jemand fragt, sagst du einfach, dass du dir dort einen Splitter unter den Nagel gehauen hast.«

Noah nickte und nahm wortlos das Taschentuch.

»Und jetzt werden sich unsere Wege fürs Erste auch schon wieder trennen. Ich muss gleich in eine Vorlesung. Du möchtest dir noch meine Nummer notieren und wirst sie dir auch gut einprägen, damit du mich jederzeit anrufen kannst.«

Erneut nickte sein neuer Handlanger ihn wortlos an. Josh diktierte ihm seine Nummer und sagte ihm, dass er sie unter Aaron Smith abspeichern solle. Er erklärte Noah noch, dass dies sein Ansprechpartner vom Seattle Worksource sei, wenn jemand fragen sollte. Anschließend bat er ihn noch, ihn kurz anzurufen, damit auch Josh seine Nummer hatte.

Augenblicke später war er wieder alleine im Büro.

Das lief doch ganz wunderbar.

Zufrieden mit sich, setzte er sich zurück in seinen Bürostuhl, nahm seine Brille ab und begann diese in seinem üblichen Ritual zu putzen.

Der Lunch mit Annika verging nach seinem Geschmack viel zu schnell. Das passierte immer, wenn er mit Annika zusammen war, und ist wahrscheinlich bei jedem frisch verliebten Paar so. Aber da unmittelbar danach sein Vorstellungsgespräch bei Starbucks war, hätte die Zeit ruhig etwas langsamer vergehen dürfen.

Josh war zehn Minuten zu früh vor dem *Starbucks Center*. So, wie er bei anderen Verspätungen hasste, so war es auch sein Anspruch, pünktlich zu sein. Er wartete noch fünf Minuten, bevor er hereinging und die Dame am Empfang mit einem einnehmenden Lächeln und einem Handschlag begrüßte. Die Frau schaute anfangs etwas verdattert, als Josh ihr die Hand hinhielt. Das änderte sich jedoch nach dem Händedruck.

Er ließ es sich nicht nehmen, auch den beiden netten Herren, die ebenso am Empfang saßen und das Schauspiel bisher wortlos mit betrachtet hatten, ebenfalls per Handschlag zu begrüßen.

Keine Ahnung, wie viele hier am Empfang arbeiten, aber diese drei habe ich schon mal im Sack.

Zwei Minuten vor dem Gesprächstermin saß er in einem

ausladenden Wartebereich. Es gab Getränke und Snacks, aber zu seiner Verwunderung keinen Kaffee. Irgendwie hatte er das jetzt hier an diesem Ort erwartet.

Fünf Minuten später saß Josh immer noch dort und sein innerer Monk lief langsam Amok.

Pünktlichkeit. So wichtig.

Wenige Augenblicke später wurde er erlöst.

Er ließ sich nichts anmerken.

In dem Besprechungsraum saßen ganze sechs Menschen. Alle leger gekleidet, was ihm gut gefiel, denn er hasste den steifen Dresscode an der Uni.

Josh gefiel jedoch weniger gut, dass sich niemand erhob, um ihm die Hand zu geben. Lediglich Elisabeth Hogan kannte er bereits von seinem spontanen Besuch vor ein paar Tagen und sie war derzeit die Einzige, die er kontrollieren konnte.

Das Gespräch war eine einzige Katastrophe.

Nach dem üblichen Geplänkel und der allgemeinen Bewunderung für seine bisherige Karriere, ging es dann an das Eingemachte.

Wenn man es mit milden Worten beschreiben möchte, dann könnte man sagen, dass Joshua eine sehr schlechte Figur gemacht hatte. Ab einem gewissen Punkt des Gesprächs sprang Ms. Hogan ihm sogar zur Hilfe und versuchte zu relativieren. Er könne sich dieses Wissen sicherlich – bei seinen Fähigkeiten – binnen kürzester Zeit aneignen.

Am Ende half es jedoch alles nichts. Es reichte nicht mal mehr für ein höfliches »Wir melden uns«. Das Alphatier der Gruppe, Josh hatte seinen Namen sofort wieder vergessen, brachte es abschließend auf den Punkt. Joshuas Fähigkeiten reichten zum gegenwärtigen Zeitpunkt nicht aus, um ihm eine Anstellung bei Starbucks anbieten zu können. Wenn jedoch Interesse an einem Praktikum bestehen würde, dann könne man da immer etwas für ihn tun. Menschen mit seinem Talent würde man gerne fördern.

Eine gewisse Spur Hohn und Arroganz schwang in diesen Sätzen mit und Joshua war das durchaus nicht entgangen.

Kochend vor Wut verließ er das Besprechungszimmer als Erster. Unmittelbar danach kam auch Elisabeth Hogan heraus. Ihr trauriger Gesichtsausdruck war einfach nur ehrlich, das erkannte sogar Josh.

»Es tut mir wirklich unendlich leid, Mr. Stewart. Ich hätte so gerne mehr für Sie getan.«

Er fing sich wieder, denn seine Wut an dieser netten Dame herauszulassen, war sogar unter *seiner* Würde.

»Machen Sie sich keine Gedanken. Es war sehr freundlich, dass Sie versucht haben, mich zu unterstützen.«

Hogan lächelte jetzt mütterlich. Es hätte nur noch gefehlt, dass sie ihm den Kopf getätschelt hätte.

In diesem Moment kam das Alphatier an den beiden vorbei und Josh ergriff die Gelegenheit.

»Darf ich Sie noch einmal kurz stören? Ich möchte mich bei Ihnen für Ihre knallharte Offenheit bedanken. Ich finde es immer gut, wenn man mit seiner Meinung nicht hinter dem Berg hält, auch wenn man das vielleicht nicht hören möchte.«

Er hielt ihm die Hand hin, als wenn er seinen Dank damit unterstreichen wollte. Mr. Alphatier nahm die Hand und schüttelte sie kräftig.

»Das ist die richtige Einstellung, mein Junge.«

Mein Junge? Dein Junge wird dir jetzt mal zeigen, wie gern er es hat, so betitelt zu werden.

Josh sah im Augenwinkel, wie Elisabeth Hogan

scheinbar gerade auf ihrem Tablet etwas nachschaute, und nutzte die Gelegenheit.

Er beugte sich etwas vor, damit er nicht so laut reden musste, und Mr. Alphatier ihn dennoch gut verstehen konnte.

»Sie möchten jetzt in Ihr Büro gehen. Dort nehmen Sie sich einen Kugelschreiber und rammen ihn sich mit aller Kraft, die Sie aufwenden können, von oben durch die Handfläche. Sie werden keine Ahnung haben, warum Sie das gemacht haben. Dieses Gespräch hier hat für Sie nie stattgefunden. Und jetzt Hopp.«

Der Mann setzte sich in Bewegung und verschwand.

»So nett, dass er noch ein paar Tipps für mich hatte.« Josh hatte wieder sein reinstes Zahnpasta-Lächeln aufgesetzt. Er verabschiedete sich noch von Ms. Hogan und ging.

Seine Gedanken überschlugen sich in diesem Moment. Dieses Gefühl von Niederlage und Ablehnung hatte er – in diesem Ausmaß – schon seit seiner Kindheit nicht mehr gefühlt.

Ein paar Tränen bildeten sich in seinen Augenwinkeln. Verschämt nahm er seine Brille ab und wischte sie weg.

Joshua Stewart hatte heute eine Niederlage hinnehmen müssen.

Ich will zu Annika.

KAPITEL 35
PENNY

Sie saß gerade im Zug zurück nach Seattle, als ihr Smartphone klingelte.

Noah war dran.

Penny hatte neben einer gewissen Neugier auch etwas Angst. Angst, dass ihr Plan scheitern würde, weil Noah vielleicht aufgeflogen war oder aber so schnell gar keine Chance bekommen würde, richtig eingesetzt zu werden. Ein klein wenig wie Pokern mit zu hohem Einsatz.

»Hi, Penny. Du hättest mir sagen s
Sadist ist. Dann hätte ich bei dir noch ein
ausgehandelt.«

Noah sagte das nicht mit ernster Stimme, aber dennoch fühlte sie sich in diesem Moment hundselend. Sie spielte mit seinem Leben. Im allerblödesten Fall natürlich nur. Aber die Möglichkeit bestand.

»Okay. Das klingt nicht gut. Aber du hattest tatsächlich gleich am ersten Tag Kontakt zu ihm? Was hat er denn getan?«

Sie hörte Noah schnauben.

»Ja, so könnte man es nennen. Er hat tatsächlich eine Show abgezogen, die sich gewaschen hat. Was ich möchte und ab jetzt zu tun und zu lassen habe. Es kam dem schon nahe, was du mir erzählt hast. Aber als der Kerl anfing, etwas von Loyalität zu faseln, wurde mir schon anders. Ich musste mir – und jetzt halt dich fest – einen Bleistift unter den Fingernagel rammen. Er wollte damit checken, ob er mich wirklich in der Tasche hat.«

Penny verschluckte sich fast, als sie das hörte.

»Bitte, was? Und das hast du getan?«

»Ja, klar. Sonst wäre doch alles aufgeflogen. Aber jetzt vertraut er mir. Er gab mir seine Telefonnummer und [illegible] ner er anrufen würde, hätte ich bereit zu [illegible] in Spaß. Der Typ ist wirklich ein Psycho. [illegible] ausmeister ist cool. Macht echt Spaß. Die Kollegen sind nett. Aber alle total im Stress hier. Zu wenig Personal.«

Im ersten Moment wusste sie nicht, was sie darauf sagen sollte. Da stieß sich ihr Verbündeter einen Bleistift unter den Nagel und erzählt es so nebenbei, als wäre da nichts bei gewesen. Bei dem Gedanken daran bekam Penny bereits eine Gänsehaut.

»Ich danke dir sehr, dass du das mitgemacht hast, Noah. Ich würde sagen, dass wir dann jetzt den nächsten Schritt angehen, wie wir es besprochen haben. Du machst einfach deinen Job und bist sein höriger Handlanger, wenn er sich meldet. Ich sage dir Bescheid, sobald es losgeht, okay?«

»Geht klar, Penny. Und nochmals Danke für die Chance mit dem Job.«

Penny lachte.

»Noah. Ich danke dir.«

Sie fuhr heute nicht mehr zum Dezernat, sondern direkt zu einem dieser großen Stores für Computer und Elektronik. Für den Plan, Stewart zu überführen, brauchte es mehr als gutes Timing und die richtige Strategie. Hightech gehörte in diesem Fall auch dazu und diese musste sie tatsächlich jetzt privat kaufen.

Es war einfach zu gefährlich, im Dezernat die ganze Technik anzufordern, auch wenn diese sicherlich tausendmal besser war als all das, was man hier kaufen konnte. Aber ein Tipp an Stewart und alles war umsonst.

Nachdem Penny alles hatte, was sie brauchte, fuhr sie zu Brian. Er hatte ihr einen Schlüssel für seine Wohnung gegeben, denn er war der Meinung, dass es bei ihm sicherer wäre. Wenn Stewart jemand auf sie ansetzen würde, dann würde derjenige sicherlich bei ihr zuschlagen. Sie fand es rührend, wie er sich sorgte. Aber seit dem Tod von Captain Jennings zog das Argument, dass sie selbst auf sich achtgeben könnte, nicht mehr allzu gut.

Kaum angekommen, packte sie den gekauften Krempel aus und studierte die Bedienungsanleitungen.

Wenn sie heute Abend die nächste Phase des Plans starten würde, dann bestand die Möglichkeit, dass alles sehr schnell gehen würde. Und wenn es dann am Ende an der Technik scheiterte, wäre das suboptimal.

Brian kam eine gute Stunde später nach Hause und war ganz neugierig, wie es gelaufen war. Nachdem Penny ihm alles haarklein berichtet hatte, nahm Brian sie in den Arm und streichelte über ihr Haar.

»Und du bist dir sicher, dass du das durchziehen willst?«

Schwer atmete sie aus.

»Ja. Joshua Stewart muss das Handwerk gelegt werden und das so schnell wie möglich. Lass es uns durchziehen. Noch was Auffälliges im Dezernat?«

Er schüttelte den Kopf.

»Nein. Inzwischen sind die meisten schon wieder an anderen Fällen dran. Jeder wartet darauf, dass Crusher sagt, wie es in der Sache weitergeht.«

»Siehst du, noch ein Grund, es jetzt durchzuziehen. Ich habe von Crusher zwar das Go weiterzumachen, aber ewig wird sie sich nicht gedulden.«

Er hob sanft ihr Kinn, sodass sie ihm in die Augen schauen musste.

»Ich werde die ganze Zeit dabei sein und dich beschützen. Das verspreche ich dir.«

Sie lächelte und gab ihm einen Kuss.

»Danke dir, Brian.«

»Eine Frage bleibt. Wann geht es los?«

Pennys Blick wurde ernst.

»Heute Abend.«

Es war bereits nach 20:00 Uhr, als Penny zum Telefon griff und die Nummer von Joshua Stewart wählte. Sie rief von ihrem privaten Smartphone an und mit eingeschalteter Rufnummernübermittlung. Er sollte ruhig wissen, wo er sie erreichen konnte, wenn etwas unklar war.

»Ja, bitte?«

»Mr. Stewart. Penelope Hamilton hier. Sie erinnern sich doch sicherlich an mich?«

Stille.

Dann registrierte sie, wie er den Hörer zuhielt. Kratzgeräusche, als wenn er sich bewegen würde.

»Was verschafft mir die Ehre Ihres Anrufs zu dieser späten Stunde, Detective?«

»Reden wir ganz offen, Mr. Stewart. Ich weiß, dass Sie hinter den Morden an der SeattleU stecken. Sie haben zuerst Sergeant Carter als Bauernopfer für den zweiten Mord installieren wollen. Aber als Sie bemerkt haben, dass wir keine Ruhe geben und ein neuer Wind im Dezernat weht, haben Sie mir einen Warnschuss direkt vor den Bug geben wollen. Sie haben Rodriguez Garcia Captain Jennings töten lassen. Absichtlich so schlampig, dass wir ihm schnell auf die Spur kommen mussten. Er war Ihr zweites Bauernopfer und Sie hofften, sich damit komplett aus der Affäre ziehen zu können. Nur leider haben Sie mit Mr. Garcia Ihren Handlanger für die Drecksarbeit geopfert.«

Penny machte eine kurze Pause. Von Stewart kam jedoch kein Ton.

»Aber ich habe Sie durchschaut. Und ich habe alle Beweise dafür, die ich benötige. Und bald ... bald werde ich die Bombe platzen lassen. Sie wissen, dass Ihre Spielchen bei mir nicht funktionieren. Ich habe eine Weile gebraucht, bis ich das verstanden habe. Aber dann war alles sonnenklar. Glauben Sie mir, Mr. Stewart. Die Welt wird erfahren, wer Sie wirklich sind. Ein manipulativer Scharlatan und Betrüger.«

Es dauerte immer noch eine gefühlte Ewigkeit, bis ihr Gesprächspartner antwortete. Sie konnte sich nur zu gut vorstellen, was gerade in seinem Kopf vorging.

»Und um mir all das zu sagen, machen Sie sich die Mühe und rufen mich nach Feierabend an? Würde auch nur ein Satz von dem, was Sie gesagt haben, der Wahrheit entsprechen, dann wären Sie bereits längst mit der Kavallerie aufgetaucht und hätten mich verhaftet. Stattdessen, Detective, stören Sie mich abends, wo es niemand mitbekommt.«

Er spie die letzten Wörter regelrecht heraus. Sie konnte

die Verachtung und Wut spüren, die er in diesem Moment wohl empfinden musste. Sie hatte ihn genau dort, wo sie ihn haben wollte.

»Aber, aber, Wunderkind. Privat will ich Ihnen keine Morde anhängen. Das ist tagsüber mein Job und daran ermitteln meine Kollegen und ich. Nein. Ich will jeden wissen lassen, dass Joshua Stewart niemals wirklich ein Wunderkind war. Dass er nie wirklich studiert und promoviert hat. Sondern, dass er sich das alles durch Manipulation und Täuschung erzwungen hat. Aber wissen Sie, ich bin kein Unmensch. Ich gebe Ihnen eine Frist von achtundvierzig Stunden, das alles selbst in einer ausführlichen Erklärung zu veröffentlichen. Ich will, dass Sie sich selbst demütigen und zu Kreuze kriechen. Und wenn nicht, nun ... dann werde ich das für Sie erledigen.«

Erneute Stille.

»Das werden Sie bereuen.«

Er legte auf und Penny lehnte sich langsam in den Sessel zurück. Erst jetzt bemerkte sie, dass sie die ganze Zeit kerzengerade gesessen hatte. Die Anspannung fiel von ihr ab.

Brian saß ihr gegenüber und hatte alles mitangehört. Er hatte bisher keinen Mucks von sich gegeben und sich nicht bewegt. Jetzt aber schaute er seine Freundin mit einem erwartungsvollen Blick an.

»Und? Hat er es geschluckt?«

Penny hob ihren Blick und schaute ihm tief in die Augen.

»Und wie er das geschluckt hat.«

Ein Grinsen umschmeichelte ihren Mund und jetzt sah man auch Brian die Erleichterung an. Nachdem sie ihm erzählt hatte, was Stewart genau gesagt hatte, stand ein weiterer wichtiger Anruf an.

Penny rief Victoria Stewart an, um auch ihr zu erzählen, dass der Fisch an der Angel war. Vicky wusste, was zu tun war.

Doch nun hieß es warten.

KAPITEL 36
JOSHUA

Josh schäumte vor Wut. Er hatte sich wegen des Telefonats mit Penny Hamilton in Annikas Schlafzimmer zurückgezogen. Eigentlich waren sie gerade dabei, für das nächste Wochenende die Fahrt zu einem Mittelaltermarkt zu planen. Ein weiteres Hobby, das seine Freundin ihm schmackhaft machen wollte.

Das würde er jetzt vergessen können. Er würde generell alles vergessen können, wenn diese Hamilton ernst macht. Oder, ob das nur ein Bluff war, um ihm Angst einzujagen? Aber warum sollte sie das tun? Das machte in seinen Augen keinen Sinn. Allerdings war er gerade auch kaum dazu in der Lage, einen klaren Gedanken zu fassen.

Joshua hatte jetzt das dringende Bedürfnis, mit seiner Schwester zu telefonieren. Sie wusste in solchen Momenten immer Rat. Nicht, dass es so einen Moment jemals vorher gegeben hatte. Egal, was auch immer schieflief, sie fand die richtigen Worte und hatte eine Lösung.

Doch zunächst einmal musste er sich etwas für Annika einfallen lassen. Er brauchte eine Ausrede, warum er jetzt noch wegmusste. Auch da würde seine Schwester als Notlüge herhalten müssen.

»Söckchen, es tut mir leid, aber ich muss leider gehen. Das war meine Schwester. Ihr geht es nicht gut und sie hat gefragt, ob ich zu ihr kommen kann.«

Annika ließ die Mundwinkel hängen.

»Oh, ist ihr etwas passiert?«

»Nein. Nichts Dramatisches. Sie hat Stress auf der Arbeit und braucht wohl jemanden zum Reden.«

Meine Schwester hat Stress auf Arbeit und braucht jemanden zum Reden. Ich bin so ein Depp manchmal.

Sie nickte verständnisvoll und schien zumindest im ersten Moment mit dieser Begründung zufrieden.

»Das ist schade. Aber natürlich geht die Familie vor. Sehen wir uns dann morgen?«

Josh war froh, sich nicht weiter erklären zu müssen, denn argumentativ wäre es dann auch sehr dünn geworden. Aber mit dem Versprechen, dass sie das morgen nachholen würden, war für Annika alles fein.

So schnell wie möglich ging er zurück in sein Apartment und überlegte derweil fieberhaft, welche Optionen er hatte. Viele blieben ihm nicht mehr und das war ihm auch absolut klar.

Ein weiterer Mord? Und dann genau an der Ermittlerin, die gerade an den anderen Mordfällen dran war? Das würde Rod und wohl auch Carter, trotz der vorliegenden Beweise und des Geständnisses, weitestgehend entlasten und am Ende würden sie noch das FBI einschalten.

Schweiß bildete sich auf seiner Stirn. Das passierte nicht oft. Im Grunde nur, wenn er Sport machte oder wirklich heftig nervös war. Beides kam nicht allzu oft vor.

Josh schmiss seine Jacke und seine Umhängetasche

achtlos auf die Couch. Er hatte bereits sein Smartphone herausgeholt und wählte Vickys Nummer.

»Die von Ihnen gewählte Rufnummer ist leider gerade nicht erreichbar. Versuchen Sie es später noch einmal.«

Scheiße.

Dass seine Schwester ausgerechnet jetzt nicht erreichbar war, passte so gar nicht in sein Konzept. Im Laufe der nächsten zwei Stunden probierte er es noch unzählige Male.

Wieso hat sie ihr Smartphone aus?

Es fiel ihm nicht leicht, nicht in eine Panik abzudriften. Josh fantasierte sich zusammen, dass Vicky etwas passiert sein könnte, mahnte sich dann aber schnell wieder zur Vernunft. Die beiden telefonierten nie so spätabends und es konnte genauso gut sein, dass sie immer um diese Uhrzeit ihr Telefon ausgeschaltet hatte.

Früher hätte ich einfach auf dem Festnetz anrufen können. Scheiß moderne Technik.

Das gab heute nichts mehr.

Inzwischen war es nach 23:00 Uhr und die Müdigkeit nagte an ihm. Mit der Müdigkeit kam auch diese gewisse *Scheiß-Egal-Einstellung*. Das konnte und musste jetzt langsam bis morgen warten.

Josh hatte nicht viel geschlafen in dieser Nacht. Die Gedanken daran, dass bald alles vorbei sein könnte, machten ihm zu schaffen.

Er hatte bisher nie etwas zu verlieren, also musste er sich bisher auch nie mit solchen Dingen auseinandersetzen.

Jetzt aber war da Annika.

Er hatte Gefühle für sie entwickelt. Echte Gefühle.

Neue Gefühle. Intensive Gefühle. Sie zu verlieren war derzeit für ihn undenkbar.

Dann war das Job-Interview bei Starbucks komplett in die Hose gegangen. Ebenfalls eine neue Erfahrung für Joshua. Es stand also wirklich viel auf dem Spiel und genau das war er nicht bereit zu riskieren.

Der Wecker klingelte erst in dreißig Minuten, aber er konnte nicht mehr schlafen. Vollkommen übermüdet schleppte er sich ins Bad und versuchte, irgendwie wach zu werden.

Um kurz nach 07:00 Uhr versuchte er erneut, Vicky anzurufen. Josh hatte keine Ahnung, ob sie gestern im Restaurant Früh- oder Spätschicht hatte. Entsprechend wäre sie jetzt schon wach oder würde erst recht schlafen. Aber der Drang, mit ihr zu sprechen und ihre beruhigende Stimme zu hören, wuchs von Minute zu Minute.

Victorias Smartphone war weiterhin aus. Es gab keine Chance für ihn, seine Schwester zu erreichen. Eine Mischung aus Panik und Wut beherrschte ihn.

Ich werde das jetzt selbst in die Hand nehmen.

Er wählte die Nummer von Noah.

»Noah, du möchtest um 09:00 Uhr in mein Büro kommen, wir haben etwas zu besprechen. Und sei pünktlich.«

Josh legte auf.

Die Panik war in seinem Gedankenkarussell inzwischen einer Entschlossenheit gewichen. Er würde Penelope Hamilton ein für alle Mal zeigen, dass sie sich mit dem Falschen angelegt hatte.

Es war Punkt 09:00 Uhr, als es an Joshs Bürotür klopfte.

Ich liebe pünktliche Menschen. Einen dicken Pluspunkt für den Neuen.

Während er auf seinen neuen Handlanger gewartet

hatte, wurde ihm bewusst, welch glückliche Fügung es doch war, so schnell einen Ersatz gefunden zu haben. Er konnte ja nicht ahnen, dass er ihn so schnell brauchen würde.

»Da sehen wir uns ja schneller wieder, als ich es gestern noch gedacht habe. Aber die Umstände erfordern es leider.«

Noah lächelte und war offensichtlich neugierig.

»Kein Problem. Wie kann ich helfen?«

»Über das, was ich dir jetzt erzähle, möchtest du mit niemandem sprechen. Hast du verstanden?«

Sein Gegenüber lächelte immer noch und nickte jetzt deutlich.

»Gut, Noah. Wirklich sehr gut. Leider müssen wir heute Abend einen Menschen dafür bestrafen, dass er meine Existenz ruinieren möchte. Ich habe mir dafür etwas überlegt und wir beide werden das zusammen durchziehen.«

»Okay. Wie stellst du dir die Bestrafung vor?«

Er stellt zumindest die richtigen Fragen und labert nicht so viel herum wie Rod.

»Das wollte ich mit dir jetzt besprechen. Ich denke, dass wir es wie einen Raub aussehen lassen sollten. Du wirst also jemanden erschießen müssen. Hast du schon mal mit einer Waffe geschossen?«

Noah schüttelte den Kopf.

»Nein, mit einer echten Waffe noch nie. Aber ich habe schon mal Paintball gespielt. Zielen und Abdrücken kriege ich hin. Ich habe nur leider keine Waffe.«

Josh grinste.

»Das lass meine Sorge sein. Ich werde eine mitbringen. Ich gebe dir bis heute Nachmittag Bescheid, wo genau wir es machen und um wie viel Uhr. Es kommt auf das Timing an, Noah. Wir haben nur diesen einen Versuch. Hörst du?«

»Alles klar. Kein Problem. Das kriegen wir hin. Sonst noch was?«

Sonst noch was. Der Kerl ist wirklich putzig.

»Nein, das wäre für den Moment alles.«

Noah fing an zu lachen und Josh schaute irritiert.

»Schon gut, Bro. Du hast geklungen wie so ein reicher Schnösel, der seinem Butler antwortet, dass er jetzt gehen kann. Hat mich dran erinnert. Fand ich witzig.«

»Ich verstehe. Aber nenne mich bitte nie wieder *Bro*, außer du möchtest dir noch mal einen Bleistift irgendwo einrammen. Du kannst mich Josh nennen.«

Nachdem Noah gegangen war, saß er noch ein paar Minuten selbstzufrieden in seinem Bürostuhl.

Ich brauche noch ein Alibi für heute Abend und wieder eine Ausrede für Annika. Ein Dinner mit den Kollegen wäre doch ganz wunderbar. Mal sehen, bei wem wir uns heute Abend einladen können.

KAPITEL 37
PENNY

Ihr Smartphone klingelte gerade in dem Moment, als sie mit ein paar Kollegen in der Kaffeeküche stand und Small Talk hielt. Sie schob ihr Telefon ein paar Zentimeter aus ihrer vorderen Hosentasche, damit sie sehen konnte, wer anrief.

Es war Noah.

»Entschuldigt mich, da muss ich rangehen.«

Ein paar Schritte weiter hatte sie den Anruf auch schon angenommen, um nicht auffällig zu wirken.

»Ah, Dr. Douglas. Schön, dass Sie zurückrufen. Ich hoffe, Sie haben gute Neuigkeiten für mich?«

»Dr. Douglas. Cool. Ich verstehe. Unser Neurologe muss also herhalten, weil du nicht offen sprechen kannst. Kein Problem, Penny.«

Noah lachte durchs Telefon. Gott sei Dank so leise, dass es die Kollegen nicht mitbekommen konnten.

»Ja, ich verstehe. Und wie verfahren wir da jetzt weiter?«

Penny hatte große Mühe, das Telefonat natürlich klingen zu lassen.

»Heute Abend soll jemand bestraft werden. Ich soll jemanden erschießen. Er will mir heute Nachmittag sagen, wann und wo. Mehr weiß ich leider noch nicht. Meint der Psycho dich damit?«

Ihr stockte der Atem.

»Ja, dann müssen wir das Thema wohl zeitnah angehen. Wären Sie dann vielleicht so freundlich und rufen mich heute Nachmittag sofort an, wenn Sie die Ergebnisse haben? Das wäre mir sehr wichtig, damit ich weiter planen kann.«

Noah verstand und nach ein paar weiteren Sätzen Arzt-Patient-Geplänkel legten sie auf.

Um es in keiner Weise auffällig wirken zu lassen, ging Penny zurück zu den Kollegen, die immer noch ein paar Schritte entfernt standen und redeten.

»Alles okay bei dir, Penny?«

Sie bemühte sich um ein neutrales Lächeln.

»Ja. Das war mein Neurologe. Ich habe da so eine recht seltene Nervenkrankheit und es kann sein, dass ich da bald unters Messer muss. Aber keine Sorge, nichts Dramatisches.«

Die Anwesenden schienen sich damit zufriedenzugeben, nur von Brian bekam sie einen fragenden Blick.

Als sich die Runde aufgelöst hatte, verschwand erst Penny durchs Treppenhaus nach draußen. Ein paar Minuten später ging auch Brian. Sie trafen sich eine Querstraße weiter auf dem Bürgersteig. Der Lärm der Straße und der vorbeilaufenden Menschen war jetzt genau das, was sie brauchten, um ungestört sprechen zu können.

»Stewart plant wohl, mich heute Abend umbringen zu lassen. Noah soll mich erschießen. *Wann* und *wo* wusste er noch nicht. Das will Stewart ihm heute Nachmittag erst mitteilen. Brian, so langsam kriege ich Panik, dass das Ganze eine Nummer zu groß für uns ist.«

Ihr Freund und Kollege nahm sie liebevoll in den Arm.

»Wir kriegen das hin, Penny. Heute wird niemand erschossen.«

Penny schaute zu ihm auf und sah, dass er sie nicht nur lapidar beruhigen wollte. Sie konnte seine Entschlossenheit sehen und das wiederum gab ihr neue Kraft.

»Danke, Brian. Dann rufe ich jetzt Victoria an und sage ihr, dass sie herkommen soll. Ich nehme mir den Rest des Tages frei. Die Kollegen haben ja eben alle mitbekommen, dass mein Arzt angerufen hat. Da wird keiner Fragen stellen.«

Brian nickte stumm.

Kurz darauf ging er zurück zum Dezernat, damit beide nicht zusammen ankamen.

Penny rief noch Stewarts Schwester Victoria an, bevor auch sie zurück zum Dezernat ging.

Die beiden hatten gestern vereinbart, dass sie ihr Smartphone ausgeschaltet lässt. Sie hatte stattdessen von Penny eines dieser Wegwerfhandys bekommen, die man überall kaufen konnte. Genau dort rief sie jetzt an.

»Hi, Victoria. Ich weiß nicht, ob es das ist, was du hören möchtest, aber es hat funktioniert. Er möchte mich aller Wahrscheinlichkeit nach heute Abend erschießen lassen. Ich weiß leider noch keine genauen Details, die kriege ich erst heute Nachmittag.«

Vicky schwieg gefühlt eine halbe Ewigkeit. Penny überlegte kurz, ob sie noch etwas sagen sollte, entschied sich dann aber dagegen und ließ ihr die Zeit, alles sacken zu lassen.

»Es besteht also tatsächlich kein Zweifel. Mein Bruder ist ein Mörder.«

Wieder kehrte eine kurze Stille ein.

»Ich habe mich seit unserem Gespräch versucht, mit dem Gedanken auseinanderzusetzen. Insgeheim hat irgendetwas in mir noch gehofft, dass das alles ein großes Missverständnis ist. Doch jetzt trifft einen diese Gewissheit wie ein Schlag ins Gesicht.«

Penny verstand nur zu gut, was Vicky jetzt gerade wohl fühlte. Es ist diese Ohnmacht, das Offensichtliche annehmen und akzeptieren zu müssen. Sie selbst hatte dieses Gefühl in den letzten Tagen immer wieder gehabt.

Schließlich war aus ihrem doch recht beschaulichen und langweiligen Leben, binnen weniger Wochen, die reinste Hölle geworden. Sie wurde noch nie in ihrem Leben mit dem Tod bedroht oder hatte das Gefühl, einen *Gegner* vor sich zu haben, der ihr immer einen Schritt voraus schien.

»Ich verstehe dich nur zu gut, Vicky. Und ich hätte mir gewünscht, dir heute etwas anderes sagen zu können. Können wir dennoch auf dich zählen? Ich bin mir sicher, wenn er dich sieht, dann kommt er zur Vernunft und es muss kein Blut fließen.«

»Natürlich kannst du auf mich zählen, Penny. Joshua muss aufgehalten werden.«

Victoria Stewart sollte gegen 13:00 Uhr mit dem Zug in Seattle eintreffen. Penny würde sie vom Bahnhof abholen und dann mit ihr in die Wohnung von Brian gehen. Dort würden sie warten, bis sich Noah mit neuen Details meldete.

Als sie aufgelegt hatten, lehnte sich Penny gegen die Außenfassade des Gebäudes, vor dem sie stand. Sie atmete tief durch und versuchte, sich zu beruhigen.

Es fühlte sich an, wie in einer dieser Netflix-Serien.

Was in den letzten Tagen passiert ist, ist definitiv filmreif.

Sie ließ den Gedanken zu und musste sogar ein bisschen schmunzeln, als sie darüber nachdachte, wer wohl ihre Rolle spielen würde. Ob sie ein Wörtchen mitreden dürfte, wenn es um die Besetzung von Brian ging? Sie hätte da gewisse Vorstellungen.

Das Schmunzeln tat gut. Es senkte ein wenig den Druck,

den sie verspürte. Genau das brauchte sie jetzt. Sie musste noch einmal zum Dezernat, um sich den Rest des Tages freizunehmen. Da es im Moment keinen Sergeant oder Captain mehr gab, würde sie einfach den Kollegen Bescheid geben.

Heute gab es zwischen Penny und Victoria kein peinliches Schweigen, kein Taxieren oder Abchecken, was die andere wohl dachte. Durch ihr Gespräch gestern, in dem Vicky mehr oder weniger die Hosen heruntergelassen hatte, waren sie sich viel vertrauter.

Wäre der Anlass nicht so ernst und die Situation nicht so heikel, könnten wir sicher Freundinnen werden.

Penny hatte den Fernseher angeschaltet. Die beiden redeten zwar fast die ganze Zeit, aber sie brauchte einfach andere Stimmen im Raum zur Ablenkung.

Je mehr Zeit verging, desto weniger konnte sie ihre Nervosität ausblenden. Es war bereits nach 16:00 Uhr und Noah hatte sich noch nicht gemeldet.

»Was, wenn dein Bruder Noah doch noch durchschaut hat und er Hilfe braucht?«

Vicky schaute sie mit ernster Miene an.

»Joshua ist schon sehr paranoid. Es ist nicht ausgeschlossen, dass er Zweifel an seiner Loyalität bekommen hat. Aber im Grunde ist es ein …«

Pennys Smartphone klingelte.

»Noah.«

Sie schaute Victoria an und sagte den erlösenden Namen. Schnell schaltete sie den Anruf laut, sodass beide Noah hören konnten.

»Penny. Bis du da?«

Er klang hochgradig aufgebracht. Seine Stimme zitterte.

»Ich bin hier. Und bei mir ist Joshuas Schwester Victoria. Sie kann dich auch hören und sie wird uns helfen. Du klingst verängstigt, Noah. Alles in Ordnung?«

Er atmete schwer.

»Nichts ist in Ordnung, Penny. Du sollst heute sterben. Er hat einen Plan, wie er dich heute Abend gegen 23:00 Uhr noch mal zu deiner Arbeit locken will. Ein Bekannter dort wird ihm helfen. Mehr sagte er dazu nicht. Dein Freund soll auch mitkommen und auch ihn soll ich erschießen. Er möchte das dort machen, wo auch Jennings starb. Dort wäre man unbeobachtet und vor allen Dingen wäre man dort um diese Zeit alleine. Jennings war dein Boss, richtig? Ich erinnere mich dunkel, dass du mir davon etwas erzählt hast.«

Penny bemerkte, wie Victoria sie entsetzt anschaute. Jetzt hatte sie wohl endgültig ihren Beweis dafür erhalten, dass ihr Bruder ein Monster war.

»Okay, Noah. Hat er sonst noch irgendetwas gesagt? Wird er dabei sein oder schickt er dich alleine?«

»Er wird dabei sein. Er fantasierte was davon, dass er es immer genießen würde, wenn die Menschen die ganze Wahrheit erfahren, bevor sie sterben. Ich weiß nicht, was er damit meint. Und er hat mir eine Pistole gegeben. Eine echte Waffe, Penny.«

Penny hatte sich inzwischen zu Vicky hinübergebeugt und ihren Arm um ihre Schulter gelegt. Man konnte ihr ansehen, wie sehr sie die Wahrheit mitnahm.

»Das ist kein Problem mit der Waffe. Hast du sie gerade bei dir?«

»Ja.«

»Und bist du gerade absolut ungestört?«

»Ja. Ich bin im Lager und räume meinen Kram von heute weg.«

Penny versuchte, sich zu konzentrieren. Nicht leicht, bei dem, was sie soeben erfahren hatte.

»Okay. Dann hole die Pistole mal heraus und schaue nach, ob irgendwo ein Name des Herstellers darauf steht.«

Ein Rascheln war zu hören. Es dauerte ein klein wenig, bevor Noah fündig geworden zu sein schien.

»Glock 47 steht hier.«

Penny wurde es heiß und kalt zugleich.

»Das ist eine Pistole der Polizei. Ich habe selbst so eine. Er muss also wirklich noch Kontakte zum Dezernat haben.«

»Und was machen wir jetzt?«

Ihr war vollkommen klar, dass sie Noah jetzt die richtigen Worte sagen musste. Man bemerkte richtig, dass er kurz vor einem Nervenzusammenbruch stand – und genau das würde jetzt alles zum Scheitern verurteilen.

»Beruhig dich erst einmal, Noah. Atme tief ein. Und dann langsam wieder aus. Niemand wird heute sterben. Du wirst auf niemanden schießen müssen.«

Sie erklärte ihm präzise den Plan, den sie sich ausgedacht hatten und auch Victorias Rolle darin. Penny merkte, wie Noah von Satz zu Satz ruhiger und seine Stimme wieder fester wurde.

Nach dem Anruf musste sie dringend noch Brian auf den neuesten Stand bringen und dann war es schon fast an der Zeit, die Spiele beginnen zu lassen.

Penny war so nervös wie noch nie in ihrem Leben. Heute ging es um alles.

KAPITEL 38
JOSHUA

Alles war durchdacht und perfekt vorbereitet. Josh hatte viel Zeit darauf verwendet, wirklich an alles zu denken.

Seit mehr als einer Stunde saß er inzwischen in einem Uber-Taxi vor der Tiefgarage der Mordkommission. Der arme Fahrer, der sicherlich gerne weitere Aufträge angenommen hätte, hatte keine andere Wahl, als darauf zu warten, bis Joshua ihn gehen ließ.

Von seiner Position aus konnte er genau sehen, welches Auto die Tiefgarage verließ.

Zwischenzeitlich hatte er einen seiner ältesten Kontakte in eben jener Mordkommission reaktiviert. Dieser würde heute Abend die Detectives Hamilton und Gordon wegen eines neuen Mordfalls zum Dezernat rufen. Er würde sich etwas einfallen lassen müssen, das glaubhaft genug klang, dass die beiden kommen müssten und nicht etwa die Bereitschaft übernehmen könnte. Aber das war sein Problem und nicht Joshuas.

Dann hatte er Noah mit einer Waffe versorgt und ihn perfekt vorbereitet. Dass dieser seine Sache gut machen würde, da war er sich absolut sicher. Er war nicht so ein

Larifari, wie Rod es war. Beinahe ein Glücksgriff, der rein zufällig genau zur richtigen Zeit kam.

Jetzt fehlte ihm nur noch ein Puzzleteil, um heute Abend auch noch ein Ass im Ärmel zu haben.

Doch dieses Ass ließ auf sich warten. Joshs Einstellung zum Warten war inzwischen allgemein bekannt.

Irgendwann hörte er endlich das Röhren und Wummern, auf das er die ganze Zeit wartete. Ein 1967er Chevrolet Impala fuhr langsam die Ausfahrt herauf. Josh stieg eilig aus dem Uber-Taxi und bat den Fahrer, stehen zu bleiben. Er ging genau in dem Moment über die Straße vor der Ausfahrt, in dem der Wagen angefahren kam.

Der Fahrer musste voll in die Eisen gehen, um ihn nicht umzufahren. Mit einem beherzten Schritt war Josh auch schon am heruntergelassenen Fenster und fasste, noch bevor der Fahrer überhaupt reagieren konnte, an dessen Unterarm.

»Hallo, Brian. Schön dich wiederzusehen.«

Brian starrte ihn fassungslos an.

»Du möchtest mir doch noch mal einen kleinen Gefallen tun. Sollte ich dich heute Abend auffordern, deine kleine Freundin zu erschießen, dann wirst du das tun. Haben wir uns verstanden? Du reagierst nur, wenn ich es dir sage, und bist ansonsten teilnahmslos.«

Er nickte stumm.

»Sehr gut. Und jetzt wirst du dahin fahren, wo auch immer du hin wolltest, und wirst diese kleine nette Unterhaltung geschwind wieder vergessen.«

Josh drehte sich herum, ging zurück zu seinem Uber-Taxi und stieg ein. Er sah noch im Augenwinkel, wie der Impala im Seattler Verkehr verschwand.

Da hat ja einer große Augen gemacht. Und wie praktisch, dass er das Fenster unten hatte. Das hat die Sache doch arg erleichtert.

Zufrieden mit sich und seiner Genialität ließ er sich zu Annikas Apartment fahren, bevor er den armen Fahrer endlich ziehen ließ.

Er wollte wenigstens noch zwei Stunden mit seiner Freundin verbringen, bevor er *leider* zu einem Dinner bei Professor Kolbury eingeladen war.

Der gute Mann hatte ihn und ein paar andere Kolleginnen und Kollegen heute Abend spontan eingeladen. Da konnte er ja unmöglich nein sagen, zumal er selbst der Initiator des Ganzen war. Natürlich hatte er Kolbury suggeriert, dass dieser selbst die spontane Idee hatte.

Dass dieses Dinner gleichzeitig das perfekte Alibi für ihn war, ahnte Annika natürlich nicht. Die Zeit bei ihr verging – wie immer – wie im Flug. Dadurch, dass Josh heute ja noch fürstlich speisen würde, hatten sie das Essen ausgelassen und waren gleich zum *Dessert* übergegangen.

Um Punkt 20:30 Uhr läutete Josh bei Professor Kolbury. Ein schickes Häuschen, mit etwas Grün vor der Tür, in einer der netteren Gegenden Seattles.

Die Fahrt hierhin hatte ihn dreißig Minuten gekostet. Das würde er gleich für die Rückfahrt einplanen müssen. Erneut hatte er den Fahrer eines Uber-Taxis zum Warten verdonnert, bis er wiederkommen würde. Ohne Bezahlung natürlich und selbstverständlich, ohne, dass dieser eine Wahl hatte.

Es öffnete, zu seiner Überraschung, ein älterer Herr die Tür, der ihm nicht bekannt vorkam. Dieser stellte sich freundlich lächelnd als Alfred Mortinson vor und gab an, der Lebensgefährte des Professors zu sein.

Ach, schau an.

Mit seinem üblichen, strahlenden Lächeln begrüßte er Alfred, der ihm sofort das Du angeboten hatte, und ließ sich von ihm in das Wohnzimmer führen, wo die anderen bereits warteten.

Wieso kann denn heutzutage niemand mehr pünktlich sein? Auch zu früh erscheinen ist Unpünktlichkeit.

Es war ein Abend, wie er langweiliger kaum hätte sein können. Am unterhaltsamsten stellte sich noch Alfred heraus, der eine echte Stimmungskanone war und mit dem Josh sich prächtig verstand. Gegen 22:00 Uhr stand Josh auf und klopfte mit einem Kaffeelöffel gegen die leere Espressotasse, die immer noch vor ihm stand.

»Oh, der werte Kollege Stewart möchte wohl eine Rede halten.«

Kolbury und die anderen blickten erwartungsvoll in seine Richtung. Er erhob sich und räusperte sich theatralisch, was die Anwesenden äußerst amüsant fanden.

»Werte Kolleginnen, werte Kollegen, mein lieber Alfred. Ich möchte Sie nun bitten, sich der Whisky- und Sherry-Vorräte unseres lieben Mr. Kolburys anzunehmen. Niemand von Ihnen möchte kneifen. Das Verlangen nach einem Gläschen wird unwiderstehlich sein. Ich selbst werde mich jetzt für circa zwei Stündchen von Ihnen verabschieden. Das werden Sie alle aber gar nicht bemerken. Für Sie war ich die ganze Zeit bei Ihnen, habe mit Ihnen getrunken und gelacht. Es war ein äußerst geselliger Abend, wenn jemand fragen sollte.«

Einem kollektiven Nicken folgte der Aufbruch der gesamten Truppe in den Salon, in dem Kolbury scheinbar die Bar versteckt hatte.

Da gehen sie hin, die Narren. Kommen wir zum spannenden Teil des Abends.

Josh ließ sich von seinem unfreiwillig treuen Fahrer an die Columbia Street Ecke 5th Avenue fahren. Von unterwegs rief er Noah an und bestellte ihn ebenfalls für 22:30 Uhr an diese Stelle. So hatten sie noch etwas Zeit, um einen Block weiter bis zum Dezernat zu laufen und sich dort in der offenen und unbewachten Tiefgarage einen optimalen Platz für das Bevorstehende zu suchen.

Insgeheim hatte Josh Fantasien, dass die Tatortreiniger nicht das gesamte Blut von Captains Jennings entfernen konnten. Dass man immer noch Verfärbungen erkennen könnte. Penelope Hamilton würde dann an derselben Stelle in ihrem Blut liegen, wie noch vor nicht allzu langer Zeit der von ihr so verehrte Captain. Aber das wäre nur das i-Tüpfelchen.

Zu Joshs großer Freude war Noah erneut auf die Minute pünktlich. Die beiden machten sich direkt auf den Weg und er ging nochmals alles im Detail durch. Sein neuer Handlanger nickte und hatte keine Fragen.

»Bist du nervös?«

Josh schaute Noah direkt in die Augen, als wenn er in ihnen noch etwas suchte.

»Natürlich bin ich nervös. Ich würde lügen, wenn ich es nicht wäre. Aber wenn es dein Wunsch ist, das durchzuziehen, dann ziehen wir das durch. Dafür bin ich ja hergekommen.«

Ihm gefiel Noahs Ehrlichkeit. Rod hatte immer den harten Mann gespielt. Als wenn ihn nichts aus der Ruhe bringen könnte und vor allen Dingen – was Josh so richtig auf die Nerven ging – als wenn er der coolste Typ von allen wäre.

Hinter dem Dezernat, das sich im Gebäude des *Seattle*

Police Departments befand, lag ein großes Parkhaus. Teile des Erdgeschosses waren für Polizeiwagen reserviert. Hier wimmelte es auch vor Kameras und alles war hell erleuchtet. Die Tiefgarage darunter jedoch, war für Bedienstete des Gerichts und der Mordkommission reserviert. An der Ausfahrt gab es eine Kamera direkt an der Schranke, aber im Parkhaus selbst gab es keine Überwachung. Rod hatte das alles herausgefunden, als er sich auf den Mord von Captain Jennings vorbereitet hatte. Dabei hatte er auch eine Treppe gefunden, die direkt in die Tiefgarage führte und an deren Ende eine Tür als Notausgang diente.

Durch diese Tür kamen beide vollkommen unbemerkt hinein und konnten noch in aller Ruhe den Eingang in das Gebäude suchen, durch den Penelope Hamilton mit ihrem treudoofen Freund und Kollegen Brian Gordon hoffentlich in weniger als dreißig Minuten gehen würden.

Die Stelle erwies sich als optimal. Es gab direkt neben der elektrischen Schiebetür – die sicherlich zu den Fahrstühlen führte – zwei kleine Nischen, hinter denen man sich perfekt verstecken konnte. Jeder, der durch die Schiebetüre wollte, würde erst unmittelbar, bevor er seine ID-Card scannte, in die Nischen blicken können. Dann wäre es aber zu spät. Licht gab es nur von einer kleinen Deckenlampe und von der Schiebetür, die aus milchigem Glas bestand und helles weißes Licht auf den Platz vor ihr warf.

Noch fünf Minuten bis 23:00 Uhr.

Ob sie mir den Gefallen tun und pünktlich kommen?

Josh lächelte bei diesem Gedankengang, wohlwissend, dass das sicherlich nicht der Fall wäre. Er hatte an dieser Stelle etwas pokern müssen. Wenn sich Gordon und Hamilton in ihrem Apartment befanden, dann würde die Fahrt, sofern sie umgehend aufbrechen würden, ungefähr zwanzig Minuten betragen, bei normalem Verkehr um diese Uhrzeit. Wären die beiden aber in seinem Apartment, dann würden sie unter gleichen Voraussetzungen zehn Minuten länger benötigen.

Es hieß also warten. Inzwischen hatte auch Noah verstanden, dass Joshua das Warten hasste, wie der Teufel das Weihwasser.

23:00 Uhr.

Es blieb ruhig. Die beiden redeten nun nicht mehr, nachdem Josh Noah ermahnte, sich zu konzentrieren und aufmerksam zu bleiben.

23:22 Uhr.

Erst war ein Wummern zu hören. Noch relativ weit weg, aber definitiv näherkommend. Josh erkannte den Impala sofort, der wahrscheinlich gerade vor der Schranke stand und auf Einlass wartete.

Er spürte, wie die Nervosität langsam Besitz von ihm ergriff. Ein seltsames Gefühl für jemanden, der inzwischen schon fast aus Routine morden ließ. Aber heute ging es um alles.

Der Motor erstarb. Dann eine Autotür, die zuschlug. Stille.

Er wird doch nicht ohne sie gekommen sein?

Zur Nervosität gesellte sich nun ein Hauch Panik. Schweißtropfen bildeten sich auf seiner Stirn und um seine Nase herum. Seine Brillenbügel begannen dadurch unangenehm zu kitzeln.

Dann die erlösende zweite Autotür, die in diesem Moment zugemacht wurde.

Josh atmete erleichtert aus.

Die Schritte kamen näher und näher.

Er würde sich an einem Punkt entscheiden müssen, gemeinsam mit Noah – der die Pistole bereits im Anschlag hielt – aus den Schatten zu treten und die Show beginnen zu lassen.

Das Hallen der Schritte im Parkhaus war inzwischen so laut, dass er sich sicher war, dass beide nur noch wenige Meter vor der Schiebetür sein würden.

Er gab Noah, der in der Nische gegenüber wartete, das Zeichen und trat dann fast zeitgleich mit ihm ins Licht und raus aus ihrer Deckung.

»Wenn das mal nicht die Detectives Hamilton und ihr dummdämlicher Freund und Kollege Brian Gordon sind.«

Noah richtete die Waffe auf Hamilton und deutete immer wieder eine flüchtige Bewegung mit der Mündung in Richtung Gordon an.

Josh sah, wie die beiden sich augenblicklich versteiften und in ihrer Bewegung erstarrten. Das Überraschungsmoment war auf seiner Seite und er genoss es sichtlich.

Er setzte, wie unzählige Male zuvor, sein strahlendes Lächeln auf.

»Da hat es euch beiden Turteltäubchen jetzt wohl die Sprache verschlagen? Aber macht euch nichts draus. Am Ende dieses Abends werdet ihr zwar die Wahrheit kennen, nach der ihr die ganze Zeit so verzweifelt gesucht habt, aber leider werdet ihr auch tot sein. Nun ja, man kann nur das eine oder das andere haben. Nicht wahr?«

Noch immer standen die beiden Detectives nur regungslos da und schauten diesem etwas surrealen Schauspiel von Josh zu.

»Na gut, verschwenden wir keine Zeit. Penelope, ich darf dich doch Penelope nennen?«

Ohne auf eine Antwort zu warten, fuhr er fort.

»Du hattest die ganze Zeit recht. Mit allem. Ich habe alle Morde an dieser gottverdammten Universität initiiert. Rod hat sie ausgeführt, aber ich wollte es. Und weißt du warum?

Weil es hin und wieder Menschen gab, die zu tiefbohrten und nicht lockerließen. Die mir einfach nicht die Hand geben wollten, weil sie noch immer Angst vor Covid, oder aber Berührungsängste hatten. Was weiß ich? Komische Ausreden. Komische Menschen. Und schlussendlich tote Menschen. Nehmen wir Professor Tickner als Beispiel. Der Gute wollte mir partout nicht die Hand geben, nachdem er versucht hatte, mich damit zu erpressen, dass meine ganzen Abschlüsse gefälscht wären. Du hättest sein Gesicht sehen sollen, Penelope. Den Moment, als er realisierte, dass er sterben wird und nichts dagegen tun kann. Dass er recht hatte mit allem, aber es niemand erfahren würde.«

Josh machte eine Kunstpause und schaute die beiden abwechselnd an.

»Und dann kamst du, Penelope. Du bist tatsächlich die Erste, die mich komplett durchschaut hat. Und seltsamerweise auch die Erste, der ich die Hand geben durfte und sie danach trotzdem nicht manipulieren konnte. Seltsame Geschichte. Da musst du mich bitte unbedingt noch aufklären, wie du das machst.«

Wieder schwieg er für einen Moment. Er wollte auskosten, dass ihn seine akribische Vorbereitung auf diesen Moment tatsächlich hat siegen lassen.

»Als du mich gestern Abend angerufen hast. Da hast du mich wirklich überrascht. Alle Fäden hast du perfekt zusammengeführt und das Bild, das herauskam, war absolut richtig. Carter ist ein dämlicher Fettsack. Den hätte ich nicht manipulieren müssen, der hätte das auch für eine Packung Donuts und einen Sixpack Bier gemacht. Aber ja, er musste als Bauernopfer hinhalten. Die E-Mails hat übrigens mein Kumpel von der IT so perfekt gefälscht, dass selbst eure Idioten aus der Forensik bestätigen mussten, dass sie echt sind. Aber du konntest ja immer noch nicht aufhören oder dich damit zufriedengeben. Du musstest dich ja immer noch weiter in diese Sache verbeißen.«

Er stockte kurz, als nun doch ein kurzer Moment der Sentimentalität Rod gegenüber in sein Bewusstsein trat.

»Nun. Es blieb mir dann nichts anderes übrig, als ein Exempel zu statuieren. Und damit ihr endlich aufhört herumzuschnüffeln, musste ich leider meinen getreuen Handlanger Rodriguez opfern. Aber wie ihr sehen könnt, habe ich erstklassigen Ersatz gefunden.«

Josh ging einen kleinen Schritt zur Seite.

»Aber eins muss doch tröstlich für euch beide sein. Ihr werdet gemeinsam sterben. Hier in eurem eigenen Blut liegen. Also, wenn ihr wollt, könnt ihr auch gerne Händchenhalten oder so. Im Tod vereint.«

Er sah Noah an und wollte gerade etwas sagen, als Detective Hamilton sich räusperte.

»Stewart. Sie wollten doch noch wissen, warum Sie mich nicht manipulieren konnten?«

»Oh. Vollkommen richtig, Detective. Erhelle mich doch bitte noch. Das würde dem Ganzen hier einen wirklich wundervollen Abschluss geben.«

Sie begann ein wenig zu lächeln, was ihn für einen Moment leicht irritierte.

»Ich leide an einer Nervenkrankheit, die sich hereditäre Neuropathie nennt. Warum diese dafür sorgt, dass Sie mich nicht manipulieren können, weiß ich nicht. Dass diese aber der Grund dafür sein muss, habe ich relativ schnell geahnt. Aber erst seit gestern wusste ich, dass ich mir zu einhundert Prozent sicher sein kann.«

Joshua stutzte und verstand nicht, worauf Hamilton hinauswollte.

»Was willst du damit andeuten, Detective?«

Sie hob leicht den Arm in Richtung Noah.

»Weil Noah ebenfalls an dieser Nervenkrankheit leidet und Sie zu keinem Zeitpunkt die Kontrolle über ihn hatten. Noah, bist du so nett und richtest die Waffe auf Mr. Stewart, bis wir ihm Handschellen angelegt haben. Wenn er Dummheiten macht oder weglaufen will, dann schieß.«

Joshua versteifte sich sichtbar. War er wirklich so dermaßen dumm gewesen und darauf reingefallen?

Dann eben Plan B.

Er grinste jetzt wieder breit.

»Brian, du möchtest deine Waffe jetzt auf deine Freundin richten.«

Brian Gordon griff hinter sich auf seinen Rücken und holte seine Pistole hervor. Er hob die Waffe und zielte auf Penny. Eine Träne lief über seine Wange und tropfte auf den Boden.

KAPITEL 39
PENNY

Brian hatte sich Zeit gelassen. Genau dann, wenn sie es nicht gebrauchen konnten. Penny hatte ihn sofort nach dem Telefonat mit Noah angerufen. Es gab noch eine Menge zu tun. Aufgrund des Orts, den Stewart für seinen *Showdown* ausgewählt hatte, war das allerdings nicht unbedingt einfach.

»Wo warst du denn so lange?«

Brian schaute Penny unschuldig an.

»Ich habe so schnell gemacht, wie ich konnte.«

Genervt winkte sie ab.

»Ist jetzt auch egal. Brian, das ist Victoria, Stewarts Schwester. Vicky, das ist mein Freund und Kollege Brian. Er wird uns bei alledem helfen.«

Die beiden hatten zwar schon voneinander gehört, sich bis jetzt aber nie gesehen. Auf Penny wirkte es, als seien sich die beiden sofort sympathisch gewesen. Sie umarmten sich direkt zur Begrüßung, als wären es zwei alte Freunde.

»Genug gekuschelt. Wie sollen wir es angehen? Ich denke, es ist so gut wie ausgeschlossen, dass wir dort im Parkhaus unauffällig eine Kamera platziert bekommen. Zumindest nicht so, dass sie freie Sicht hat. Das würde man in der

Umgebung dort sofort wahrnehmen. Erst recht im Halbdunkel. Also, wer hat eine rettende Idee?«

Vicky hatte einen guten Einwand.

»Muss denn unbedingt alles auf dem Video zu sehen sein? Würde es nicht ausreichen, wenn man die Stimmen gut versteht? In den Filmen reicht doch ein Tonband auch immer aus, um jemanden zu überführen.«

Brian grinste breit.

»Ein Punkt für die Schwester des Mörders.«

Dafür kassierte er von Penny einen bösen Blick.

Vicky lachte, sodass Brian unschuldig tuend die Schultern hob.

»Ihr seid ja so witzig. Aber doch, zur Not würde das auch gehen.«

Penny dachte laut nach, wo man die Kamera platzieren könnte, um wenigstens guten Ton zu haben. Es war Brian, der am Ende die Lösung präsentierte.

»Leute, ich denke, ich habe da was.«

Er verschwand kurz im Schlafzimmer und kam wenige Augenblicke später mit einem Diktiergerät zurück, um das ein Kabel-Mikrofon gewickelt war.

»Und so etwas hast du im Schlafzimmer?«

Es war Penny, die das durchaus empört fragte. Brian prustete los und schüttelte den Kopf.

»Ja und Nein. Ja, ich habe das im Schlafzimmer, weil da mein Schreibtisch steht und Nein, auf die Frage, die du nicht gestellt, aber sicherlich gedacht hast.«

Nun lachten alle und die bisher sehr angespannte Stimmung löste sich etwas.

»Das Teil ist digital. Das heißt, wir könnten es locker schon zwei Stunden vorher positionieren und anschalten. Es nimmt dann über zehn Stunden auf. Im Parkhaus am Eingang neben der Schiebetür stehen doch rechts und links immer die Dienstwagen. Die wird kein Schwein heute Abend mehr wegfahren. Wir könnten das Diktiergerät hinter einen der Reifen legen und das Mikrofon um den Reifen herum bis fast nach vorne an den Gang. Das sieht man im Halbdunkel nicht. Und das Mikro ist spitze.«

Erwartungsvoll schaute er die beiden Frauen an. Vicky schien überzeugt und nickte zufrieden. Penny hatte scheinbar noch Zweifel.

»Und die Batterie hält auch so lange?«

»Logo. Ist ein Akku drin. Ich lade das jetzt noch mal auf und dann hält das Ding tagelang durch.«

Penny nickte.

»Okay. Zur Sicherheit stellen wir auch noch eine der Kameras hinter den Reifen. Dann haben wir ein Backup, wenn auch eins mit schlechterer Tonqualität. Aber das wäre dann ein Job für die Forensik.«

Dieser Teil des Plans stand.

Blieb noch, einen guten Ort für Victoria zu finden. Wo man sie schnell herbeirufen konnte, ohne, dass ihr Bruder sie vorher sehen würde. Auch hier hatte Brian die passende Idee.

»Wie wäre es, wenn sich Vicky im Gebäude bei den Fahrstühlen versteckt. Da ist um diese Uhrzeit auch niemand mehr und eine Kamera gibt es dort auch nicht. Die alte Glasschiebetür ist doch eh nicht mehr ganz dicht, also könnte Vicky vielleicht sogar noch etwas mithören. Und wenn wir sie etwas lauter rufen, hört sie es in jedem Fall.«

»Und wie bekommt man die Tür von innen auf?«

Vicky wollte es genau wissen.

»Da ist ein Taster. Einfach drücken und die Tür geht auf. Das wäre dann zwar ein recht theatralischer Auftritt von dir, aber wenn wir dich brauchen, kann es nicht theatralisch genug sein.«

Da hatte Penny recht und das war allen absolut bewusst.

Jetzt hieß es abwarten.

Die drei bestellten sich etwas zu Essen beim Asiaten. Sie wollten nicht riskieren, irgendwo essen zu gehen und ausgerechnet heute Joshua Stewart oder einem seiner getreuen Handlanger in die Arme zu laufen.

Auch mit Brian verstand Vicky sich gut. Obwohl der Anlass ihres Treffens kein Schöner war, so beschlossen sie, in Kontakt zu bleiben, wenn das alles hier vorbei wäre.

Diese neu entstandene Vertrautheit tat Penny gut. Sie war immer noch maximal angespannt, aber sie hatte das Gefühl, die bestmögliche Unterstützung an ihrer Seite zu haben.

Es war an der Zeit aufzubrechen. Gegen 21:30 Uhr machten die drei sich auf den Weg.

Brian parkte den Impala einen Block weiter und sie gingen das letzte Stück zu Fuß. Es gab eine Schwachstelle, aber die mussten sie einfach in Kauf nehmen. Sie mussten die Einfahrt an der Tiefgarage herunterlaufen und dazu an der dort installierten Kamera vorbei. Hätte Stewart einen Kontakt zum Sicherheitsdienst, dann wäre alles umsonst. Aber sie hofften darauf, dass seine *Macht* so weit nicht reichen würde.

Wie erwartet, standen rechts und links neben dem farblich markierten Weg, der zur Schiebetür und somit zum Eingang in das Gebäude führte, zwei geparkte Dienstwagen.

Eine seltsame Stimmung lag in diesem Moment über der ganzen Situation. Sie standen an der Stelle, wo vor nicht allzu langer Zeit Captain Jennings in seinem eigenen Blut lag. Man sah nichts mehr von dem Mord, der hier stattgefunden hatte, aber vor Pennys geistigem Auge sah sie den Captain noch dort liegen. Sie ermahnte sich selbst, diesem Gedanken jetzt nicht zu viel Raum zu geben und konzentrierte sich auf das Hier und Jetzt.

Brian wartete nicht lange und kniete sich neben das rechte Fahrzeug, da dieses näher am Weg und somit auch näher am Geschehen war. Er platzierte das kleine Diktiergerät hinter dem Hinterrad und führte das Kabel mit dem Mikrofon direkt am Reifen entlang fast bis vorne.

Zufrieden begutachtete er sein Werk. Man konnte das Mikrofon definitiv nicht sehen. Da müsste man sich schon hinlegen und selbst dann könnte man es für einen kleinen Stein halten.

»Dann machen wir doch mal einen Soundcheck, oder?«

Brian stellte sich an verschiedene Stellen mit jeweils unterschiedlicher Entfernung zum Mikro und sprach dann wahllos ein paar Worte. Anschließend kniete er sich wieder neben das Auto und holte das kleine Gerät hervor. Als er auf Abspielen klickte, krächzte es fürchterlich aus dem winzigen Lautsprecher. Aber tatsächlich, an welcher Stelle er auch stand, er war gut hörbar. Zwar hatte die Aufnahme eine Menge Hall, weil eine Tiefgarage nun mal eine grausame Akustik hatte, aber das war kein Problem. Jeder Forensiker hätte ihn nach einer Stimmprobe einwandfrei als Brian Gordon identifizieren können.

»Perfekt. Viel besser als die Kameras.«

Penny platzierte dennoch eine der Kameras, die sie extra für diesen Zweck gekauft hatte, hinter dem Rad des anderen Dienstwagens. Auch dieses Gerät war absolut nicht zu sehen, außer, man legte sich hin und suchte danach.

Während Vicky sich im näheren Umfeld umsah, überlegten die beiden, von wo Stewart sie gleich wohl überraschen würde. Penny tippte auf die beiden Nischen rechts und links. Sie waren selbst von ihrem derzeitigen Standpunkt nicht einsehbar. Brian stimmte ihr zu, gab aber auch zu bedenken, dass sie auch von hinten kommen könnten, um ihnen den Fluchtweg zu versperren.

Je nachdem, wie es laufen würde, müssten die beiden dennoch versuchen, Stewart so nah wie möglich an das Mikrofon heranzubekommen.

Anschließend öffnete Penny mit ihrer ID-Card die Schiebetür. Das grelle Licht dahinter zog sich durch den gesamten Vorraum mit seinen zwei Aufzügen. Ansonsten war der Raum leer. Sie zeigte Vicky den Taster und im Anschluss probierten sie noch rasch aus, wie sie von dort drinnen würde hören können.

»Ich verstehe viele Bruchstücke, aber einiges ist verwaschenes Gemurmel. Wenn einer von euch laut meinen Namen ruft, höre ich das in jedem Fall.«

Ich denke, wir sind gut vorbereitet. So gut, wie man sich auf seine eigene Ermordung wohl vorbereiten kann.

Penny schaute auf die Uhr.

»Es ist jetzt 22:20 Uhr. Ich vermute, dein Bruder und Noah werden ebenfalls früher kommen. Wir sollten uns also jetzt schleunigst aus dem Staub machen.«

Kollektives Nicken.

»Vicky. Sollte jemand kommen und dich ansprechen, dann sag ihm, dass du mich anrufst. Ich versuche, das dann irgendwie zu regeln. Aber drücken wir die Daumen, dass das nicht passiert.«

Victoria nickte und wünschte den beiden viel Glück. Die Schiebetür schloss sich und die beiden standen dort alleine an dem Punkt, wo sich in etwas mehr als einer halben Stunde ihr Schicksal entscheiden würde.

Penny gab Brian schnell einen Kuss und lächelte ihn an.

»Ich liebe dich. Danke, dass du das mit mir durchstehst.«

»Ich liebe dich auch, Penny. Wir kriegen das hin.«

Die beiden eilten aus dem Parkhaus und liefen zurück zum Impala.

Ein letztes Mal an diesem Abend hieß es nun Warten.

»Lass uns gemeinsam in Urlaub fahren, wenn das alles überstanden ist. Was hältst du davon?«

Brian schaute Penny erwartungsvoll an.

»Urlaub. Oh ja, das wäre doch mal was. Was schlägst du vor?«

»Bist du eher Team Wandern mit Natur und Landschaft oder Team Beach mit Sonnenbaden und Bier an der Bar?«

Er grinste verwegen.

»Normalerweise definitiv Team Wandern, aber ich glaube, wenn das hier überstanden ist, dann Sonne, Meer und Bier.«

»Dann haben wir ein ausgedehntes Date nach dem ganzen Mist hier.«

Penny legte ihre Hand auf die Seine und lächelte zufrieden. Die Anspannung war inzwischen kaum mehr auszuhalten, aber dieser kleine Moment zwischen den beiden hatte ihr ein aufrichtiges Lächeln auf die Lippen gezaubert.

Lange konnte sie jedoch nicht davon zehren.

»Es ist Zeit.«

Brian drehte den Zündschlüssel um und der Motor des Autos, das sie bei ihrem ersten Date so sehr beeindruckt hatte, erwachte wummernd zum Leben. Er ließ sich Zeit bei der Fahrt zur Tiefgarage. Es waren nur einige hundert Meter, aber er wollte unter keinen Umständen den Verdacht erwecken, dass sie zu früh sein könnten.

Nichts sollte Stewart misstrauisch machen, egal, wie absurd es auch war.

Langsam rollten sie in die Tiefgarage. Die Schranke öffnete sich. Alles kam Penny wie in Zeitlupe vor. Er parkte den Wagen absichtlich mit etwas Fußweg bis zum vorher präparierten Treffpunkt. So konnten sie alles gut überblicken und unter keinen Umständen hier bereits überrascht werden. Dass Stewart ihre Ankunft bemerkt hatte, davon war auszugehen. Der Impala war so laut, dass man ihn auf der gesamten Etage hören konnte.

Penny stieg sofort aus, prüfte ein letztes Mal ihre Waffe, die in einem Holster unter ihrer Jacke ruhte. Anschließend schaute sie sich aufmerksam um. Es war nichts zu sehen. Sie ging ein paar Schritte und horchte.

Totenstille.

»Wo bleibst du, Brian?«

Ihr Freund war noch nicht ausgestiegen, sondern fuchtelte noch auf dem Fahrersitz herum.

»Ich komme schon. Hab den Schlüssel stecken lassen, falls wir schnell wegmüssen.«

Sie drehte sich zu ihm um und guckte etwas irritiert.

»Das hier ist kein verdammter Raubüberfall, du Held.«

Auch Brian checkte noch einmal seine Pistole und steckte sie sich auf seinen Rücken zwischen Jeans und Gürtel. Er hatte keine Jacke an und beide wollten verhindern, dass man ihre Waffen bereits von weitem sehen konnte. Welcher Detective würde mit der Waffe im Holster zu einer Mordermittlung fahren? Nichts sollte Joshua Stewart misstrauisch machen.

Langsam gingen sie in Richtung Eingang.

Immer noch keinerlei Geräusche zu hören.

Penny kamen erste Zweifel, ob Stewart Noah vielleicht doch enttarnt hatte und jetzt gewarnt war.

Inzwischen sahen sie die Schiebetür vor sich, waren vielleicht noch fünf Meter von ihr entfernt. Rechts und links standen zum Glück immer noch beide Dienstwagen.

Sie vernahm eine Bewegung im Schatten der beiden Nischen, genauso, wie sie es vermutet hatte. Stewart und Noah traten fast zeitgleich hinaus und kamen ein paar Schritte auf sie zu.

Noah hatte sofort die Pistole auf sie gerichtet. Sein Blick war eiskalt, seine Miene ausdruckslos. Im Gegensatz zu Joshua Stewart. Breit grinsend trat er ihnen entgegen.

»Wenn das mal nicht die Detectives Hamilton und ihr dummdämlicher Freund und Kollege Brian Gordon sind.«

Penny und Brian blieben stehen. Die Position war perfekt. Stewart war fast genau auf Höhe des Mikrofons, das hinter dem Reifen des Dienstwagens versteckt war.

Was nun folgte, war ein schier endloser Monolog von Stewart, in dem er Revue passieren ließ, wie genial er war. Selbstbeweihräucherung war definitiv sein größtes Talent.

Penny hatte sich immer noch keinen Millimeter bewegt und auch Brian stand wie eine Salzsäule neben ihr.

Innerlich amüsierte sie sich sogar ein wenig, als er darüber sinnierte, warum er sie nicht manipulieren hatte können. Es war der Moment, wo ihr die Idee kam, wie sie die Situation gleich auflösen könnte und Noahs großer Auftritt käme.

Als er anfing, über Brian und sie zu sprechen, davon redete, dass sie gleich im Tod vereint wären, wusste sie, dass die Zeit gekommen war. Sie ließ Stewart noch den Satz zu Ende sprechen, bevor sie sich demonstrativ räusperte.

Er sprang darauf an und verstummte. Sah sie da eine gewisse Erwartung in seinen Augen blitzen? Sie würde ihn nicht enttäuschen.

»Stewart. Sie wollten doch noch wissen, warum Sie mich

nicht manipulieren konnten?«

Jetzt hatte sie seine volle Aufmerksamkeit. Stewart wünschte sich, von ihr erhellt zu werden.

Na, das kannst du gerne haben.

Penny lächelte, als sie das Geheimnis lüftete.

»Ich leide an einer Nervenkrankheit, die sich hereditäre Neuropathie nennt. Warum diese dafür sorgt, dass Sie mich nicht manipulieren können, weiß ich nicht. Dass diese aber der Grund dafür sein muss, habe ich relativ schnell geahnt. Aber erst seit gestern wusste ich, dass ich mir zu einhundert Prozent sicher sein kann.«

Stewart schaute sie irritiert an.

Wo ist denn jetzt das allwissende Wunderkind?

»Was willst du damit andeuten, Detective?«

Jetzt kommt es auf dich an, Noah.

Penny hob leicht ihren Arm und zeigte auf seinen Handlanger.

»Weil Noah ebenfalls an dieser Nervenkrankheit leidet und Sie zu keinem Zeitpunkt die Kontrolle über ihn hatten. Noah, bist du so nett und richtest die Waffe auf Mr. Stewart, bis wir ihm Handschellen angelegt haben. Wenn er Dummheiten macht oder weglaufen will, dann schieß.«

Penny spürte, wie getroffen Stewart war. Die Verzweiflung stand ihm in den Augen, als er scheinbar realisierte, dass er die Kontrolle über die Situation verloren hatte.

Es war ein erhabenes Gefühl in diesem Moment. Sie fühlte, wie ihr augenblicklich das Adrenalin aus den Adern wich und die Anspannung etwas von ihr abfiel.

Plötzlich bemerkte sie, wie sich Stewarts Gesichtsausdruck wieder veränderte. Da war wieder dieses abstoßende überhebliche Grinsen.

Sein nächster Satz riss Penny den Boden unter den Füßen weg.

»Brian, du möchtest deine Waffe jetzt auf deine Freundin richten.«

Für einen Moment glaubte sie, sich verhört zu haben, doch dann sah sie, wie ihr Freund nach hinten griff, seine Pistole hervorholte und auf sie richtete.

Die Träne. Er will das nicht tun. Der Mistkerl muss ihn heute wieder manipuliert haben.

Eine scheinbar ausweglose Situation.

Noah richtete die Waffe auf Stewart, Brian auf sie. Dass es eine Patt-Situation war, hatte Penny sofort begriffen. Allerdings sah es so aus, als hätte Joshua Stewart das entweder noch nicht realisiert oder es war ihm schlichtweg egal.

»Und nun, Detective? Ein einziges Wort von mir reicht und der Mann, der dich offenbar tatsächlich liebt, wird dich töten. Anders kann ich mir die Tränen nicht erklären. Armer Brian.«

»Aber dann sterben auch Sie. Noah wird Sie erschießen.«

Da war es auf einmal wieder. Dieses selbstgefällige Grinsen in seinem Gesicht.

»Nein, wird er nicht. In der Waffe sind nur Platzpatronen. Hast du wirklich gedacht, dass ich mir von dir quasi auf Bestellung einen neuen Rodriguez vor die Nase setzen lasse? So viele Zufälle gibt es nicht.«

Er schaute zu Noah, der die Waffe gerade sinken ließ.

»Und Kleiner. Ich musste mir so sehr das Lachen verkneifen, als du dir diesen Bleistift unter den Fingernagel gerammt hast. Ein Loyalitätstest. War mir in dem Moment spontan eingefallen. War das nicht ein Spaß?«

Noah warf ihm einen Blick zu, der vor Verachtung nur so triefte.

Verdammter Mist. Ich habe Noah vollkommen umsonst

dieser Gefahr ausgesetzt.

In diesem Moment griff Stewart selbst hinter seinen Rücken und holte eine Pistole hervor.

»Und nun, Detective. Wer hat jetzt …«

Penny unterbrach Stewart einfach mitten im Satz. Sie hatte die Schnauze von diesem Kerl voll.

Jetzt und hier würde es enden.

»Es reicht, Stewart. Victoria, wir brauchen dich.«

Sie schrie diese Sätze geradezu heraus, um sicherzustellen, dass Vicky sie auch wirklich hören konnte.

Er schaute sie verdutzt an und hatte offensichtlich keine Ahnung, was sie damit meinte.

Die Schiebetür öffnete sich und Vicky kam heraus. Ihre Miene war wie versteinert. Scheinbar hatte sie vieles von dem, was sich hier draußen abgespielt hatte, verstehen können.

Ihr Bruder zuckte zusammen, als er zu realisieren schien, dass da wirklich leibhaftig seine Schwester auf ihn zukam. Einen Augenblick später hob Stewart seine Waffe und richtete sie auf seine eigene Schwester.

»Wie konntest du nur meine Schwester in diese Sache mit reinziehen, du dämliche Kuh.«

Er schaute seine Schwester mit einem mitleidigen Blick an.

»Vicky, du warst immer mein Halt und mein Anker. Wieso hast du dich da mit reinziehen lassen? Du weißt doch, dass ich dich nie manipulieren konnte. Jetzt muss ich dich töten. Wieso nur, Vicky, wieso?«

Er wirkte nun hochgradig verzweifelt. Scheinbar bedeutete ihm seine Schwester viel und er sah nun keinen anderen Ausweg, als auch sie zu töten. Den Punkt hatte Penny nicht bedacht. Sie ging immer davon aus, dass er in dem Moment zur Vernunft kommen würde, wo er seine Schwester sehen würde. Sie wusste von ihrer Kindheit, die sie so zusammengeschweißt hatte. Von ihrem innigen Verhältnis, dass bis heute angedauert hatte.

Nie im Leben hätte sie gedacht, dass er auch nur darüber nachdenken würde, seine Schwester zu töten, um sein eigenes Leben zu retten.

Penny war wie elektrisiert, kaum noch zu einem klaren Gedanken fähig. Sie fühlte sich so schuldig und so dumm.

Sie hatte Stewart diesbezüglich vollkommen falsch eingeschätzt.

Heute würde nicht nur sie sterben, was ihr in diesem Augenblick vollkommen egal war. Nein. Heute würden auch noch Noah und Victoria sterben. Zwei Menschen, die vollkommen selbstlos ihre Hilfe angeboten hatten, um bei dem Wahnsinn mitzumachen, den sie einen Plan genannt hatte.

»Joshua.«

Mit einem Mal wurde Penny aus ihren Gedanken gerissen, als Victoria das Wort ergriff.

»Du hörst mir jetzt gut zu. Du wirst jetzt deine Waffe senken und auf den Boden legen. Danach wirst du schweigen. Ich will keinen Ton mehr von dir hören, bis ich es dir sage.«

Jetzt schaute Vicky zu Brian.

»Brian. Senke bitte deine Waffe und stecke sie weg. Du wirst nie wieder auf einen Befehl von meinem Bruder hören.«

Penny wusste nicht, was hier gerade geschah.

Stewart hatte sofort seine Pistole auf den Boden gelegt und stand nun wie bestellt und nicht abgeholt vor ihr. Auch Brian ließ umgehend die Waffe sinken und steckte sie zurück an ihren Platz. So recht wusste er scheinbar auch nicht, was hier gerade vor sich ging.

Alle Blicke richteten sich nun auf Victoria.

»Joshi. Hast du wirklich geglaubt, dass du der Einzige von uns beiden mit diesen Fähigkeiten bist? Wir hatten damals beide diesen Unfall. Wir waren beide in diesem Krankenhaus und haben beide dieselben komischen Medikamente bekommen.«

Stewart blickte seine Schwester ungläubig an.

»Uns beide hat am Ende nur unterschieden, dass du größenwahnsinnig wurdest, weil du nicht genug Ruhm und Anerkennung bekommen konntest. Das war nie mein Weg. Bis zum heutigen Tag habe ich diese Fähigkeit nie genutzt, um mich zu bereichern oder besser dastehen zu lassen.«

Ihr Blick wurde traurig. Sie ging zu ihrem Bruder und legte ihre Hand auf seine Wange.

»Mein lieber Joshi. Du wusstest immer, was ich von dem hielt, was du alles getan hast. Deine Doktortitel, deine Professur. Und das alles nur durch geschickte Worte erschwindelt. Aber das war okay für mich. Dad hat uns damals wie Dreck behandelt. Und als dann auch noch Mom damit anfing, als du Dad getötet hattest, hat dir das wohl einen Knacks gegeben. Hättest du sie dafür töten müssen? Nein. Aber aus deiner Perspektive habe ich es damals verstehen können und geschwiegen.«

Tränen liefen über sein Gesicht und rannten an ihrer Hand entlang Richtung Kinn.

»Es war allerdings mein Fehler zu glauben, dass du danach mit dem Morden aufhörst. Ich hätte wissen müssen, dass du es zur Methode machst, jeden, der dich kritisiert oder dir schaden könnte, aus dem Weg zu räumen. Ich ging davon aus, dass du mit den Jahren geistig reifer geworden wärst. Das war ein großer Fehler, den ich hiermit korrigiert habe. Ich hoffe, dass du deine Zeit im Gefängnis dazu nutzt, darüber nachzudenken.«

Vicky ging einen Schritt zurück und schaute zu Penny und Brian.

»Ihr könnt ihm jetzt Handschellen anlegen. Er wird sich nicht wehren.«

Wortlos ging Brian zu Stewart und legte ihm Handschellen an. In seinen Augen war nichts als Verachtung zu sehen, als er ihm im Anschluss seine Rechte vorlas.

Man konnte Stewart richtig ansehen, dass er etwas sagen wollte.

»Was möchtest du noch sagen, Joshi?«

Er atmete schwer.

»Wieso konntest du mich manipulieren?«

Vicky lächelte traurig.

»Joshi. Ich bin deine große Schwester, hast du das vergessen?«

Bis jetzt hatte Penny sich nicht von der Stelle gerührt. Sie war immer noch fassungslos, dass Vicky ebenfalls diese Fähigkeit hatte, aber die ganze Zeit nichts gesagt hatte. Gleichzeitig fühlte sie eine unendliche Erleichterung, dass es tatsächlich vorbei war. Dem *Wunderkind* Joshua Stewart war ein für alle Mal das Handwerk gelegt worden und sie hatten ein ausführliches Geständnis auf Band. Das würde locker für zwei bis drei Mal lebenslänglich reichen und aufgrund seiner Fähigkeit war es ziemlich sicher, dass er nie wieder auf freien Fuß kam. Das war ein durchaus beruhigendes Gefühl.

Brian kam auf sie zu und schaute sie traurig an.

»Ich weiß gar nicht, was ich sagen soll. Ich konnte nichts dafür. Ich wusste auch nichts davon, dass er mich wieder manipuliert hatte. Ich hätte doch niemals ...«

Weiter kam er nicht, denn Penny fiel ihm um den Hals und küsste ihn.

»Das weiß ich doch, Brian.«

EPILOG

Inzwischen war eine Woche seit diesem denkbaren Abend vergangen. Penny und Brian hatten Joshua Stewart an diesem Abend bis rauf nach Everett in ein auswärtiges Polizeipräsidium gebracht. Penny hatte noch vor Ort in der Tiefgarage die Leiterin der Polizeibehörden Abigail Crusher aus dem Bett geklingelt und ihr Vollzug gemeldet.

Crusher hatte dann organisiert, dass sich Everett entsprechend auf Stewart vorbereiten konnte. Niemand durfte ihn anfassen oder sich von ihm anfassen lassen. Sie hatten die berechtigte Hoffnung, dass er in Everett wohl niemanden manipuliert hatte, der ihm hätte helfen können.

Seitdem sie Stewart in die Arrestzelle gebracht hatten, hatten sie nichts mehr von ihm gehört. Heute jedoch würden die beiden Vicky wiedersehen. Sie hatten sich in dem Lokal zum Lunch verabredet, in dem sie als Köchin arbeitete. Penny freute sich darauf, sie wiederzusehen.

»Und du hast deine Fähigkeit wirklich nie genutzt, um dir irgendwo einen Vorteil zu verschaffen?«

Neugierig versuchte Brian, Vicky irgendwie doch noch aus der Reserve zu locken.

»Nein. Ehrlich nicht. Ich nutze sie regelmäßig, da bin ich durchaus ehrlich. Aber ich habe mir geschworen, sie nur zu nutzen, um Gutes zu tun. Wenn ich zum Beispiel jemanden sehe, der traurig aussieht. Dann gebe ich ihm Hoffnung, weil ich ihn glauben lassen kann, dass alles gut wird. Etwas, das sonst nur leere Worte sind, bekommt so Substanz.«

Sie schaute die beiden fröhlich an.

»Und ich finde, daran ist nichts Verwerfliches.«

Penny nickte zustimmend.

»Weißt du denn, warum ihr diese Fähigkeit habt?«

Brian sah sie fragend an und Vicky nickte.

»Ich hatte es Penny schon erzählt. Es hängt auf jeden Fall mit einem Unfall zusammen, den wir als Kinder mal hatten.«

Victoria berichtete ihm nochmals von dem Unfall an der Bahnstrecke. Ihre Mom hatte ihr das später einmal erzählt. Sie waren dort einer Chemikalie ausgesetzt worden, die hochtoxisch war. Eigentlich nichts, das man hätte überleben können, wenn man damit in dem Maße in Kontakt kam.

Die Firma, die die Chemikalie herstellte, hatte von den beiden verletzten Kindern Wind bekommen und hatte keine Lust auf negative Presse. Sie hatten Vicky und Joshua daher in eine Privatklinik bringen lassen und sie – mit Zustimmung ihrer Eltern natürlich – einer experimentellen Therapie unterzogen. Sie bekamen Medikamente, die nicht zugelassen waren, und wurden mit etwas bestrahlt, das selbst Vickys Mom nicht kannte. Sie wäre fast gestorben und musste wiederbelebt werden. Es hatte lange gedauert, bis die beiden wieder vollständig genesen waren.

Erst hatte sie von dieser Fähigkeit nichts bemerkt. Doch als Joshua damals durch Zufall ihren Dad dazu bringen konnte, sie nicht zu schlagen, hatte sie angefangen, es auch auszuprobieren. Vicky hatte sogar mal einen Versuch unternommen, ihrer Mom davon zu erzählen. Es war kurz nach Dads Tod. Sie hatte die Vermutung, dass Joshua dahintersteckte. Ihre Mom hatte sie nicht ernst genommen.

Im Grunde wusste Vicky bis heute nicht, was genau in der Klinik mit ihnen gemacht wurde. Was man ihnen für Medikamente gab und was diese am Ende bewirkten. Vielleicht war es ein Hormon, das sie absonderten und was andere Menschen empfänglich für ihre *Manipulationen* machte.

Hätten Penny und Brian das Ganze nicht selbst mitbekommen, sie hätten Vicky spätestens jetzt für vollkommen Irre gehalten.

Zum Abschluss wurde Victoria noch einmal ernst und schaute beide besorgt an.

»Wieso hat mich niemand danach auf meine Fähigkeit angesprochen oder mich auch verhaftet? Ich bin doch im Grunde eine genauso große Gefahr wie mein Bruder.«

Penny schaute Brian grinsend an und nickte ihm zu.

»Vielleicht brachen zufälligerweise beide Aufnahmen ab, nachdem du deinem Bruder gesagt hast, dass er die Waffe auf den Boden legen soll. Verdammte Technik. Penny und ich konnten den Rest des Gesprächs dann nur noch aus dem Gedächtnis wiedergeben. Also keine Sorge, dein Geheimnis ist bei uns sicher. Du bist alles, aber keine Gefahr.«

Vicky kullerten die Tränen, als sie seine Worte hörte. Die drei versprachen, in Kontakt zu bleiben. Denn sie würden auf ewig durch diese Sache verbunden bleiben. Vicky hatte ihnen das Leben gerettet.

Auf dem Weg zurück nach Seattle klingelte Pennys Smartphone. Noah war dran. Er hatte sich direkt am nächsten Morgen wieder in die Arbeit gestürzt und kam erst nach seiner Schicht als Hausmeister an der SeattleU zum Dezernat, um seine Aussage zu machen.

Sein Engagement hatte sich ausgezahlt, denn er erzählte Penny aufgeregt, dass man seine Probezeit heute beendet hätte und er ab sofort offiziell in das Team des Facilitymanagements aufgenommen wäre. Er bedankte sich überschwänglich bei ihr, bis sie ihn unterbrach.

»Du musst dich nicht bei mir dafür bedanken. Ich habe dir nur die Tür geöffnet, den Rest hast du ganz alleine geschafft. Und wenn sich hier jemand bedanken muss, dann bin ich das. Du hast dich selbst verletzt, damit deine Tarnung nicht auffliegt, und hast am Ende auch dein eigenes Leben riskiert. Wenn das mal keinen Orden gibt.«

Und den gab es.

Nachdem Joshua Stewart der Prozess gemacht worden war und er vier Mal lebenslänglich bekommen hatte, gab es ein festliches Bankett zu Ehren von Captain Larry Jennings. Der Bürgermeister von Seattle und die Leiterin der Polizeibehörden Abigail Crusher hatten es sich nicht nehmen lassen, Penny für ihren Mut und ihren Einsatz zu ehren. Mit ihren fünfundzwanzig Jahren wurde sie von Crusher zum Sergeant befördert und war damit der jüngste Sergeant in der Geschichte der Seattler Polizeibehörden. Noah erhielt an diesem denkwürdigen Abend vom Bürgermeister persönlich eine Ehrung für seinen Mut, seine Entschlossenheit und sein Engagement.

Dick Carter nahm an diesem Bankett ebenfalls teil. Im Laufe des Gerichtsprozesses wurde seine Unschuld bewiesen. Doch Carter hatte genug von der Mordkommission und ließ sich versetzen.

Rodriguez Garcia wurde ebenfalls aus der Haft entlassen. Obwohl er de facto die Morde begangen hatte – beziehungsweise direkt an ihnen beteiligt war – sah es das Gericht dennoch als erwiesen an, dass er unter fremdem Einfluss stand und keine Kontrolle über sich hatte. Rodriguez machte einen ausgedehnten Urlaub und fing dann wieder als Hausmeister an der SeattleU an.

Apropos Urlaub.

Viel später als eigentlich erhofft, konnten Penny und Brian danach endlich ihren wohlverdienten Urlaub auf Hawaii antreten.

Joshua Stewart sollte, nachdem der Prozess beendet und das Urteil gegen ihn rechtskräftig war, in ein Bundesgefängnis verlegt werden.

Hier würde er den Rest seines Lebens in Einzelhaft verbringen. Man hatte extra eine Art Schleuse in eine Zelle eingebaut, sodass sichergestellt werden konnte, dass er niemanden berührte.

Der Transport zum Bundesgefängnis war gut gesichert.

Er war der einzige Gefangene, der an diesem Tag transportiert wurde. Der Fahrer und zwei Polizisten waren instruiert worden. Sie trugen alle Handschuhe und Stewarts Hände waren ebenfalls in einer Art offenporigen Sack gehüllt, der direkten Hautkontakt verhindern sollte. Darüber an den Handgelenken ragten Handschellen hervor. Auch an den Füßen war er gefesselt, sodass er nur kleine Tippelschritte machen konnte.

In kleinen Schritten ging es also in den Gefängnisbus. Einer der Polizisten nahm neben dem Fahrer Platz und der andere brachte Stewart in die Erste der vielen kleinen Zellen innerhalb des Busses.

Der Beamte befahl ihm, sich auf den Stuhl zu setzen. Schweigend gehorchte er.

Kurz darauf beugte sich der Polizist nur einen kleinen Augenblick vor, um den immer noch gefesselten Stewart anzuschnallen. Stewart machte in diesem Moment plötzlich eine rasche Bewegung in Richtung des arglosen Polizisten. Joshua Stewarts leicht schwitzige Stirn berührte dabei dessen Wange. Einen Augenblick verharrte Stewart in dieser Position.

Zum ersten Mal seit jenem Abend in der Tiefgarage kam sein strahlendes Lächeln wieder zum Vorschein.

Und er strahlte noch mehr, als er bemerkte, dass auch dem Wärter in diesem Moment sein Fehler bewusst wurde.

»Oh Shit.«

ENDE

Vierzig Jahre später

ANCHORAGE

Es regnete in Anchorage. Die Hafenstadt am Ende der Welt in Alaska war bereits zur Ruhe gekommen.

Irgendwo in einer Kneipe saß ein alter Mann mit grauen langen Haaren am Tresen. Er schaute scheinbar gedankenverloren auf die gesellige Runde und trank ab und zu an einem Bier, schob sich hin und wieder seine in die Jahre gekommene Nickelbrille hoch.

Viele der Gäste waren Seeleute. Anchorage war bekannt dafür, dass die Großfangschiffe hier ihren Fang löschten. Logisch, dass die Mannschaft der täglich wechselnden Schiffe hier sofort einen Teil ihrer Heuer in Alkohol und fettigem Essen umsetzten.

Der alte Mann bestellte sich ein Glas Whisky zu seinem Bier. Ein alter Schottischer. 21 Jahre alt. 150 Dollar die Flasche. Er bat den Barkeeper, die Flasche gleich stehen zu lassen.

Die nächste halbe Stunde schüttete er sich immer wieder nach. Immer nur einen kleinen Schluck. Wann immer ihn jemand anschaute, prostete er demjenigen mit dem Glas zu.

Es dauerte nicht lange, da kam einer der Seemänner auf

ihn zu und fragte ihn mitleidig, warum er hier alleine säße und einen Whisky nach dem anderen trinken würde.

»Ich habe niemanden mehr, mit dem ich reden könnte. Sie sind alle fort.«

Der Seemann hatte Mitleid, witterte aber auch ein paar gute Gläser Whisky und bat den alten Mann kurzerhand zu sich und seinen Freunden an den Tisch.

Man kam schnell ins Gespräch.

Die Seeleute erzählten von ihren letzten Fängen, der stürmischen See und den an das Meer verlorenen Freunden. Der alte Mann wiederum von seinem bewegten Leben und der Liebe seines Lebens, die er vor langer Zeit zurücklassen musste.

Die Zeit verging und aus einer Flasche Whisky wurden irgendwann zwei und schließlich drei.

Es war bereits weit nach Mitternacht. Die Bar hatte sich etwas geleert. Der alte Mann war müde. Die Stunden voller Whisky, leckerem Essen und all den Geschichten hatten ihn geschafft.

Er legte seine Hand auf die des Seemanns, der ihn vorhin zu sich an den Tisch geholt hatte, und lächelte ihn freundlich an.

»Mein Freund. Ich danke dir für den geselligen Abend, den leckeren Whisky und das gute Essen. Du möchtest mich einladen und die Rechnung übernehmen. Ich danke dir dafür.«

Jetzt aber wirklich

ENDE

NACHWORT & DANKSAGUNG

Ich hoffe, dass dir die Geschichte von Wunderkind Joshua und Detective Penny Hamilton gefallen hat. Es hat unglaublich Spaß gemacht, das Buch zu schreiben. Die Geschichte hat sich im Verlaufe des Buchs immer weiter verselbstständigt und viele Richtungen eingeschlagen, mit denen ich anfangs gar nicht gerechnet hatte. Am Ende konnte ich aber Joshua nicht einfach in einer Gefängniszelle verrotten lassen. Auch wenn es moralisch mit Sicherheit die richtige Entscheidung gewesen wäre, so sehe ich ihn dennoch als getriebenen ruhelosen Charakter, der mir ein wenig leidgetan hat. Da er seine letzten Tage scheinbar in Einsamkeit verbringen muss und nie mehr eine neue Liebe gefunden hat, werte ich das durchaus als gerechte Strafe.

Schlussendlich möchte ich mich aber auch bei dir bedanken. Danke, dass du dir die Zeit genommen hast, mein Buch zu lesen. Danke, dass du mir als Selfpublisher eine Chance gegeben hast. Wenn ich es jetzt noch geschafft habe, dass dich Wunderkind gut unterhalten hat und es dir Spaß gemacht hat, dann könnte ich nicht glücklicher sein.

Wenn dir Wunderkind gefallen hat, würde Joshua jetzt sagen: „Du möchtest jetzt bitte eine Fünf-Sterne-Bewertung auf Amazon abgeben. Natürlich mit Text. Du möchtest es natürlich auch auf LovelyBooks machen und allen Portalen, die du kennst. Danach möchtest du gar nicht weiter darüber nachdenken."

Nein, das war natürlich ein Scherz.

War es natürlich nicht!

Joshua, ist gut jetzt.

Wo war ich? Natürlich würde ich mich sehr über eine Rezension freuen. Gerade für mich als Selfpublisher wäre das eine große Unterstützung. Vielen, vielen Dank.

Wenn du mit mir in Kontakt treten möchtest, dann schaue gerne auf www.michael-lengemann.de vorbei. Ich freue mich über jede E-Mail, sei es Kritik, Anregung oder gar Lob. Auf meiner Webseite findest du auch die Links zu meinen Social-Media-Kanälen und die Möglichkeit, dich zu meinem Newsletter anzumelden.

DAS BESTE KOMMT ZUM SCHLUSS

Ich habe meine wunderbare TikTok-Community gefragt, welche Hobbys sie sich für Joshua vorstellen könnten. Na, kommt dir das irgendwoher bekannt vor? ;-)

Es gab unglaublich viel Resonanz! Knapp vierzig Vorschläge wurden eingereicht, aus denen es am Ende zehn Stück ins Buch geschafft haben. Als Dank für das Engagement und die Mitwirkung möchte ich dir die Namen der lieben Menschen nicht vorenthalten. Ein Autor ist nichts ohne seine Community.

VIELEN DANK an Alani | Books, Alina | Booktok, Andjela, Anna | Booktook, Anjaschreibt, Annis Bücher, Autorin, Booknerd_Jesse, Booktok-Vogtland, Buchmutti, Buchzauberei, Cadmaus, Caro B., Chantales_lifeofc, Christin/Booktok, Diana, Diana Charlie, Ella K. Clark, Emily, Emmi, FrauLizz, Hanna | Booktook, Hannah, Isabel, Jess World, Laura, Lea | Booktok, LeannPorter, Lesemutti50, Ly Phina | Nicki Phenix, Melanie, Michelle, Michelle | Booktook, Mona, Monis Leseecke, Nothingisnormal, Sarah, Sophia | Booktook, Sophie Lindner, Thereadinglisa, Wundertüte.

PARALLELEN

PARALLELEN ist ebenfalls bei Amazon als E-Book, Taschenbuch und bei Kindle Unlimited erhältlich.

Jeremys Leben könnte nicht besser laufen. Er ist aufstrebender Anwalt, Familienvater und glücklich verheiratet. Dann setzen die Kopfschmerzen ein und seine Träume machen ihm sein Leben zur Hölle. Eine Hölle, in die er sich freiwillig begeben hat. Er dachte, er tut das Richtige. Doch alles im Leben hat seinen Preis – und der ist hoch.

CONTENT-WARNUNG

Dieser Text enthält Inhalte, die belastend oder retraumatisierend wirken können. Themen sind:

- körperliche & seelische Gewalt
- Psychische Grausamkeit
- Unterdrückung
- Tod
- Unfall
- psychische Erkrankungen
- Suizid

TelefonSeelsorge | www.telefonseelsorge.de | 116 123 | 0800 111 0 111 | 0800 111 0 222

Printed in Poland
by Amazon Fulfillment
Poland Sp. z o.o., Wrocław

26465037R00203